ROSA MARÍA BRITTON

Tocino del cielo

Tocino del cielo

Primera edición: julio de 2015

D. R. © 2015, Rosa María Britton

D. R. © diseño de cubierta: Ximena Chapero

D. R. © 2015, derechos de edición mundiales en lengua castellana:
Penguin Random House Grupo Editorial, S.A. de C.V.
Blvd. Miguel de Cervantes Saavedra núm. 301, 1er piso,
colonia Granada, delegación Miguel Hidalgo, C.P. 11520,
México, D.F.

www.megustaleer.com.mx

Comentarios sobre la edición y el contenido de este libro a:
megustaleer@penguinrandomhouse.com

ISBN 978-607-31-3252-7

Impreso en México/*Printed in Mexico*

A mi hijo
Walter, que heredó mi pasión por la cocina.

"No hay nada que nos recuerde más de dónde venimos
que la comida."

Belén Garrido

CAPÍTULO I

Pedro Alonso Hidalgo llegó a La Habana en 1910 con trece años de edad, bastante asustado y mareado por la larga travesía. Apremiada por las circunstancias su madre, la viuda Isolina Alonso, consiguió que lo llevaran a Santander para embarcarlo como grumete en un carguero que hacía el recorrido en cuatro semanas. Pedro llevaba consigo un pequeño bulto de ropa y una carta de Isolina a su hermano Santiago Alonso, propietario de un expendio de víveres secos al por menor ubicado en un local de la calle Oficios, rogándole que empleara a su sobrino. Santiago emigró a la isla unos años antes de la guerra de independencia y estableció La Asturiana con mucho esfuerzo como tantos otros que llegaron por esa época y que escogieron quedarse después de que los españoles perdieran la guerra del 98 con los americanos. Ese local había sido parte de las caballerizas de la antigua mansión que las lenguas señalaban como propiedad de un marqués, pero de su antiguo esplendor quedaba poco. Por ese entonces Oficios era una estrecha calle empedrada muy cerca del puerto, donde vivían familias hacinadas en cuarterías ubicadas en caserones abandonadas por los nobles que regresaron a España mucho antes del inicio de la guerra. Por allí transitaban a diario enormes carromatos cargados de carbón halados por fornidos mulos, con la consiguiente algarabía de las amas de casa, que esperaban en la carbonería para hacer su compra.

La única aspiración de Santiago era ahorrar lo suficiente para regresar a su pueblo en Asturias y adquirir una huerta en donde vivir sus últimos días. Había pasado años temiendo ser expulsado del país donde trató de pasar desapercibido, años de privaciones, hasta que una cierta normalidad volvió a la ciudad declarada la independencia en 1902 y logró reabrir el pequeño local. Comenzó a recibir alguna mercancía cuando regresaron los barcos de España con barriles de galletas, chorizos, a veces aceite de oliva, quesos, alubias y garbanzos.

Ese sobrino flacucho y desgarbado que le traía el destino, no le cayó en gracia. Lo poco que hacía a duras penas alcanzaba para mantenerse y ahorrar algo, pero estaba en deuda con su única hermana y tuvo que aceptar su presencia. Le asignó a Pedro un rincón en la trastienda para ubicar un catre cerca del suyo en un cuarto de paredes de piedra blanqueadas con cal, que rezumaba humedad y donde los ratones se escondían en las hendijas. Una gruesa puerta de madera cuarteada por los años comunicaba el local con el patio central del caserón, donde compartían el baño con otras familias y sacaban agua del antiguo pozo. Cerca de la puerta, un anafre les servía para calentar agua y los alimentos que a veces conseguía en las fondas del puerto cercano, pero el resto del tiempo se las arreglaba con lo poco que cocinaba. Con otra boca que mantener, Santiago obligó a Pedro a trabajar a su lado detrás del mostrador día y noche para pagar la ropa y un par de zapatos que le compró, todo de segunda mano.

Casi sin darse cuenta la vida se le fue escapando y la muerte alcanzó a Santiago de repente un martes de cuaresma. Pedro heredó lo poco que dejó su tío, tenía veinte años y algunas ideas para mejorar el negocio. En cuanto pudo, con los pesos que dejó el viejo guardados en una lata bajo su catre y con gran esfuerzo, trasladó La Asturiana a un local por la calle Compostela casi esquina a Obispo, un área algo más próspera.

A sus treinta y más años, después de dedicarse a trabajar sin descanso, como había aprendido del tío Santiago, su situación económica era algo mejor. Tenía clientela fija, pero la soledad que lo rodeaba en sus horas de asueto comenzó a agobiarlo. Los pocos amigos dueños de negocios cercanos, estaban tan ocupados como él y no quería quedarse detrás del mostrador toda una vida. Su única distracción era una visita ocasional a un bayú cercano para dejarse manosear por mujeres desgastadas por el oficio.

Decidido a encontrar esposa, cifró sus esperanzas en una joven del barrio que frecuentaba la tienda. Tenía una angustia lejana en la mirada que le hizo pensar que no le disgustarían sus atenciones. Se trataba de Celeste Rodríguez, dependiente en un almacén de Galiano, que con venticinco años de edad no se resignaba a la soltería. Delgada, de mediana estatura, algo huesuda, poco busto, un rostro común excepto por ojos negros grandes y expresivos adornados por largas pestañas, nariz aguileña, boca de labios estrechos que le daban un aspecto de dureza que trataba de disimular pintándose por fuera, el cabello recogido en la nuca en un rodete al estilo de la época. Vivía desde siempre en una cuartería por la calle Obrapía, en compañía de su madre y un hermano menor siempre metido en enredos que no le daba paz a la familia. El clásico solar habanero, poblado por demasiadas familias, radios a todo volumen día y noche, la pelea a gritos entre vecinos y parejas, la policía tocando puertas en busca de algún delincuente. Un pequeño infierno del que muchos trataban de escapar y muy pocos lo lograban.

Celeste recordaba vagamente a su progenitor que desapareció durante su infancia. Y la historia que su madre contaba era que había muerto en un accidente en el puerto, donde trabajaba moviendo carga de los barcos que entraban y salían. Supuestamente había sido aplastado por una grúa, pero Celeste desde siempre sospechaba que la verdad era otra. La mentira tantas veces repetida para ocultar una historia de abandono familiar que había que disimular y esconder a toda costa. Su hermano nació mucho después, de una fugaz relación que tuvo su madre con un marino que nunca más volvieron a ver. En el solar, algunas mujeres hacían comentarios en voz alta al ver pasar a esa flaca estirada que entraba y salía taconeando sin saludar a nadie.

— ¿Qué se habrá creído? Coño... Esa tipa parece un bacalao —escupió a su paso entre dientes una vecina.

Uno de esos vagos del barrio, de cabello engominado de medio lado a la Rodolfo Valentino apestando a colonia barata, con su labia trataba de meterle mano a Celeste cada vez que pasaba por la esquina donde el tipo se instalaba de guardia todos los días, como pegado a un poste.

—Hola chica, ¿no quieres acompañarme el sábado a un paseíto por el malecón? Te juro que no te vas a aburrir...

—Amorcito, no seas castigadora, por lo menos tírame una sonrisita con esa boca linda.

Celeste pasaba taconeando airosa sin voltearse a mirarlo, pero era la primera vez en su vida que alguien le decía un piropo, lo que provocaba una emoción desconocida. Para llegar al solar podía haber dado la vuelta por la otra esquina y así evitar ncontrarse con esa especie de Valentino treintón, ataviado con la camisa planchada sin saco ni sombrero, zapatos de dos tonos, pero no lo hacía. Se engañaba diciéndose que nadie la iba a obligar a cambiar de rutina, de eso nada, estaba de por medio su dignidad. Pero las manos le sudaban y el corazón le daba brinquitos cuando iba llegando a esa esquina y trataba de ensayar un gesto de disgusto como si estuviese indignada cuando el galán le disparaba todo su repertorio de piropos.

La dependienta de la panadería de al lado comentó en voz alta que ese tipo se metía con todas las mujeres que pasaban por esa esquina. Era un descarado sin oficio, se creía un Casanova, un tremendo pollo, mientras su pobre madre se mantenía pegada a una máquina de coser; no había que determinarlo. Pero Celeste seguía pasando por allí, era la única emoción que había conocido en su vida, hasta que llegó el día que no encontró a su Rodolfo en la esquina. Quizás estaba enfermo, pensó, pero pasaron los días y no aparecía. Aunque lo negase, extrañaba bastante los piropos que la hacían sentir menos vieja y ajada. En realidad nunca supo su nombre, pero la de enfrente le aseguró después que se llamaba Carlos y supuestamente había viajado con un tío al norte para trabajar en una fábrica o algo así.

—Yo sé lo paquetero que es ese tipo, debe estar chuleando en algún club por allá, para eso sí sirve. Su madre debe estar contenta de haberse librado de semejante camaján —comentó otra vecina que dijo conocer bien a la familia.

Celeste se decía una y otra vez que no le importaba para nada el destino del tal Carlos, aspiraba a algo mejor, no iba a quedarse condenada a vivir en el solar, llena de hijos como tantas otras, mientras los años le caían encima. No había muchas oportunidades de trabajo en la isla por esos años veinte, sobre todo para alguien como ella con una educación limitada a una escuela vocacional en la que aprendió aritmética, a escribir bien y algo de mecanografía.

Cuando se fijó en ese asturiano trabajador, de espaldas fuertes y rostro agradable, dueño de la tienda de la otra esquina que vivía solo en la trastienda, supo de inmediato que era el marido que andaba buscando para salir del solar y la pobreza. Se empeñó en conquistarlo con sonrisas, suspiros y lo mejorcito de su vestuario. Entraba a diario a La Asturiana a comprar cualquier cosa, una latita de sardinas o atún, aceitunas del barril, un pedazo de queso. Todas esas compras agotaban su escaso salario; su madre la miraba extrañada cuando la veía llegar con tantas vituallas a las que no estaban acostumbrados y que su hermano enseguida se tragaba todo lo que podía. Le tomó largas semanas de coqueteos, y suspiros, pero al final logró que Pedro la invitara a tomar un refresco en el café de la esquina, un lugar desde donde podía mantener a la vista la entrada de su tienda. Celeste no tardó en contarle con voz lastimera algunos de sus problemas familiares, el hermano siempre en líos con la justicia y Pedro habló con emoción de su pueblo, ahorraba para regresar a Asturias algún día, su sueño era construir una casa con una huerta y criar toda clase de animales: ovejas, cerdos y quizás hasta un caballo.

—Tineo es un pueblo de Asturias que queda a unos kilómetros de Luarca, hacia la montaña, un lugar fértil y fresco todo el año. Mi madre era viuda y falleció hace años. No tengo hermanos pero allá todavía quedan algunos parientes —confió nostálgico.

Celeste no tenía la menor idea de dónde quedaba eso, pero puso los ojos en blanco asegurando que sería maravilloso conocer un lugar tan hermoso. Pedro la invitó a la cafetería tres veces más y sin darse cuenta se fue enamorando de Celeste y decidió hacerla parte de su futuro, pero le costaba bastante decidirse.

Volvieron a encontrarse otras veces, siempre en el mismo lugar y cuando Celeste desesperaba de empujarlo a algo más, Pedro la invitó a uno de esos restaurantes finos por el Prado una noche de verano. Después de comer y de sopetón, cuando esperaban el postre, le propuso matrimonio, sujetando su mano tímidamente por primera vez. Quizás así hacían las cosas en Asturias, pensó Celeste, e imaginó que el tal Carlos seguro la habría manoseado de pies a cabeza e intentado mucho más antes de proponerle matrimonio. Un casto beso selló el compromiso cuando la dejó en la entrada del solar.

Dos meses después, se desposaron en una soleada mañana de junio en el Ayuntamiento. El gallego dueño de la bodega de enfrente y uno de sus hijos fueron los testigos de la ceremonia. Celeste se veía casi hermosa, ataviada con un vestido blanco con adornos de encaje que le costó todo su salario y un pequeño sombrero con velo que le cubría parte del rostro maquillado por una vecina dueña de una peluquería y que en realidad, hizo milagros. Pedro enfundado en un terno gris que había alquilado, corbatita negra de lazo, se veía estirado y muy incómodo. Fueron de luna de miel tres días a un hotelito en Guanabo, cerca de la playa en donde por primera vez en su vida, Pedro se enfrentaba a una virgen en el lecho. En el bayú que visitaba de vez en cuando, las mujeres hacían todo el trabajo, siempre apuradas por terminar con el cliente de turno, no tenía que esforzarse.

En realidad no le fue tan mal, aunque Celeste –que no tenía experiencia alguna– le pareció que debería haber algo más que ese tímido meneo entre sábanas en la oscuridad del cuarto. Casi ni se percató de lo que estaba pasando, ni sintió ese dolor profundo que describían algunos libros que había repasado. Solo un poco de sangre en las sábanas y ya. Pedro sí se dio cuenta de lo ocurrido y se convenció que estaba realmente enamorado, había encontrado la felicidad y no iba a morir solo como el tío Santiago. De mañana fueron a pasear por la playa, era la primera vez que Pedro caminaba sobre arena y se negó a quitarse los zapatos, no le gustaba la sensación que le producía en los pies y detestaba el mar desde la travesía que lo trajo a Cuba que pasó mareado tendido en un camastro. Por su parte, Celeste se divertía chapoteando en la orilla mientras él la admiraba desde lejos, sentado tomando un refresco en uno de los timbiriches del lugar.

Al regresar, fueron a vivir a un pequeño apartamento que Pedro alquiló en la azotea de una antigua mansión convertida en cuartería en la calle Oficios, cerca de donde estuvo la tienda del tío Santiago. Era un lugar soleado que daba al patio interior adornado por tendederos y por los tejados adyacentes; a lo lejos se podía divisar un pedacito de mar. Dos pequeñas habitaciones, un lavabo con escusado en donde podían bañarse con un cubo de agua, la cocina adosada a la azotea; un hogar humilde que Celeste, con pocos muebles, la cama, una mesa con cuatro sillas, un sofá de segunda y unos cuantos adornos, logró darle un aspecto agradable. Antes de la boda Pedro, como su tío, había vivido en la trastienda y esos nuevos lujos le parecían algo innecesario, tenían que ahorrar para algún día regresar a Asturias. Después de seis meses Celeste acabó por convencerlo, que si iban a tener familia, necesitaban un baño completo y no como vivían sin agua corriente, hasta allá arriba no llegaba la tubería, lo que obligaba a Celeste a cargar latas desde el patio para cocinar y bañarse. Después de mucho buscar se mudaron a un apartamento de paredes encaladas, en un viejo edificio de amplios balcones que daban a la calle San Ignacio, muy cerca del malecón desde donde se divisaba el mar a lo lejos. Celeste se esforzó en arreglar todo a su gusto, a pesar de las protestas de Pedro por tanto gasto. Dos cuartos, sala-comedor, baño y una cocina pequeña pero adecuada para sus necesidades. Celeste recorría los rastros buscando muebles usados, chucherías, cuadritos para adornar las paredes, estaba satisfecha.

Su madre insistía en visitarla casi a diario y fastidiada, Celeste le hizo saber que no era bienvenida a menos que fuese invitada. La vieja llegaba a pedirle dinero y algunos víveres, quejándose que el hermano no duraba un mes en el trabajo y pasaba penurias sin su ayuda. Celeste no tenía la menor intención de mantenerlos, no les debía nada, solamente malos momentos. La vieja podía irse a putear, lo había hecho antes, a ella nunca la había engañado la aparición de todos esos parientes que llegaban a buscarla al solar. Lo que ahora tenía le había costado mucho trabajo obtener. Todo era suyo y no pensaba compartirlo con nadie y menos con una madre de manos bastante ligeras. Cada vez que llegaba notaba la desaparición de algunos objetos y hasta latas de la alacena. Como la vieja insistía en visitarla, optó por darle algo de dinero en la puerta, sin dejarla entrar a pesar de sus quejas y protestas. Poco después la vieja falleció de un ataque cardíaco y el hermano desapareció de su vida, quizás encerrado en alguna cárcel pensó Celeste, era mejor así.

Se embarazó enseguida y un año después nació Gonzalo en medio de los desórdenes que ocurrieron al final del machadato. El presidente Gerardo Machado —electo en el año veinticinco— llevó a cabo excelentes obras estructurales como el impresionante capitolio de La Habana, copia del de Washington, y la carretera central de un extremo al otro de la isla, pero a los cuatro años torció la constitución para reelegirse y se convirtió en un dictador. A los tres años de esta situación, los partidos políticos y el pueblo se rebelaron; Machado fue expulsado del país y sin ley ni orden, las hordas recorrían las calles saqueando negocios con la excusa de eliminar a los partidarios del régimen depuesto. Unas terribles semanas de desorden. Pedro se encerró en la tienda para proteger su propiedad, dejando a Celeste sola quien comenzó a tener fuertes contracciones. Sin saber qué hacer y muy asustada tuvo que pedir ayuda a algunas vecinas que la llevaron al hospital. Después de varias horas nació Gonzalo, un niño vigoroso, la viva imagen de Pedro, pero Celeste guardó un gran resentimiento contra su marido por haberla dejado sola en semejante situación por cuidar la tienda. Las relaciones entre los dos se tornaron algo tirantes Pedro no entendía la molestia de Celeste, todo había salido bien y logró evitar el saqueo de la tienda.

Tres años después nació Eligio, esta vez en condiciones políticas normales, un niño con los ojos de su madre, grandes y soñadores. Celeste decidió de inmediato que la familia estaba completa, no necesitaban más responsabilidades y comenzó a restringir las relaciones conyugales con tanto éxito, que Pedro tendido a su lado no se atrevía a acercarse para evitar el rechazo. Resignado, comenzó a visitar el bayú cercano de vez en cuando, como antaño y no volvió a tocar a Celeste, más que satisfecha con el arreglo.

Los muchachos se educaron en la escuela pública del barrio, aunque a Celeste le hubiera gustado inscribirlos en el colegio de los maristas, pero Pedro se opuso con firmeza. No creía en monsergas de curas y además, los colegios privados eran muy caros, un despilfarro. Insistía en criar a los dos de manera estricta. Después de completar sus labores escolares, tenían que ir a trabajar a la tienda de tarde y los fines de semana desde temprano. Los muchachos obedecían, pero resentían bastante las exigencias de Pedro, sobre todo Gonzalo, pero sin atreverse a desobedecer. Eligio era más tranquilo y no se despegaba de su madre que lograba librarlo del trabajo en la tienda.

En cuanto entró en la adolescencia, Gonzalo a veces se escapaba con amigos al cine, o a la azotea del edificio a hablar de las muchachas del barrio, esas que coqueteaban con ellos sin dejarse poner un dedo encima.

—Qué se habrán creído, no saben lo que se pierden al no querer estar con nosotros —comentaban riendo a medias.

Pero ni ellos mismos tenían idea de lo que podía suceder si alguna bajase la guardia y los dejara acercarse un poco. En la secundaria Gonzalo se matriculó en el Instituto de La Habana a seguir con sus estudios. Fito, un compañero de clase, con una sonrisa picaresca alardeaba que tenía una novia con la que hacía de TODO y los amigos contenían la respiración esperando más detalles de ese todo húmedo y misterioso al que nunca habían llegado. Algunas veces iban en pandilla a corretear por el Prado hasta el malecón, lo que les acarreaba un largo regaño al regresar a casa, con el consabido discurso de Pedro de la importancia del trabajo y el ahorro. Celeste trataba de intervenir aduciendo que de vez en cuando los muchachos necesitaban distracción, que todo no puede ser estudio y trabajo, pero Pedro era inflexible. Él había trabajado desde los diez años y no le había hecho daño, al contrario. Solo necesitaban aprender a leer, escribir y conocer los números. El resto se adquiría día a día tras el mostrador de la tienda.

Celeste era un ama de casa bastante descuidada, poco le gustaba la cocina y con frecuencia compraba comida en las fondas del barrio, comida que Pedro detestaba. Limpiaba el apartamento por encima, sin fijarse en detalles, ni el polvo que se iba acumulando en las esquinas, la ropa sucia quedaba arrumada en un rincón del baño hasta que Pedro se quejara por no tener una muda limpia. A veces pasaba las tardes recorriendo los enormes almacenes, probándose prendas que no podía comprar y sobaba mercancía fuera de su alcance. La situación había llegado a tal extremo que Pedro, molesto, se quedaba en la tienda hasta tarde y algunas noches comía cualquier cosa en la bodega del gallego, y se recostaba en un catre en la trastienda. Ya no aguantaba las quejas de Celeste por el poco dinero que recibía para comprar ropa para ella o los muchachos que no podrían de ninguna manera llegar a la universidad en harapos. A él le bastaba con un par de zapatos y tres mudas de ropa. Preocupado, se percataba que Celeste aspiraba a otras ocupaciones para sus hijos, que no tenían nada que ver con La Asturiana. Comenzó a temer el mal carácter de su mujer, cada vez más dominante y gastadora, que se molestaba cuando le reclamaba sus despilfarros. Ante cualquier interrogante, ripostaba que era un viejo avaro y que sus hijos tendrían un futuro mejor si estudiaban en la Universidad. Si se le ocurría mencionarle a Tineo, la huerta y todo el resto, se enfurecía aún más; sus hijos no iban a pasar el resto de sus vidas arando la tierra o plantado verduras en Asturias, tendrían un futuro como profesionales exitosos en Cuba.

En el cuarenta y nueve Gonzalo terminó el bachillerato en ciencias en el Instituto de La Habana con buenas notas, nada sobresaliente. Con la ayuda de Celeste que ahorraba todo lo que podía de los gastos del hogar y lo que lograba extraer de la billetera de su marido cuando se bañaba, se matriculó en una nueva escuela de técnica en electrodomésticos que manejaba un norteamericano, a pesar de la oposición de Pedro que reclamaba su presencia en la tienda. No entendía la necesidad de más estudios, lo único que importaba era La Asturiana en donde había dejado su juventud. Algún día tenía que realizar su sueño, un sueño que cada día veía más lejos ya que sabía que la situación económica en España no era buena. Había pasado muchos años desde el final de la guerra civil, pero el país no se recuperaba bajo la férrea dictadura del general Francisco Franco que había aislado a España del resto de Europa.

Por entonces el ultramarino era un poco más amplio, ofrecía aceitunas, embutidos, chorizos y quesos y, por Navidades, hasta sidra y turrones si los barcos llegaban a tiempo. Pedro no pretendía competir con los ultramarinos de Muralla que ofrecían a su exclusiva clientela finos quesos, toda clase de aceitunas y jamón serrano en lascas o entero. Lo suyo era una tienda de barrio en donde todos se conocían y hasta fiaba la mercancía a vecinas escogidas, eso sí, a corto plazo.

Sin haber terminado el curso con el americano, Gonzalo logró conseguir un trabajo como instalador de consolas que vendía un gran almacén de Galiano. Su trabajo no solamente era asegurarse que llegaran en buenas condiciones a los compradores, sino también enseñarles como manipular correctamente las distintas opciones que ofrecía el aparato, radio, grabadora de cinta y tocadiscos. Era un trabajo aburrido y frustrante, con las constantes llamadas de clientes que se enredaban apretando botones para luego quejarse que el aparato estaba defectuoso. Su única diversión consistía en salir los domingos con su amigo Carlitos a pasear en el fotingo propiedad de un tío, un vehículo con una vibración tan endemoniada que a cada kilómetro parecía que iba a desintegrarse. A veces iban a la playa, a tomar unas cervezas, siempre hablando de las jevas que iba a conquistar. Pero en realidad, las pocas muchachas que conocían no les prestaban atención y con lo que ganaban no les alcanzaba para invitarlas a salir a un lugar elegante. Carlitos lo llevó a un bayú por Luyanó, una experiencia bastante desagradable. La mujer que le tocó tenía unas tetas enormes y al notar su reticencia se reía al darse cuenta que era su primera vez y se le tiró encima y comenzó a sobarlo, sus gruesos muslos lo apretaban con fuerza hasta que lo obligó a penetrarla, el bastidor chirriaba como endemoniado con cada embestida y todo terminó con un estremecimiento que lo dejo temblando. No era para nada lo que había imaginado, nunca más regresó a un tugurio como ese, le daba demasiada vergüenza recordarlo.

Cuando en el cuarenta y nueve Goar Mestre, dueño del poderoso circuito CMQ anunció que en un plazo de tres años comenzaría a operar la televisión en Cuba, se inició una desenfrenada carrera para obtener la primicia de las transmisiones televisivas en la isla. Los otros competidores eran Gaspar Pumarejo dueño de Unión Radio y Amado Trinidad, de la RHC Cadena Azul.

Mestre inició la construcción de Radio, Centro un complejo de televisión, radio y cine con tiendas, al estilo de Radio City en New York. Pero el 23 de octubre de este año fue Unión Radio Televisión quien lanzó al aire la primera señal de televisión comercial en Cuba con equipos de la RCA. El canal trasmitía desde dos sets improvisados en la residencia de Pumarejo ubicados en Mazón y San Miguel, uno de ellos en el jardín, el estudio aire libre.

Desde que empezaron los programas, Gonzalo supo que había encontrado su vocación. Pasaba horas hipnotizado frente a las imágenes que se sucedían en la pantalla del aparato del almacén en donde trabajaba. Toda Cuba aspiraba a tener uno de esos televisores que comenzaron a ser importados en grandes cantidades. Celeste se las ingenió para adquirir un televisor a plazos, después de una larga y acalorada discusión con Pedro, que consideraba que un gasto tan grande era innecesario, pero como siempre acabó por ceder de mala gana. Por lo menos ahora la mujer se quedaba en casa frente al aparato todo el día, en vez de deambular de tienda en tienda.

Con la ayuda del tío de Carlitos consiguió trabajo en la Unión Radio Televisión en el Canal Cuatro. Los equipos de la RCA, algunos de segunda, ameritaban constante mantenimiento. Gonzalo era uno de los ayudantes del ingeniero encargado de los equipos. Aceptaba cualquier labor que le encomendaban, desde limpiar el área, hasta llevar en taxi a toda velocidad la tercera cámara que poseían después del noticiero para completar las otras dos ubicadas en los juegos de béisbol nocturno en curso en el estadio del Cerro. En teatros arrendados trasmitían algunos espectáculos, además de programas humorísticos y algunos comerciales. A Gonzalo, todo lo que ocurría alrededor le interesaba; vivía la urgencia y el caos de algunas situaciones aunque al final, después de mucho discutir y casi sin ensayar, el programa salía al aire a la hora en punto. Limpiaba los pisos, el jardín, lo que le pidieran, examinaba en detalle cada aparato, como se conectaban entre sí, la ubicación de las cámaras y las luces. La energía que emanaba de Gaspar Pumarejo era realmente contagiosa, un hombre elegante, sumamente exigente, un locutor de primera, no había obstáculo que no estuviera dispuesto a rebasar, ni meta a la que con esfuerzo no lograra llegar, todos en el canal lo respetaban y admiraban, pero ninguno como Gonzalo. Ese hombre se convirtió en su ídolo.

Regresó a la escuela en las mañanas muy temprano a tomar un curso de electrónica y pasó a ser asistente del encargado de los dos sets, en donde no podía faltar ningún equipo. Trabajaba largas horas sin importarle el bajo salario, estaba satisfecho, aprendía algo nuevo a diario. En diciembre abrió sus puertas la otra gigante de la televisión CMQ bajo la dirección de Goar Mestre. Pero poco tiempo después, acosado por problemas financieros, Pumarejo tuvo que vender la empresa y sus acciones en la Cadena Azul, se dedicó a alquilar espacio en el Canal 2 para realizar sus programas y Gonzalo lo siguió con otros empleados.

En marzo del cincuenta y dos ocurrió el golpe de estado. Fulgencio Batista derrocó al presidente Carlos Prío Socarrás y todo comenzó a cambiar en la isla. Inmediatamente suspendieron las garantías constitucionales y se instauró una fuerte dictadura militar. El argumento de Batista para legitimar el golpe de Estado era la necesidad de luchar contra el gansterismo, la prostitución y la corrupción imperantes en casinos manejados por famosos tahúres norteamericanos. Ante estos sucesos se estableció una oposición generalizada al régimen dictatorial, con la que se identificaron grupos estudiantiles, sindicatos, partidos políticos y algunos empresarios. Las manifestaciones estudiantiles comenzaron poco a poco, pero al aumentar en intensidad fueron reprimidas violentamente por las fuerzas de seguridad. La televisora no se daba abasto tratando de editar las noticias hasta que fueron censuradas para impedir que la población estuviese enterada de todo lo que estaba sucediendo a lo largo del país. Era casi imposible acallar las voces de discordia y a pesar de la represión, los miembros de la Federación de Estudiantes Universitarios comenzaron a movilizarse en masa dispuestos a usar la fuerza si fuese necesario.

Celeste preocupada, se quejaba que casi no veía a Gonzalo. Estaba demasiado flaco, comía y dormía muy poco, pasaba días sin llegar a la casa.

—Es hora que busques una novia y asientes cabeza, hijo, ya eres mayor de edad —dijo una noche de esas cuando lo esperaba para servirle algo de comer.

—Mamá, el país está bajo una dictadura, quizás estemos al borde de la revolución armada y tú andas preocupada con noviazgos —respondía irritado.

No quería decirle que las muchachas que conocía esperaban anillo y compromiso antes de darle los buenos días, sin la oportunidad de intimar un poco más, que esperaban serenatas y boleros y un largo noviazgo mientras preparaban el ajuar, que no tenía tiempo, dinero ni ganas para tanta exigencia. Dos compañeros de trabajo andaban en esas peripecias y se quejaban que solo podían salir con las novias acompañados por una chaperona que no les quitaba el ojo de encima. Podía ser la tía, la madre o una abuela, la imprescindible chaperona por esos años en Cuba.

—Estoy de acuerdo con tu madre, te vemos muy poco. Un día de estos ustedes dos van a tener que dedicarle todos sus esfuerzos al negocio. No puedo seguir manejando la tienda sin ayuda, los dependientes no sirven para nada y roban lo que pueden. Cuando más los necesito, pillo uno u otro durmiendo en el almacén sobre los sacos. Esos trabajitos que haces en la televisora no tienen futuro, pagan una miseria y además corres el peligro de recibir un balazo cuando andas detrás de esos revoltosos buscando noticias. Ustedes tienen una gran tienda que parecen apreciar muy poco —gruñía desalentado Pedro, tratando de ignorar las miradas aviesas de Celeste.

—Es verdad que todo está cambiando en el país por la dictadura, papá. En el Instituto nos estamos organizando para apoyar a la FEU, ya me inscribí y mañana tenemos reunión —interrumpió Eligio con entusiasmo.

—¿Y eso de FEU qué significa? Te prohíbo que te mezcles con esa asociación de revoltosos que no tienen oficio ni estudian —dijo Celeste alarmada.

—Ya basta Eligio —intercedió Pedro—, esa gentuza no va a ningún lado, no digas sandeces. Todos esos mítines son convocados por individuos que quieren acabar con el país. He tenido que cerrar temprano dos veces esta semana por los desórdenes. Si esto sigue, los comerciantes de esta área vamos a quebrar.

En realidad, Pedro no acababa de entender de qué se trataba todo el asunto. Vivía día a día detrás de un mostrador desde que llegara a Cuba, la política no le interesaba, le daba lo mismo un presidente u otro, en su opinión todos estaban empeñados en hacerse ricos lo antes posible. El golpe de Estado lo dejó impasible. No había ojeado un periódico local en meses, pero de vez en cuando conseguía un semanario regional en el Centro Asturiano al que se había afiliado unos años antes. Una vez por semana pasaba unas dos horas en el lugar, leyendo las noticias que llegaban de España. Hundido en un sillón había repasado año tras año los terribles hechos de la guerra civil, seguida por la interminable guerra mundial. Menos mal que esas cosas sucedían en otros países, pero no en Cuba.

De noche se debatía presa del insomnio, preocupado por lo que estaba sucediendo. El corazón parecía salírsele del pecho cada vez que pasaban las marchas de estudiantes vociferando consignas rumbo al parque central a algún mitin y detrás de ellos, iba la fuerza policial disparando gases lacrimógenos e incluso, que lo obligaban a cerrar las puertas del almacén de inmediato. Más de un estudiante hostigado por la policía había tratado de obtener refugio en el lugar, pero Pedro los largaba indignado. No tenía por qué inmiscuirse en estos asuntos. Aún estaban vívidas las imágenes de los tiempos del machadato con su salvaje secuela de saqueo y vandalismo.

En marzo del cincuenta y tres una emisora de radio emitió una dura crítica al golpe de estado e inmediatamente fue ocupada por tropas del gobierno y silenciada. La censura endureció después que un joven llamado Fidel Castro que lideraba un grupo autodenominado Generación del Centenario, el 26 de julio intentó tomar por la fuerza el cuartel Moncada en Santiago de Cuba y el cuartel Carlos Manuel de Céspedes en Bayamo, pero fracasaron en el intento, sufriendo numerosas bajas. El gobierno respondió con severas medidas represivas lo que llevó a la detención de Fidel y los sobrevivientes que unas semanas después, fueron llevados a un juicio público. Esas noticias permitieron a medias, supuestamente destacar la singular valentía de los militares que rechazaron el ataque. Los insurgentes fueron condenados a prisión en Isla de Pinos, pero ante la presión internacional y local, Batista decidió amnistiar al grupo veintidós meses más tarde, sin imaginar lo caro que le costaría ese gesto.

Por no discutir a diario con sus padres y tener más independencia, Gonzalo decidió mudarse a una casa de huéspedes cercana a la televisora, con la excusa que tenía que trabajar largas horas como uno de los asistentes de producción del show de variedades del mediodía. Eligio ya llevaba un año en la Universidad, estudiaba derecho y vivía en casa.

Durante las emisiones en vivo estaba encargado de verificar la presencia de los invitados y que todo estuviera en orden en el set. A veces le tocaba repartir los bocadillos que el conductor Gaspar Pumarejo insistía en brindarle al público, lo que le ganó el sobrenombre de «El hombre del choripán». A pesar de la oscura situación política el show de Pumarejo proseguía como si nada, incluso rifaban casas que mantenía el entusiasmo del público. Gonzalo, al darse cuenta de que no tenía posibilidades de avanzar reducido a movilizar público, lejos de la parte técnica, logró conseguir una posición en la gigante CMQ.

La censura impuesta por la dictadura limitaba las noticias que podían salir al aire. La programación de los canales mostraba trágicos novelones, divertidas comedias, obras del gran teatro español, clases de cocina, shows de variedades con frenéticas bailarinas meneando las caderas al son del mambo. Había que distraer a la población a toda costa.

Y por esa época Gonzalo conoció a Lucinda, una de las bailarinas del grupo de las mamboletas del show del mediodía. Era una bella mulata santiaguera que comenzó a coquetearle abiertamente mientras arreglaba el set. En la primera oportunidad la invitó a salir y en pocos días gastó todos sus ahorros en restaurantes y clubs, pues a Lucinda le gustaba la diversión. Acabó llevándola a su estrecho cuarto donde aprendió a hacer el amor por horas enteras. Lucinda era el sueño de su corta vida, lo que siempre había imaginado y deseado, estaba locamente enamorado y por primera vez. Gonzalo se negó a escuchar la advertencia de un compañero de trabajo que se enteró de la relación que tenía con la bailarina.

—No te enredes con esa tipa, Gonzalo, yo la conozco, te va a exprimir hasta dejarte como bagazo. Esa Candelaria es tralla hermano, candela, mala hierba, siguaraya, ese era su nombre antes de meterse a artista —aseguró enfático.

No le importaba si se llamaba Candelaria o Lucinda, estaba seguro de haber encontrado el amor de su vida. Pero de buenas a primeras, cuando la llamaba al lugar donde vivía con otras compañeras, le daba toda clase de excusas, no podían encontrarse, estaba cansada, trabajaba en un cabaret hasta muy tarde. Una mañana, al llegar a la televisora, se enteró de que el conjunto de las mamboletas, salió de gira por varios países del área y no sabían por cuánto tiempo. Se negaba a creerlo, estaba seguro que se amaban, se había hecho la ilusión que seguirían juntos y que algún día se casarían. Le dolía demasiado lo sucedido, era un perfecto idiota y para colmo lo dejó sin una peseta y nunca más supo de ella. Ese suceso le amargó bastante sus días y se convirtió en un ser algo huraño y receloso de las mujeres.

Entre tanto, los cabarets de la ciudad, Montmatre Johnny's Dream Club, los clubs de la playa, los teatros, los hoteles en donde cantaban a diario artistas del calibre de Benny Moré, Olga Guillot, Edith Piaf, Nat King Cole y Josephine Baker entre tantas otras estrellas. Los casinos seguían repletos de turistas y se rumoraba que gánsters americanos llegaban a diario del norte para apostar grandes cantidades de dinero en esos casinos que Fulgencio Batista prometió cerrar cuando tomó el poder.

Poco después, nacía el movimiento clandestino 26 de Julio decidido a terminar con la dictadura. Fidel y su grupo se desplazaron a México para desde allá, organizar la resistencia armada. Mientras tanto en La Habana, el Directorio Revolucionario integrado por gran número de estudiantes de la Universidad de La Habana bajo el liderazgo de José Antonio Echevarría, alias Manzanita, un joven que gozaba de una enorme popularidad, se preparaba a recurrir a las armas.

Los trabajadores de televisión y radio trataban seguir de cerca los movimientos de los distintos grupos que tenían como único objetivo, acabar con la dictadura. Ya que no podían reportar los sucesos violentos en la televisión por la rígida censura, de alguna manera lograban mantener a la población informada de boca en boca, a través de emisiones radiales y periódicos. Ya los estudiantes ejecutaron algunos militares, entre ellos al jefe de la policía secreta coronel Antonio Blanco Rico, a la salida de un cabaret.

En octubre del 56, después del incidente de Plaza Cadenas donde varios estudiantes universitarios fueron apresados y otros ultimados por las fuerzas militares, después de un mitin, Batista mando a cerrar indefinidamente la Universidad de La Habana lo que inició el desgarramiento de muchas familias. Entre marzo y junio siguiente más de quinientos estudiantes de distintas carreras, salieron de Cuba a España y otros países, donde las universidades los acogieron, convalidando lo ya estudiado.

Celeste trató de convencer a Pedro que sacara a Eligio de Cuba, temía por su vida. Desde que entrara en la escuela de Derecho, más de una vez desaparecía por varios días y regresaba con la ropa sucia húmeda como si hubiera estado mucho tiempo bajo la lluvia. Si le preguntaban se negaba a dar explicaciones de sus largas ausencias y malhumorado devoraba la comida que Celeste le ofrecía. Dormía unas pocas horas antes de volver a salir sin despedirse siquiera. Celeste trataba de ocultarle a Pedro lo que estaba sucediendo, con la excusa que Eligio pasaba las horas estudiando en casa de un amigo. Pero con la Universidad cerrada, no había excusa que valiese y Eligio no regresó más, para evitar regaños. Celeste preocupada recurrió a Gonzalo para que fuera a buscar a su hermano y tratara de convencerlo que podía continuar estudiando en España, era una buena opción.

Gonzalo aceptó el encargo de mala gana, convencido de que iba a lograr muy poco. No fue fácil ubicar a Eligio. Tuvo que usar todos sus recursos de persuasión con miembros del Directorio Revolucionario que conocía de sus años del instituto para enviarle el mensaje de que lo esperaría al día siguiente en una concurrida cafetería del centro. Gonzalo llegó temprano y se ubicó en un rincón apartado, revolviendo un refresco con desgano. Espero largo tiempo y cuando ya pensaba que Eligio no iba a acudir a la cita, sintió que le golpeaba el hombro amistosamente. Era su hermano que abrazó estrechamente, estaba mucho más delgado, se había dejado crecer una espesa barba y bigotes y una gorra le ocultaba parte del rostro.

—No puedo quedarme mucho tiempo, Gonzalo, la policía secreta nos anda buscando para eliminarnos —le susurró al oído.

—Está bien, entiendo, pero por lo menos come algo, pareces un esqueleto rumbero, estás en los huesos hermano.

Pidió una malteada doble y unas rosquillas que sabía eran sus preferidas y lo vio comer con avidez, mientras conversaban.

—Mamá está muy preocupada y quiere que viajes a España a seguir estudiando, tenemos parientes por allá que están dispuestos a recibirte, ya muchos otros se han ido a Madrid. Eligio, lo que haces es muy peligroso. Agarraron a seis o siete muchachos que se escondían en un apartamento tras haber matado a unos militares y los acribillaron a balazos, la noticia salió en los periódicos con fotos de los cuerpos tirados por todas partes, hacinados en el baño, algo horroroso, pero el suceso no pudo ser televisado. Eligio no vale la pena que pierdas la vida por un movimiento que no tiene futuro.

—Ya sabíamos lo de nuestros compañeros mártires. ¿Así que todo esto te es indiferente, que no vale la pena que siga luchando contra esta maldita dictadura? —lo dijo con rabia dispuesto a levantarse.

—Espera, no te alteres por favor, es que mamá está desesperada, no te imaginas. Papá la culpa por darte tanta libertad, está tan enojado como ella. Casi no duerme, ha descuidado la tienda preocupado por tu ausencia.

—Eso sí que es nuevo, ¿papá descuidando su tienda? No lo creo, lo único que le interesa al viejo son los pesos que acumula para regresar a Asturias. Hermano, no hay nada que puedas decir que me haga regresar a casa y salir huyendo del país, como una rata. Estoy comprometido con la causa y si tengo que morir, así sea. Juan Antonio cuenta con todos nosotros y lo seguiremos hasta el triunfo o la muerte.

—Ya veo, por lo menos llámame de vez en cuando, así sabremos que estás bien. Y si necesitas ayuda, lo que sea, puedes venir a quedarte en mi cuarto, no vaciles en llamar, hermano, por favor cuídate —dijo desanimado y bastante preocupado.

Se despidieron con un abrazo, y lo vio desaparecer por la puerta lateral y notó que alguien lo esperaba, ¿o vigilaba? Un individuo patilludo no les quitaba la mirada de encima, lo que lo preocupó aún más. Estaba abrumado, había tomado todo ese fervor revolucionario de Eligio como un capricho juvenil pasajero que se disiparía a la primera señal de peligro. La situación actual era muy preocupante, el estridente sonar de sirenas de las perseguidoras policiales corriendo a toda velocidad por la ciudad presagiaban atentados, asesinatos reales o imaginarios, el gobierno empeñado en suprimir por la fuerza a los que se atrevían a desafiar su autoridad.

Gonzalo trató de tranquilizar a sus padres con la única excusa que se le ocurrió inventar, asegurándoles que Eligio no corría peligro, que estaba con unos amigos en Pinar del Río, bien lejos de los disturbios. Después con mucho esfuerzo logró hacer contacto por teléfono con su hermano, quien contestaba sus preguntas con evasivas y se negaba a verlo. Todo esto lo irritaba bastante y le quitaba tiempo para su trabajo que ocupaba muchas horas, Eligio estaba lo suficientemente grandecito para cuidarse, era egoísta de su parte mantener en zozobra a toda la familia por meterse a revolucionario. Pero por mucho que trataba, no lograba desentenderse del oscuro presentimiento que lo envolvía y amargaba sus noches.

Después de mucho esfuerzo, Gonzalo había conseguido una posición algo mejor en la CMQ, situada en el enorme complejo de Radiocentro, que tenía una variada programación en vivo día y noche: novelas, variedades, ballet, programas de cocina. Un pequeño ejército de trabajadores se movía de un estudio a otro, arreglando cámaras, posicionando luces, era agotador, pero estaba entusiasmado, cada día aprendía algo nuevo en ese complicado negocio. Ya sabía manejar las cámaras y de vez en cuando le daban la oportunidad de trabajar en algunos programas en vivo.

En noviembre del cincuenta y seis la noticia corrió como pólvora por todo el país: Fidel Castro y un grupo de guerrilleros procedente de México había desembarcado en algún lugar pantanoso de Oriente. Pero a los pocos días el gobierno anunció que el ejército los había acorralado y diezmado y que Fidel estaba muerto. Esta noticia cayó como un balde de agua helada sobre la población, muchos se miraban consternados, se acababa la leve esperanza de librarse de la dictadura algún día.

En febrero, los cables anunciaron que Herbert Matthews, un periodista del *New York Times*, se internó en la Sierra Maestra en busca de los veinte revolucionarios que habían conseguido escapar del ataque y allí encontró a un robusto Fidel Castro a quien entrevistó extensamente. La noticia recorrió el mundo y el impacto que produjo fue enorme, generando una gran simpatía por los guerrilleros a nivel internacional.

Gonzalo no salía de su asombro. Hasta ahora, había pensado que todos esos movimientos revolucionarios estaban destinados al fracaso. Peleaban contra un ejército de más de ochenta mil soldados, ¿qué podían hacer unos cuantos hombres acorralados en la Sierra Maestra? Pero de alguna manera, lo que estaban haciendo atraía la atención de medio mundo. Por su parte, los miembros del Directorio Revolucionario, ajusticiaron a varios altos militares y eran perseguidos por todos los rincones de la ciudad. Cuando agarraban algún sospechoso, lo acribillaban sin hacer peguntas. Preocupado, supo que tenía que sacar a Eligio del movimiento antes que fuese demasiado tarde. Celeste nunca le perdonaría que le hubiese mentido todo este tiempo, pero por mucho que trató no logró comunicarse con su hermano.

Esa mañana del 13 de marzo, mientras trabajaba en un programa, de repente todo pareció paralizarse. Periodistas y secretarias corrían excitados por los pasillos anunciando que un grupo del Directorio Revolucionario había tomado temporalmente Radio Reloj, una emisora muy sintonizada en toda la República. Todos se pegaron a los radios y alcanzaron a oír a José Antonio Echevarría lanzando un comunicado al aire en que llamaba a las armas a todos los estudiantes y ciudadanos, pero enseguida se cortó la trasmisión. Mientras tanto, divulgaron la noticia que otro grupo de estudiantes estaba en proceso de asaltar el palacio presidencial en busca de Batista, para ajusticiarlo.

Las noticias volaban por toda la CMQ a medida que iban llegando de boca de testigos presenciales e informes radiales. Echevarría había sido ultimado por sus perseguidores cerca de la universidad cuando huía de Radio Reloj y Batista logró escapar de palacio con vida, mientras muchos de los atacantes perecieron en el intento, todos se miraban consternados sin saber qué hacer.

Gonzalo nervioso, temía por la vida de su hermano, pero no tenía idea cómo o dónde averiguar su paradero. Horas después alguien llegó a la televisora anunciando que algunos muertos fueron trasladados a una funeraria por la calle Zapata, vigilada por las fuerzas de seguridad. Tenía que arriesgarse aunque la policía lo fichara, tenía que saber si Eligio estaba entre los muertos. Le costó bastante encontrar un taxi que lo llevara hasta allá, las guaguas habían dejado de circular desde los ataques. Al llegar encontró a muchas mujeres en la calle llorando desconsoladas, algunas con ramos de flores, una que otra exigiendo a gritos que la dejaran entrar, buscaban a un hijo, un hermano, un esposo.

Después de mucho suplicar, les permitieron la entrada en pequeños grupos no sin antes tomar sus datos de identificación. Gonzalo se quedó en la acera, temblando por dentro, era el único hombre en el grupo, además de un anciano que lloraba desconsolado sentado en la acera sin decir nada. El policía lo miró curioso con una sonrisa socarrona en los labios al notar su carnet que lo identificaba como trabajador de la CMQ.

—¿Reportero? Usted no puede entrar, solamente los familiares.

—No soy reportero, trabajo de aseador y prefiero quedarme afuera. ¿No tiene una lista de los caídos? Tengo un primo que es un poco alocado, siempre anda metido en esos grupos y mi tía que es viuda me mandó a preguntar por él, está muy preocupada —la mentira le salió con facilidad, temía que lo asociaran con el movimiento.

—Entre hombre, entre, los muertos no muerden, vaya a ver lo que le pasa a los que se atreven a desafiar la autoridad del presidente Batista.

Hasta el último día de su vida, Gonzalo en su memoria pudo recrear esos trágicos momentos, recuerdos que nunca le confió a nadie. Los cadáveres yacían en camillas en desarreglo, sin cubrir, algunos de dos en dos, las paredes pintadas de un color oscuro que contribuía al horror del ambiente. El olor dulzón a sangre coagulada colgaba como un manto nauseabundo por toda la funeraria a pesar que alguien había encendido unas lámparas con incienso. Con el corazón apretado miró uno a uno los desgarrados cuerpos, tratando en vano de bloquear los gemidos desesperados de las mujeres cuando localizaban a un pariente. En el último cuarto, en una camilla estaba tendido José Antonio Echevarría. Parecía estar dormido excepto por el color marmóreo del rostro que en la muerte le daba un aspecto noble. Alguien había depositado un pequeño ramo de flores sobre el pecho; Gonzalo al borde de las lágrimas, supo que estaba frente un héroe y temblando se acercó a tocar la fría mano como gesto de despedida. ¿Qué más podía hacer? Al no encontrar a Eligio, algo aliviado salió rápidamente de la funeraria estremecido por las náuseas que lo forzaron a vomitar violentamente sobre la calle.

El guardia de la entrada con una mirada burlona le preguntó si había encontrado al primo. Lo negó en silencio y el hombre, quizás conmovido por la angustia que reflejaba su rostro, le indicó otras funerarias donde habían llevado a los fallecidos en el ataque a palacio.

Bajo una lluvia pertinaz, después de mucho caminar y buscar, encontró a su hermano en otra funeraria al día siguiente, cuando se disponían a meterlo en un cajón de pino para enterrarlo en una fosa sin nombre. No tenía identificación alguna, quizás como precaución por si caía en manos de la policía. Estaba cubierto con una sábana impregnada de sangre seca, doblado en dos, sujetando con ambas manos la enorme herida abierta en el abdomen, el olor a putrefacción invadía el área. En la muerte, a pesar del bigote y la barba, su hermano parecía un niño grande. Hubiera querido cargarlo y sacarlo de ese lugar maldito, pero solo atinó a llorar, acariciando la inclinada cabeza, sin importarle la sangre que manchaba su ropa. Eligio parecía un muñeco partido en dos, pálido, irreal, frágil.

—Coño, Eligio, ¿por qué no me hiciste caso? ¿Por qué te metiste en este lío hermano? Mamá me va a matar —repetía una y otra vez inconsolable abrazado al cuerpo inerte, el rostro cubierto de lágrimas.

Las horas siguientes trascurrieron como una larga pesadilla. Con mucho esfuerzo logró convencer al encargado de la funeraria que le diera tiempo para avisar a la familia y le ofreció todo el dinero que tenía encima y después algo más para dar mejor apariencia al cadáver de su hermano. El tipo aceptó de mala gana, no quería problemas con la policía, tenía órdenes de deshacerse de esos cuerpos lo antes posible. A Gonzalo le dolía tanto la cabeza que pensó que iba a sufrir una apoplejía. Tenía que avisarle a sus padres y es lo que más temía. Cuando llegaba la casa caminando por San Ignacio, llovía fuertemente y desde la calle vio a Celeste apostada en el balcón como esperando su llegada. Subió lentamente, cada escalón le parecían diez y al entrar al apartamento, por la expresión de su rostro, el desarreglo de su ropa empapada y manchada de sangre, Celeste supo que traía malas noticias.

—¿Le ha pasado algo a Eligio? Por caridad Gonzalo, dime que está bien...

Las palabras le salían entrecortadas, decía lo mismo una y otra vez, mientras Celeste lo miraba horrorizada. Al acabar de comprender lo que había ocurrido, se fue desmoronando en el piso con un gemido. Con gran esfuerzo Gonzalo logró recostarla en el sofá y por el balcón llamó a la vecina de al lado para que la acompañara mientras iba a avisarle a Pedro. Lo encontró en la tienda detrás de puertas cerradas, todos los negocios se habían paralizado esos días por los violentos sucesos. A Gonzalo le costaba trabajo hablar, el peso que cargaba por los últimos dos días amenazaba con volverlo loco y la mirada incrédula del viejo lo mortificó aún más. Tuvo que hablarle despacio antes de obtener una reacción.

—¿Me estás diciendo que a Eligio lo mataron en el ataque a Palacio?

—Sí papá, está en una funeraria por San Lázaro, hay que decidir donde lo vamos a enterrar.

Pedro miraba a su alrededor como desorientado, sin acabar de entender las palabras de Gonzalo.

—Pero nos aseguraste varias veces que Eligio estaba en Pinar del Río con unos amigos estudiando. ¿Estás absolutamente seguro que es él?

No pudo evitarlo, la tensión de esos días se le vino encima y lo absurdo de esa muerte a destiempo y sin poder controlarse comenzó a sollozar como cuando era niño en busca de consuelo y abrazó a su padre por primera vez en muchos años. Cuando regresaron a casa, encontraron a Celeste algo repuesta de su angustia, exigiendo a gritos ver a su hijo por última vez a pesar de las objeciones de Pedro. Viajaron a la funeraria en el taxi de un conocido y al llegar les mostraron el cuerpo de Eligio tendido en una de las capillas. Con el rostro recién afeitado y ataviado con una camisa blanca parecía estar dormido y Celeste se desplomó llorando a gritos sobre el cadáver. Sin velorio ni rezos, acompañados por unos pocos vecinos, lo enterraron en un camposanto de las afueras por el Cotorro, el histórico cementerio de Colón vedado para los caídos en el asalto, calificados como delincuentes. Durante todas esas horas, Pedro permanecía en silencio, el pálido rostro era una máscara que no reflejaba emoción alguna excepto por el violento palpitar en las sienes. En el cementerio, Celeste sufrió un largo desmayo cuando el cajón era introducido en la fosa.

Después de tantos días sin dormir, Gonzalo estaba al borde del colapso. Regresaron a casa en un silencio angustioso y Gonzalo se recostó en el cuarto que compartiera con su hermano toda su niñez. Una habitación llena de recuerdos y cerró los ojos tratando de olvidar, pero era imposible. Nada volvería a ser lo mismo, nada. Agotado durmió de un tirón y despertó a media tarde del día siguiente. No parecía haber nadie en el apartamento, pero en la sala sentado en un sillón, lo esperaba su padre rígido, una estatua de piedra.

—Gonzalo, de no habernos mentido hubiéramos estado algo preparados para este golpe. Nunca te voy a perdonar, pero sé que no fue mala tu intención. Siempre me quedará la duda que algo más hubiéramos podido hacer por mi pobre hijo –dijo con voz cansada.

—Pero papá, hice lo que pude, Eligio no me hacía caso... –intentó protestar.

Pedro lo silenció con un gesto y no le quedó otro remedio que salir de la casa, molesto. No era justo, pero en su fuero interno también le quedaría la maldita duda que hubieran podido hacer algo más.

No podía concentrarse en el trabajo, la escena en la funeraria atormentaba sus noches, no dormía y para colmo, a los cinco días, la policía secreta vino a interrogarlo acerca de las actividades ilícitas de su hermano. Supuso que lo había denunciado el tipo de la funeraria. Dos uniformados llegaron al trabajo a buscarlo, sus compañeros evitaban mirarlos temerosos, a Gonzalo le temblaban tanto las piernas que le costaba caminar. Lo llevaron en una perseguidora hasta el cuartel central y allí lo metieron en un cuarto en donde lo interrogaron dos agentes por más de cuatro horas parado contra una pared. El cuerpo le temblaba, sudaba copiosamente, a pesar del abanico que refrescaba el ambiente, las respuestas le salían entrecortadas, la lengua reseca se le enredaba, no sabía nada, no veía nunca a su hermano, se había ido de casa hacía meses, era un poco alocado, mal estudiante, no conocía sus amigos y se dio cuenta que era un cobarde, tenía un miedo atroz.

Cuando anochecía lo dejaron ir, pero por unos momentos llegó a creer que iban a golpearlo o meterlo en prisión como hacían con tantos ciudadanos, con cualquier excusa, o la mínima sospecha sin derecho a defensa. En la calle la noche lo recibió con una leve llovizna que refrescaba el ambiente y corrió alejándose de ese lugar que respiraba amenaza y muerte. No había tomado agua en muchas horas, pero necesitaba un baño con urgencia y entró en una cafetería de mala muerte, que olía a quemado. Después de vaciar la vejiga, se lavó el rostro una y otra vez, la frente le ardía, una esquina del deteriorado espejo reflejaba su rostro pálido y ansioso. Sentado en un discreto rincón, permaneció largos minutos con la mirada en el espacio, sorbiendo lentamente el café con leche. Le ardía la garganta, le costaba tragar, no quería imaginar que hubieran interrogado también a sus padres. Cogió el primer taxi que encontró y al llegar a San Ignacio, subió los escalones de dos en dos y entró al apartamento utilizando la llave que conservaba. Encontró a Celeste sentada en el sillón, vestida de negro, casi a oscuras, una tenue luz se filtraba del corredor. La abrazó en silencio ¿qué podía decir que le sirviera de consuelo? Eligio era su hijo favorito, el consentido siempre apegado a su madre. Encendió la luz y le impresionó la palidez de su rostro, parecía haber perdido peso en esos pocos días.

—Y papá, ¿dónde está? Pasé por la tienda pero estaba cerrada, ya es tarde pensé...

—Está allá, encerrado, casi no viene a comer ni a dormir, no lo he visto desde ayer por la mañana, temo por su salud, tiene la presión muy alta.

«Usted tampoco come ni duerme», pensó preocupado por el aspecto de Celeste.

—Mamá, ¿alguien ha llegado haciendo averiguaciones?

—Si te refieres a la policía, dos agentes vinieron esta mañana, haciendo toda clase de preguntas pero no me molestaron demasiado. Se fueron cuando les exigí que me dijeran quiénes habían asesinado a mi hijo.

La miró espantado, podrían haberle hecho daño, aunque fuese una señora mayor, a esa gente no le importaba nada ni nadie. Tenía que encontrar al viejo para saber si también lo habían interrogado. Corrió a la tienda y tocó la puerta una y otra vez, nadie contestaba. Fue a la bodega que frecuentaba y el gallego Esteban, afirmó que no había visto a Pedro desde el funeral. Sin saber qué hacer, regresó al apartamento, no quería alarmar a su madre, pero no podía quedarse de brazos cruzados. Detrás de la alacena de la cocina, Pedro guardaba las llaves de la tienda y un duplicado que usaban cuando ellos cerraban. Celeste no le preguntó qué hacía de vuelta, no se interesaba por nada. En la trastienda encontró a Pedro, tendido en el piso cuan largo era, parecía estar muerto, pero cuando se acercó, notó que respiraba y el pulso aunque débil, era rítmico. La ambulancia tomó su tiempo en llegar, ocupadas como estaban durante la crisis corriendo por toda la ciudad y llevaron a Pedro al hospital Calixto García. Gonzalo hubiera preferido internarlo en una de las quintas privadas del Vedado, pero sin saber exactamente los recursos con que contaban, prefirió el hospital público. Allí le informaron que Pedro había sufrido una hemorragia cerebral y posiblemente quedaría paralítico, si es que sobrevivía el derrame.

Regresó a avisarle a Celeste, convencido que también iba a sufrir un colapso mental, que no podría aguantar otro golpe, pero para sorpresa suya, su madre se vistió rápidamente y en el hospital se instaló a la cabecera del enfermo día y noche. Pedro recuperó el conocimiento una semana después y lo primero que dijo con voz débil es que iba a vender la tienda para regresar a Asturias, quería morir en la tierra que lo vio nacer.

—No te preocupes, Pedro, te llevaré a tu pueblo en cuanto mejores —le dijo Celeste con firmeza.

Gonzalo la miró asombrado. Quizás lo decía para tranquilizarlo, sabía que su madre siempre había rechazado la idea de algún día emigrar a Tineo como aspiraba el viejo. Bueno, se equivocaba, Celeste estaba decidida. Conocía la terquedad de Pedro, capaz de irse sin dejarle ni un peso. Todo estaba a su nombre, ella lo había descuidado bastante y a los cincuenta años de edad no estaba dispuesta a regresar a la pobreza. Además, después de la muerte de Eligio le parecía que no le quedaba mucho por hacer en la isla. Sabía o presentía que Gonzalo tomaría su rumbo muy pronto, lejos de ella, se quedaría sola sin recursos y eso la aterraba. Prefería viajar a un lugar desconocido y tener seguridad.

Durante la enfermedad de Pedro, La Asturiana permaneció abierta con la ayuda de dos sobrinos del gallego Esteban, que había insinuado más de una vez su interés en comprar la tienda en caso su amigo no recuperara la salud. Pedro estuvo hospitalizado casi cuatro meses y cuando le dieron de alta, caminaba con dificultad arrastrando una pierna, había perdido el uso del brazo izquierdo, hablaba con dificultad, pero estaba decidido a regresar a Tineo con Celeste a su lado, enlutada de pies a cabeza. Por esos días Gonzalo se preguntaba si el luto habría durado tantos meses si el difunto hubiese sido él. Sus padres lo trataban como si fuera un extraño; le mortificaba que no le hubiesen consultado sus planes de viaje y ni siquiera preguntado si le interesaba viajar con ellos aunque no era su intención salir de Cuba, donde estaba su futuro, confiando en que la situación política se normalizaría muy pronto.

Terminadas las negociaciones, La Asturiana fue vendida a buen precio. El gallego Esteban no imaginaba que años después la revolución castrista tomaría el control de toda la empresa privada y también tendría que salir de Cuba con el rabo entre las piernas, sin un peso. Cosas de la revolución que nunca imaginaron.

En los días siguientes, Gonzalo ayudó a empacar los objetos que querían llevarse en su largo viaje mientras Pedro sentado en el sillón, con la mirada perdida, parecía haberse rendido, quizás esperando la muerte. A Gonzalo, cada objeto que empacaban le traía un penoso recuerdo, había nacido y crecido en ese apartamento, donde jugó y peleó con el hermano que ya no estaba. Ella parecía otra, cuidaba de Pedro con esmero, lo obligaba a hacer los ejercicios que le habían indicado a su salida del hospital y más de una vez la oyó decir que no iba a regresar a Cuba. Hubiera querido preguntarle si no quería saber más de él, pero no se atrevió, la tragedia era demasiado reciente.

Tres meses después, los embarcó en *La Reina del Mar* que los llevaría hasta Santander en quince días y de allí, a Oviedo en tren. La despedida fue emotiva y por última vez su padre lo abrazó y al oído le habló muy despacio.

—Espero verte otra vez algún día, hijo. Cuídate y confío que esto te ayude a vivir más cómodo —dijo entregándole un sobre con doscientos pesos.

El gesto lo sorprendió, su padre no aflojaba la billetera fácilmente, era mucho más que lo que ganaría en seis meses. Celeste fue más dura, lo abrazó con un gesto que decía «eres mi hijo, pero no te perdonaré la mentira».

A los pocos días de la partida de sus padres, alquiló un pequeño apartamento cerca de Línea, con el dinero que recibió de Pedro. Se las arregló para amoblarlo con los pocos trastos que no pudo vender y tenía guardados en el depósito del gallego. Supo de ellos semanas después. Estaban bien, la primavera de Asturias en toda su gloria los había recibido y Celeste escribió que estaba contenta, maravillada de todo lo que veía. El primo de Pedro, uno de los pocos parientes que le quedaba en Tineo, era amable y los había ayudado mucho. Su padre estaba más animado, se habían establecido en la aldea, negociaban comprar una casa con huerta y ya tenían una sirvienta, un lujo desconocido. Aunque algo tarde, se había cumplido el sueño de Pedro Alonso y quizás el de Celeste, bien lejos del solar y la tienda que detestaba, pensó Gonzalo, aunque eso de aldea le sonó algo raro, estaba convencido de que el pueblo de su padre debía ser un lugar bastante grande.

La realidad era otra, pero Celeste prefirió no decir por lo que habían pasado. Desde los primeros días en el barco, Pedro quedó postrado con el mareo y Celeste se dedicó a cuidarlo empeñada en obtener el control del dinero que llevaba Pedro oculto en un ancho fajín alrededor de la cintura que raras veces se quitaba en su presencia, sin perderlo de vista ni aun cuando lo ayudaba a asearse. Sabía que con ayuda de Esteban había cambiado en dólares sus ahorros y el dinero que obtuvo de la venta de la tienda. Después de una semana logró convencer a Pedro que saliera a cubierta, envuelto en un grueso abrigo de lana que compró en el rastro de La Habana y la fría brisa lo reanimó bastante. El mar permaneció bastante tranquilo hasta llegar a Casablanca, donde permanecieron un día, pero Pedro se negó a bajar del barco con los otros pasajeros y Celeste se quedó a acompañarlo, aunque le hubiera gustado mucho visitar la exótica ciudad. Finalmente Pedro tuvo que ceder a las demandas de Celeste cuando terminaba la travesía. Se daba cuenta de que no estaba en condiciones de organizar el resto del viaje y tenía que confiar en ella. Traía dos mil dólares en billetes de veinte, los ahorros de muchos años, y una cantidad indeterminada en cheques de viajero, el producto de la venta de La Asturiana. Celeste no lo podía creer, nunca había visto tanto dinero junto. Contaba los billetes una y otra vez y cierto resentimiento se fue apoderando de ella, al pensar que hubiesen podido vivir con más comodidades si Pedro no hubiera sido tan agarrado... Él la observaba algo preocupado pero Celeste le aseguró que no iba a malgastar un dinero que tenía que durar meses.

Al llegar a Santander consiguió un cómodo hospedaje en un hotelito cerca del muelle. Pedro necesitaba descansar y ella se ocupó de desembarcar el equipaje y averiguar el horario de los trenes a Oviedo. El dueño del hotel, al percatarse que tenían dólares, ofreció cambiarlos por pesetas en el mercado negro por una cantidad superior a la que ofrecían los bancos. Necesitaba los dólares para el contrabando de cigarrillos americanos y otros productos que venían escondidos en los barcos que llegaban al puerto. Aunque trató, Celeste no se dejó enredar, qué va, para eso había nacido en un solar en que todos desconfiaban del resto. Cambió la cantidad que le pareció adecuada y el resto lo guardó cuidadosamente en una media que llevaba dentro de la faja que usaba a diario.

Viajaron en tren a Oviedo, donde pernoctaron. Pedro estaba muy cansado pero se negó a permanecer en en la ciudad Oviedo más tiempo, su destino era Tineo. En la mañana viajaron a Loarca en un anticuado autobús, dando tumbos por la estrecha carretera y en el puerto los esperaban Juan el primo de Pedro y su hijo, que se encargaría de transportar el equipaje a Tineo en un carromato. La reunión entre los primos fue muy emotiva, después de una ausencia de más de cincuenta años, y Celeste notó extrañada las lágrimas en el rostro de su marido que nunca vertió cuando murió Eligio. Juan le sugirió que quizás podría pedirle a Esteban, dueño del hotel y otras propiedades en el puerto, que los llevara en la furgoneta que utilizaba para ir de compras a Oviedo. Celeste hizo más que eso: lo convenció que los llevara en su nuevo Seat a cambio de algunos dólares que el hombre necesitaba para contrabandear cigarrillos que llegaban al puerto de otras latitudes. Celeste supo que era el contacto que necesitaba, el hombre no trató de engatusarla y de paso ofreció sus servicios para lo que necesitara en el futuro.

Llegaron a Tineo al caer la tarde. A lo lejos Celeste pudo divisar un gran edificio de piedra, el monasterio San Francisco del Monte, y algunas casas, también de piedra, algo separadas entre sí. Juan los llevó al hospedaje de dos hermanas que, además de hornear el pan de la aldea, ofrecían un lugar donde dormir a los pocos peregrinos que llegaban a visitar el monasterio. Allí quedaron instalados. De mañana, acompañado por el hijo de Juan, Pedro se empeñó en visitar el lugar donde había nacido. De lo que fue su hogar quedaban unas cuantas ruinas y del hórreo solo las columnas cubiertas de hiedra. Pedro recordaba vagamente a su padre que murió cuando él era niño, aplastado por una carga de leña al virarse el carromato. Isolina, una moza bien plantada, no quiso volver a casarse, tenía un hijo que criar. Pero cuando comenzó a toser y escupir sangre, el médico de Loarca confirmó lo que sospechaba, tenía tisis y recomendó que fuera a uno de los muchos sanatorios que mantenía el gobierno para tuberculosos. Isolina se negó, comenzó a vender sus pocas pertenencias y la casa que construyera su marido. Con la ayuda de un vecino llevó su hijo a Loarca, para embarcarlo en un pesquero a Santander y de allí a Cuba para quedarse con su hermano. Isolina murió a los dos años pero Pedro se enteró mucho tiempo después.

Entristecido por sus recuerdos, Pedro regresó al hospedaje estaba muy cansado. Mientras tanto, Celeste fue a ver la única casa en venta de la aldea, propiedad de una viuda que se fue a vivir con un hijo a Argentina tres años antes. Una casa de piedra por fuera, las paredes interiores cubiertas con pizarra, sala y dos habitaciones, la cocina estrecha y oscura. Atrás había una huerta bastante grande para mantener a Pedro entretenido, pero poco podía hacer. Estaba resignada a la situación y trató por todos los medios de convencer a Pedro que se quedaran en Oviedo, o por lo menos en Loarca, pero el viejo estaba empecinado en morir en Tineo. Pagó por la casa mucho menos de lo que pedía el abogado encargado desde Loarca. Mandó ampliar la chimenea de la sala e instalar otra en la recámara, y con la ayuda de Esteban se trasladó a Oviedo para comprar lo que faltaba: sábanas, mantas, ropa de invierno, algunos muebles de segunda para la sala, las camas, colchones, braceros, lámparas de kerosene, platos y cubiertos. Cuando se agotaban los recursos con que contaba, Pedro comenzó a aflojarle los cheques de viajero uno a uno, cheques que cambiaba extraperlo con un cambista de Oviedo, interesado en contrabandear algunos productos de Inglaterra y los Países Bajos.

A mediados del verano se instalaron en la casa, que Pedro encontró a su gusto y por una vez en su vida no se quejaba de los gastos. De la cocina se encargaban las hermanas García del albergue mientras que una mujer se ocupaba de la limpieza y lavandería. El agua provenía del aljibe y llegaba a la casa por un primitivo mecanismo de bombeo.

En cuanto a Celeste, había encontrado su vocación: le gustaba manosear dinero y verlo crecer. Además de los arreglos que tenía con Esteban cambiando dólares por contrabando a espaldas de Pedro, se dedicó a prestar pequeñas cantidades con bajos intereses a vecinos que necesitaban comprar implementos agrícolas y que le pagarían con algo de la cosecha. Adquirió fama de prestamista y de otras aldeas llegaban a pedir ayuda, en un lugar en donde no había bancos. Nada de eso le contó a Gonzalo, estaba demasiado lejos para entender la situación.

El frío y húmedo invierno la cogió de sorpresa, nunca había tenido tanto frío por mucho que se arrimara a la chimenea, pero acabó por acostumbrarse, por lo menos estaba bien atendida. Pedro pasaba los días frente al fuego o en la parte trasera de la casa, frente a la huerta que trabajaba el hijo de Juan. Cada planta que salía cuando llegó la primavera le parecía un milagro.

Ya tenían algunas gallinas y engordaban dos cerdos, que serían sacrificados por un vecino de la aldea que se dedicaba a hacer morcillas y chorizos. Pedro se negaba a tomarse los medicamentos que habían traído de Cuba, ¿para qué?, si se sentía bien.

En Cuba la televisión siguió inmutable entreteniendo a una población que aparentaba no darse cuenta de los graves sucesos que se avecinaban. En realidad, aunque en silencio todos vivían pendientes de las noticias que llegaban por los medios disponibles.

Después de Estados Unidos, Cuba fue el primer país en traer la televisión a colores cuando el empresario Gaspar Pumarejo inauguró el canal doce en marzo de 1958. Muchos creyeron que el canal pertenecía a Pumarejo, pero en realidad estaba financiado por Fulgencio Batista, el dictador cubano. Gonzalo enseguida se las agenció para conseguir trabajo allí, aprendiendo todo lo que podía de esa nueva tecnología y como siempre, admirando la energía de su viejo jefe, que seguía trabajando incansable sin prestar atención a los que criticaban el origen del canal que muy pocos podían admirar por la falta de televisores a color.

Ese año, las células del Movimiento 26 de Julio comenzaron a proliferar por todas las provincias, ciudades y pueblos de la isla. Esos grupos llevaban a cabo acciones de sabotaje y ajusticiamientos de chivatos y esbirros del régimen y los rebeldes ampliaron sus operaciones, creando nuevas columnas en distintas localidades de oriente. A pesar de las restricciones impuestas por el gobierno, las emisoras locales mantenían a la población informada de los movimientos guerrilleros. En vista del poco éxito que habían tenido, el gobierno decidió retirar sus tropas de la Sierra Maestra y la revolución comenzó a expandirse por todo Oriente. Se rumoraba que muchos militares abandonaban sus regimientos para unirse a los combatientes que iban llegando a Santa Clara, en el centro del país. Corresponsales internacionales seguían muy de cerca los movimientos guerrilleros, que reportaban a todo el continente por mucho que el gobierno tratara de bloquear las señales que enviaban.

Entre septiembre y octubre el Movimiento 26 de Julio comenzó a coordinar acciones con otros grupos como el Partido Socialista Popular, el Directorio Revolucionario y el Segundo Frente del Escambray para conseguir apoyo logístico. Las acciones bélicas se sucedían de forma vertiginosa. Intentando apaciguar la opinión pública, Fulgencio Batista llevó a cabo unas elecciones presidenciales amañadas en las que nadie creyó. La gente vivía pendiente de las noticias en la capital y se rumoraba con insistencia que las fuerzas revolucionarias llegarían cualquier día. El gobierno intentó una contraofensiva que fracasó y para fines de diciembre se derrumbó el régimen del general Fulgencio Batista, quie huyó a Santo Domingo, acompañado por el presidente electo y sus familias y unos cuantos millones de pesos.

Una población delirante recibió el 1 de enero de 1959 a las tropas del Segundo Frente Nacional del Escambray comandadas por Eloy Gutiérrez Menoyo. Al día siguiente, llegaron a La Habana Camilo Cienfuegos y el Che Guevara comandando las tropas del Movimiento 26 de Julio y procedieron a tomar sin resistencia la fortaleza de San Carlos de La Cabaña y Campo Columbia. La revolución había triunfado, el poder estaba en sus manos. Las televisoras seguían en vivo todos los acontecimientos, manteniendo al pueblo pegado a la pantalla de sus aparatos.

Por el resto de su vida, Gonzalo recordó cada minuto de esos días. Reporteros y camarógrafos corrían entusiastas de un lado a otro, tratando de cubrir la llegada de los barbudos revolucionarios que marchaban por las principales avenidas blandiendo armas, escoltados por una población entusiasta. A veces le parecía que tenía días sin dormir, pero no sentía cansancio, todos hacían lo que podían. Ese 1 de enero Fidel Castro también había entrado triunfante a Santiago de Cuba, que declaró capital provisional del país y proclamó al magistrado Manuel Urrutia Lleó como presidente de la nación que muy pronto formó un nuevo gobierno con ministros designados en las distintas carteras. Fidel Castro quedó como comandante en jefe de las Fuerzas Armadas.

Los juicios revolucionarios comenzaron de inmediato como parte del proceso conocido como comisión depuradora contra personas asociadas a Batista y más adelante otros opositores, entre ellos algunos revolucionarios que no estaban de acuerdo con lo que sucedía. En la fortaleza de la Cabaña, bajo la dirección del Che Guevara y con juicios sumarios sin posibilidad de defensa, colaboradores de Batista y ciudadanos acusados de ser chivatos fueron llevados al paredón. En tres meses fusilaron a más de quinientas personas y la práctica se extendió por toda Cuba. Pocos se atrevían a levantar sus voces en protesta por la falta de justicia. Los vecinos se miraban con recelo temiendo ser acusados de alguna falta y se apresuraban a denunciar a los que creían culpables de haber colaborado con el régimen.

Gonzalo comenzó a preocuparse por lo que estaba pasando en el trabajo. Se miraban los unos a los otros sin saber a qué atenerse, el ambiente triunfalista había cambiado por uno de incertidumbre. Los directores titubeaban, a veces parecía no haber dirección solo un constante vaivén, entre los interminables discursos de Fidel que resbalaban por sus oídos.

Las discrepancias en el nuevo gobierno comenzaron de inmediato por las medidas de carácter popular que Fidel quería imponer. El presidente Urrutia fue obligado a renunciar y designaron a Osvaldo Dorticós como mandatario y Fidel Castro primer ministro. En mayo firmó la ley de reforma agraria y comenzó la nacionalización, expropiación y confiscación de bienes mal habidos. Los miembros más moderados del gobierno renunciaron a sus cargos y Fidel Castro quedó en control del poder. La clase alta y algunas empresas extranjeras fueron fuertemente afectadas por estas medidas que originaron un éxodo masivo hacia los Estados Unidos, como lo habían hecho antes muchos allegados a Batista, que se llevaron millones de dólares del país. Uno de los primeros en irse de Cuba fue Gaspar Pumarejo, que fue recibido en Puerto Rico con los brazos abiertos. Traía consigo su extraordinario talento que ayudó a levantar la industria televisiva en la isla, donde vivió hasta su muerte.

Tras él se fue Goar Mestre, que emigró a Argentina en donde logró establecerse con inmenso éxito acompañado de otros ejecutivos de las televisoras. Otras empresas a lo largo y ancho del país cerraron sus puertas, los dueños temerosos por sus vidas, sus bienes y mansiones confiscadas por los revolucionarios.

Por decisión del gobierno, las televisoras permanecían todo el día trasmitiendo los interminables discursos de Fidel Castro que durante seis o más horas mantenía a una población hipnotizada frente a sus aparatos absorbiendo cada palabra, cada gesto. En los barrios, revolucionarios armados recorrían las calles, vigilando a los vecinos, buscando a antiguos colaboradores del régimen y posibles disidentes.

Gonzalo llegaba a su apartamento tarde, agotado. Las palabras del líder de la revolución comenzaron a lastimar sus oídos, cada día entendía menos. Comía poco, dormía unas horas antes regresar a la faena. Le costaba un esfuerzo relacionarse con alguien, no tenía amigos, hacía mucho que no sabía de su amigo Carlitos y en el trabajo todavía lo miraban con mucho recelo desde el día que la policía vino a buscarlo.

En octubre de ese año murió de forma misteriosa Camilo Cienfuegos, uno de los líderes más populares de la revolución. El avión que lo traía de Camagüey a La Habana, despareció en el mar, sin dejar rastro. Se rumoraba que Fidel había tenido mano en el supuesto accidente, lo cual nunca fue probado, pero había desaparecido alguien que podía hacerle sombra. Cuando en abril del sesenta y uno Castro anunció en un discurso de seis horas que era marxista leninista y expulsó a las pocas compañías extranjeras que quedaban en la isla, Gonzalo decidió que no podría vivir en un paraíso socialista en que el Estado controlaba lo que decían y hacían todos los ciudadanos. La mayoría de los ejecutivos de la televisora, junto con otros compañeros de trabajo, emigraban a Argentina, Puerto Rico, Venezuela o Panamá en donde sus servicios y conocimientos eran requeridos y apreciados.

Y es que después de pensarlo un poco, Gonzalo se había decidido por los Estados Unidos. Allí presentía un futuro, aunque su inglés era bastante limitado. Escribió unas líneas a sus padres para informarles de su decisión, sacó sus ahorros para comprar un pasaje de avión, le cedió el apartamento a un amigo y viajó a Miami semanas antes que el gobierno castrista comenzara a impedir la salida del país a todos sus ciudadanos. Tenía veintisiete años y treinta y dos dólares en el bolsillo.

Por los periódicos que llegaban a veces de Oviedo, en Tineo se enteraron del triunfo de la revolución y Pedro anunció que presentía que todo ese asunto iba a terminar muy mal. Por eso no se asombró cuando Gonzalo les escribió diciendo que emigraba a los Estados Unidos, no podía vivir en un país comunista.

CAPÍTULO II

El corto vuelo le pareció interminable. Por la ventanilla miraba ansioso la isla que se alejaba. El mar a su alrededor un espejo de zafiro, reflejando el sol de la mañana. Una lejana angustia le apretaba el pecho al imaginar la inseguridad que le esperaba en un sitio extraño, trataba de animarse sin lograrlo y rechazó el refresco que le ofrecieron. A su alrededor, notó otros pasajeros que parecían estar tan angustiados como él y algunas mujeres con lágrimas en los ojos, que quizás habían dejado atrás toda una vida o a sus seres queridos. Cuando el avión aterrizó se le formó un nudo en el estómago, un sabor amargo le llenó la boca y pensó que iba a vomitar, aunque no había probado bocado en todo el día. Al bajar la escalerilla, lo recibió el mismo cielo azul y la brisa suave que dejara atrás, y acabó por tranquilizarse un poco.

En la aduana, después de una hora de espera en una larga fila, fue procesado por un funcionario que lo miraba con indiferencia, le hizo unas cuantas preguntas y estampó su pasaporte con un sello rojo encima de la visa de turista que consiguió a última hora, lo que definía su situación legal en el país. Era uno más que llegaba de Cuba para quedarse y eso lo sabían los agentes de migración. Salió de aduanas con la maleta a rastras y lo envolvió un gran barullo; había mucha gente en la sala de recibo saludando a familiares y amigos recién llegados, y en vano buscó alguna cara conocida. Más allá, un grupo de señoras repartía panfletos detallando los servicios públicos de la ciudad, señalados en un mapa, que aceptó con mano temblorosa. Fuera del edificio lo recibió el sol de mediodía y se percató que tenía hambre. No había comido nada desde el día anterior agobiado por la incertidumbre del futuro que le esperaba.

—Oye chico, ya veo que acabas de llegar de Cuba ¿tienes dónde ir? —preguntó una voz a sus espaldas.

Su interlocutor era un hombre patilludo, de abundante cabello algo canoso, ojos hundidos tras cejas espesas, sus estrechos labios sujetaban un cigarrillo; un pie apoyado en la pared. Lo miraba con una sonrisa torcida, algo burlona, enseñando dientes manchados de nicotina. Vestía desteñidos pantalones vaqueros y una arrugada camisa de color indefinido, su aspecto poco confiable.

—Si no tienes familia ni conocidos en Miami y necesitas un lugar en donde quedarte, puedo conectarte con una pensión barata mientras te estableces —añadió.

Titubeó unos segundos. Ese tipo le daba mala espina, pero seguía insistiendo y finalmente decidió aceptar la oferta, no tenía nada que perder y estaba muy cansado. El tipo ofreció ayudarlo con la maleta, pero se negó, a lo mejor quería robarle lo poco que tenía. Encogiéndose de hombros, el extraño sujeto lo llevó hasta el lugar donde tenía su automóvil, un inmenso y reluciente Buick azul que dejó a Gonzalo boquiabierto. Esas máquinas grandotas solamente las manejaban los ricos de La Habana.

—No te creas que es gran cosa chico —dijo al notar su expresión de asombro—, es un modelo del cincuenta y seis. Aquí la gente cambia las máquinas casi todos los años y las de segunda se compran muy baratas.

Podía haber alardeado que tenía mucho dinero, pero no lo hizo y Gonzalo lo miró intrigado. Camino a la ciudad manejando despacio, le contó su historia. Se llamaba Eusebio Valdés, era oriundo de La Habana y había emigrado unos años antes a Miami buscando una vida mejor.

—Imagínate chico, yo era fotógrafo profesional, bodas, bautizos y fiestas de quince años, pasaba los días corriendo de un lado a otro a todas horas, sobre todo de noche y fines de semana ¿y para qué? Cuando llegaba con las fotos, ponían uno y mil pretextos para no pagarme lo que debían, argumentando que si estaban algo oscuras, que si la abuelita no salió bien, que si la novia tenía la boca abierta y el novio muy gordo, los colores algo pálidos, en fin, una mierda de profesión. Yo revelaba las películas en una especie de closet entre los dos cuartos que rentaba en un segundo piso. Mi mujer vivía atornillada frente al televisor todo el santo día, cocinaba muy poco y no hacía más que quejarse de los malos olores del líquido de revelado. Según ella, los pesos que ganaba no le alcanzaban para nada y un buen día se largó con otro tipo llevándose hasta el televisor que no había terminado de pagar, esa tipa me dejó limpio. Así que decidí viajar al norte como habían hecho unos vecinos el año anterior. Vendí las cámaras fotográficas que buena plata me habían costado para comprar el pasaje. Llegué a Miami sin un quilo y no me ha pesado, me ha tocado hacer de todo un poco, desde limpiar oficinas de noche hasta trabajar de chofer ocasional en una agencia de turismo. Conozco mucha gente y no me va nada mal. Vengo al aeropuerto cuando llegan refugiados para ofrecer mis servicios a los que veo sin familiares ni amigos como tú.

Gonzalo lo escuchaba a medias entretenido mirando a su alrededor las pequeñas casas con sus cercas blancas en nítidas hileras, a lo lejos muchos edificios altos, las amplias avenidas con llamativos anuncios. Algunas tiendas con letreros en las vitrinas anunciando sus productos y silenciosamente se fustigó por no haberse aplicado a estudiar inglés cuando tuvo la oportunidad en el instituto. Durante esos años, se contentaba con notas mediocres, más interesado en otras materias. Eran los tiempos de diversión con los amigos, de mirar muchachas, se estudiaba lo necesario para pasar exámenes sin tener que esforzarse demasiado, la época de la inocencia. Por lo menos, el profesor del curso de televisión los hacía repasar a diario en inglés el manual de los equipos y así aprendió algo más.

Al llegar a una calle estrecha, Eusebio aparcó el auto frente a un edificio de dos pisos, de paredes oscuras y ventanas clausuradas en el piso superior. Abajo operaba un local que anunciaba ser un restaurante boricua, pero más parecía una fonda cualquiera, con altos asientos de madera alrededor del mostrador y unas pocas mesas al fondo. Eusebio lo ayudó a sacar la maleta que llevó a la entrada.

—Imagino que no tendrás mucho dinero, muchacho –le dijo.

—Así es –tartamudeó Gonzalo algo preocupado.

—Bueno, este lugar no es de lujo pero te sirve hasta que puedas conseguir trabajo. El restaurante es de un amigo boricua y alquila cuartos arriba, que tendrás que compartir con otros dos. Es barato –añadió al notar el gesto de Gonzalo.

—Bueno Eusebio, ¿qué te debo por tus servicios? –se atrevió a preguntar temiendo una suma exorbitante.

—Nada, chico, nada. Yo lo hago por ayudar a mi amigo Manuel y de paso a alguien que como tú venga huyendo del paredón o lo que sea que dejaste en Cuba –dijo con la sonrisa torcida como si lo encontrara muy divertido.

—Vengo huyendo del paraíso comunista que propone Fidel y nada más, yo sé cómo viven en Rusia los esclavos del estado y no estaba dispuesto a someterme —dijo Gonzalo indignado.

—No te molestes hombre, solo bromeaba. Ya me contaste que tus padres se fueron a España, que no tienes a más nadie, pero no me has dicho qué trabajo tenías en Cuba. Quizás pueda ayudarte a conseguir algo parecido, ya te dije que conozco mucha gente en este pueblo. Bueno, primero vamos a almorzar ya son las dos y tengo hambre.

Lo llevó a una de las mesas, y sin esperar le gritó a Manuel que les sirviera el especial del día. Ese fue el comienzo de una amistad que duraría todas sus vidas. Gonzalo se instaló en el lugar que le señaló Manuel, una habitación con tres estrechas camas colocadas en ángulo contra las paredes. Un bombillo solitario iluminaba débilmente el lugar, que olía a grasa refrita y moho. El piso, cubierto por un desgastado linóleo manchado por todas partes con quemaduras de cigarrillos, estaba cubierto del polvo de muchos meses. La renta era de dos dólares por semana, pero no podía quejarse, ya saldría algo mejor. Una de las camas tenía encima ropa sucia en desorden, las otras dos estaban cubiertas por una estirada manta gris, y colocó su maleta en el único lugar despejado cerca de la pared.

Al día siguiente Eusebio lo llevó a una agencia de empleo. Conocía al dueño del negocio, un americano largo y flaco, cabello casi blanco, rostro curtido por el sol y astutos ojitos azules, aspecto de permanente recelo que le daba una pequeña comisión a Eusebio por cada cubano que trajese a buscar trabajo. El gringo lo miró de arriba a abajo, como buscando defectos. Eusebio le hablaba en inglés y Gonzalo creyó entender que aseguraba que estaba dispuesto a hacer cualquier trabajo y era honrado. Lo ayudó a llenar el formulario que le entregaron y cuando salieron de allí, Gonzalo le pidió que lo llevara a un almacén barato a comprar dos sábanas y una almohada, las que cubrían su cama apestaban al sudor agrio de otros cuerpos. Allí gastó diez dólares de sus menguados recursos.

Una semana después de una larga semana, espera cuando solo le quedaban unos pocos dólares, comenzó a trabajar en el servicio de aseo de una estación de televisión que funcionaba desde un edificio de dos plantas junto a un viejo teatro, en el centro de Miami. Era el primer canal de televisión de Florida que empezó en el 49 casi al mismo tiempo que el de Pumarejo en Cuba. No era a lo que aspiraba, pero aceptó, al menos ganaba lo suficiente para mantenerse y ahorrar algo, y además estaba cerca de lo que conocía muy bien. Sus labores se iniciaban después que cerraban las trasmisiones a media noche. Acompañado de otro dos cubanos trapeaba pisos, elevadores, vaciaba basureros en las oficinas, aspiraba las alfombras, tareas que los otros hacían de mala gana, pero Gonzalo se esforzaba en limpiar bien el área que le habían asignado. En la madrugada aparecía el supervisor, un gringo grandote que masticaba palabras en español que sonaban como un insulto. Gonzalo ya terminaba su trabajo, mientras que los otros dos dejaban todo a medias, quejándose entre dientes de que no les alcanzaba el tiempo. Gonzalo se alejaba de ellos al salir, le molestaba su actitud y sobre todo el alarde que hacían de lo que habían dejado atrás. En realidad esos embustes eran lugar común entre los recién llegados que había conocido a través de Eusebio. Ya le fastidiaba tantas exageraciones sobre presuntas riquezas o importantes trabajos que alguna vez tuvieron en Cuba antes de la revolución. Prefería estar solo, rumiando sus pensamientos, lejos de las interminables discusiones entre cubanos, lo único que le preocupaba era seguir adelante y mejorar su situación. En la madrugada regresaba a su miserable cuarto, se bañaba, dormía unas horas y luego salía a comer cualquier cosa bien lejos de las cucarachas y ratones dueños del restaurante boricua. Cuando apagaba la luz sentía las alimañas escurriéndose por todas partes y separó su cama de la pared por si alguna cucaracha decidía hacerle compañía. De vez en cuando se topaba con el otro ocupante del cuarto, un negro dominicano grandote de gesto huraño que entraba y salía sin dirigirle palabra, pero no importaba, era mejor así. Después se enteró que el hombre venía huyendo de la dictadura de Trujillo, que supuestamente había aniquilado a parte de su familia.

—Alégrate de no estar aquí de madrugada amigo, a veces ese negro grita como loco, tiene unas pesadillas tremendas. Tengo que correr a despertarlo, parece estar muy traumatizado por lo que le pasó en Dominicana. No estoy seguro si lo que cuenta es verdad o mentira, todos traen alguna terrible historia a cuestas que a veces exageran para conseguir refugio en este país –le contó Manuel.

En las tardes se sentaba en un parque cercano por horas, revisando un manual de frases en inglés y trataba de emorizarlas lo mejor posible, sin estar seguro de la pronunciación. Otras veces se distraía y caminaba por las calles, empeñado en conocer bien a esa ciudad que sería su hogar en adelante. De vez en cuando entraba a un cine unas horas para distraerse, pero siempre llegaba a su trabajo con suficiente tiempo para para ponerse el uniforme que llevaba en una bolsa y comenzar sus labores. Uno que otro domingo Eusebio lo llevaba a pasear en su flamante Buick por las amplias avenidas de la playa, bordeadas por enormes hoteles y turistas deambulando por todas partes, ataviados con coloridos atuendos que les daba un aspecto exótico.

—Desde los años veinte este pueblo ha sido refugio de jubilados, que vienen huyendo del frío del invierno, sobre todo judíos millonarios de Nueva York. El flujo de inmigrantes latinos los tiene bastantes asustados, algunos ya están vendiendo sus condominios y chalets, y se mudan para otras playas y pueblos en el centro de Florida. Este lugar está cambiando a pasos agigantados —contaba Eusebio, mientras admiraban la marina con sus yates de lujo en largas filas.

Pero lo que más disfrutaba Gonzalo era estar cerca el mar, ese mar que había sido parte importante en su joven vida. Sin embargo, esta lujosa avenida por donde paseaban no se parecía en nada a la antigua elegancia del malecón de habanero, con la alegre algarabía de sus habitantes, los pregones de los vendedores y la presencia austera del general Maceo que desde su pedestal contemplaba a los paseantes, pero tenía que conformarse.

En el trabajo, Gonzalo se detenía a estudiar equipos encerrados en jaulas de vidrio, que parecían estar cubiertos por una fina lámina de polvo, áreas a las que no tenían acceso. Tampoco había logrado entrar al teatro, en donde funcionaban los estudios que presentaban algunos programas en vivo los sábados y domingos. Toda la programación del día provenía de las grandes cadenas de televisión, NBC o CBS de New York. Dos estaciones de radio en el edificio transmitían programas locales, música y noticias. Una madrugada, se atrevió a insinuarle en su medio inglés a Mr. Jerry el supervisor que se ofrecía a limpiar esos equipos, tenía experiencia en la materia. El tipo lo miró de arriba abajo como si le costara trabajo entender lo que proponía, pero sorpresivamente le pidió que regresara a media mañana para hablar con él.

Gonzalo le quedó el tiempo suficiente para desayunar algo, asearse en el estrecho baño de paredes limosas que todos compartían, ponerse un pantalón y una camisa blanca en vez del uniforme de aseador. Cuando regresó a la televisora, encontró mucha gente entrando y saliendo del edificio, secretarias que corrían de un lado a otro cargando documentos, y sintió una angustiosa nostalgia de sus días de ajetreo en la CMQ.

La oficina del supervisor quedaba en el sótano, un estrecho lugar en donde los empleados de mantenimiento tenían que marcar hora de entrada y salida. Allí encontró a un desconocido sentado en el escritorio, ojeando una revista, que aparentó no fijarse en su presencia. Carraspeó discretamente dos veces, pero el tipo siguió ignorándolo. Finalmente se decidió a preguntar por Mr. Jerry.

—No está aquí —contestó el tipo en español.

—Bueno es que me citó a esta hora, quería hablar conmigo, siento haberlo molestado dijo Gonzalo dispuesto a irse.

—Siéntese, siéntese, vamos a ver qué es lo que sabe hacer. Jerry mencionó que tiene experiencia en limpiar equipos electrónicos —escupía las palabras con un gesto de impaciencia.

La antipatía era obvia, el individuo se creía superior, quizás porque Gonzalo era cubano y recién llegado. Había notado esa actitud en algunos latinos, viejos residentes de la ciudad. Resentían esta inundación de profesionales cubanos refugiados que amenazaban su estabilidad laborar. Controlando su malestar, Gonzalo comenzó a detallar las funciones que llevó a cabo en los siete años que había trabajado en televisión. El otro sin mirarlo tomaba notas y cuando terminó de hablar le hizo un gesto de despedida.

—Ya le informaremos si deciden ubicarlo en otra área. Parece que ha logrado impresionar a Mr. Jerry —dijo como si le molestara bastante el asunto.

Gonzalo salió de allí muy desalentado, la entrevista había sido una pérdida de tiempo. De seguro, ese sujeto no había escrito nada de lo que había dicho. Pero esa noche, al llegar a su trabajo, le esperaba una grata sorpresa. Otro ocupaba su puesto y adherido a su tarjeta, había una nota informándole que estaba asignado al turno de día a las órdenes del jefe de mantenimiento de equipos, como en sus inicios en el canal de Pumarejo.

Los que conocieron a Gonzalo en esa época, dicen que enseguida se las arregló con mucho esfuerzo para ganarse la confianza del jefe, un gringo bonachón con un cigarrillo siempre colgado de los labios, que lo tenía corriendo de un lado a otro todo el día. Gonzalo comenzó obedeciendo órdenes y acabó trabajando largas horas, empujando cámaras, limpiando monitores, arreglando sets. Volvía a recorrer el mismo camino sin quejarse. Su inglés mejoró con rapidez, había logrado mudarse a la casa de una maestra americana jubilada que le alquiló un cuarto y de paso le daba clases del idioma en sus momentos libres. Eusebio era su único amigo, pero no tenía tiempo para esparcimiento, aunque algunas noches, el recuerdo doloroso de la bailarina atormentaba sus sueños y lo obligaba a masturbarse.

En ocasiones, Eusebio lograba sacarlo del trabajo a mediodía para compartir una cerveza y algo de comer. En silencio lo escuchaba hablar de todos los proyectos que tenía en mente y se percató que la ambición de este muchacho parecía no tener límites. Para empezar, Gonzalo estaba empeñado en iniciar programas de radio en español, que no existían en el área y eran una necesidad por la gran cantidad de inmigrantes cubanos.

Un año después, con la ayuda de Eusebio, logró convencer a una estación del área que le cediera por un precio razonable unas horas a la semana para difundir noticias de interés para la población de cubanos que ya rebasaba el medio millón.

Gonzalo renunció a su trabajo en la televisora y como productor del programa se dedicó a buscar anuncios pagados que los negocios cubanos abrían por todas partes de la ciudad. Eusebio trabajaba con él a tiempo completo, no era fácil para un desconocido obtener dinero de cubanos desconfiados puesto que no todos los recién llegados eran gente decente. Había de todo, comerciantes, artistas, empresarios, escritores, médicos, algunos luchaban por sobrevivir trabajando en cualquier lugar mientras otros se consolidaban con los fondos que habían podido sacar de Cuba o trataban de hacer trampas. Meses después Miami se fue convirtiendo en La Habana que recordaban y pretendían conservar y en corto tiempo fueron instalando negocios y hasta funerarias con los nombres familiares de otras épocas, aunque en los corrillos de calle ocho, todos vivían convencidos de que muy pronto regresarían a Cuba, este nuevo escenario era algo temporal. Por esa época nadie imaginaba que la dictadura castrista se extendería por más de medio siglo y dos generaciones más tarde tendrían muy poco interés en regresar al hogar de sus abuelos que nunca tuvieron la oportunidad de visitar.

Gonzalo se convirtió en locutor, guionista, periodista, y de todo lo que hay que hacer en un progrma matinal. Con la ayuda de Eusebio y una secretaria al teléfono recogía noticias locales hacía un resumen de las internacionales más importantes sobre todo las que se referían a la tensa situación diplomática entre

Washington y La Habana. Su audiencia fue creciendo, el teléfono no dejaba de sonar en busca de información, el programa de dos horas en la mañana era todo un éxito, pero Gonzalo estaba agotado, dormía muy poco y comía de vez en cuando.

Lograron ubicar a un antiguo locutor que trabajaba de mesero y con su participación pudo transmitir dos veces al día. Decidido a ampliar la programación, abrió una pequeña oficina y se dedicó a buscar técnicos y otros trabajadores de la industria que seguían llegando de Cuba.

El programa tomó alas en abril de 1961 con la frustrada invasión a Cuba, en la localidad de Playa Girón, protagonizada por un grupo de cubanos entrenados por la CIA. Fueron cuatro largos días de crisis durante los cuales recibían las noticias en inglés y las transmitían de inmediato en español. La gente llamaba enloquecida pidiendo aclaración de ciertos detalles, con la esperanza que ese esfuerzo culminaría en la derrota de Fidel, pero los combatientes fueron derrotados en pocas horas, muchos murieron y los demás fueron hechos prisioneros. La comunidad cubana culpaba al gobierno americano y al presidente Kennedy por no haberle dado apoyo a una invasión que terminó de forma tan desastrosa. Un momento decisivo y doloroso en la historia de Cuba.

Rudy Stein dueño de la emisora, impresionado por lo que estaba ocurriendo sin acabar de entenderlo, le abrió a Gonzalo los micrófonos por varias horas al día y se ofreció costear una frecuencia independiente a cambio de un contrato como socios a partes iguales. A Gonzalo no le entusiasmaba la idea pues sin mover un dedo, Stein recibiría la mitad de las ganancias –que todavía no eran muchas– mientras que a él le tocaba buscar anunciantes, trabajadores, técnicos y hacer la tarea diaria. Ese negocio no daba para tanto.

—Ese viejo zorro olfateó hacia donde se dirige el futuro de Miami y quiere aprovecharse de lo que has logrado hasta ahora —comentó Eusebio pensativo.

—No sé qué hacer, no tengo los medios para conseguir una frecuencia y mucho menos una licencia para operar una emisora. A duras penas me alcanza para vivir y pagarle a los empleados con lo que saco de la emisora. Rudy es muy capaz de quitarme las horas que tengo si no acepto su oferta y lo que es peor, tratará de darme bola negra con otras empresas de la localidad para que me nieguen una oportunidad.

—Dale largas al asunto, tienes que pensarlo, que la idea te entusiasma bastante. Entre tanto vamos a recurrir a esos ricachones cubanos que les gustaría invertir sus millones sin tener que ensuciarse las manos. Sobre todo los que tienen algo bastante oscuro que ocultar, que andan escondidos como cucarachas y de esos conozco unos cuantos. Deja ver a cuantos fumigo para que cooperen con esta gran propuesta —la sonrisa torcida lo decía todo.

—¿A qué te refieres? Eusebio, no me conviene enredarme en algo ilegal, ni me interesa el apoyo de esa gente de mal vivir que dices conocer tan bien —protestó Gonzalo preocupado.

—No chico, no te alteres, no es para tanto, no voy a hacer nada ilegal, solo espero sacarle algunos pesos a todos esos batistianos que salieron con la mitad del tesoro de la República y pasan agachados; es hora que inviertan en algo decente. Estoy dispuesto a meterles la mano bien hondo en los bolsillos por una buena causa.

De alguna manera y con grandes esfuerzos, lograron su objetivo de establecer una sociedad con accionistas de toda la comunidad para conseguir los equipos, la frecuencia y la licencia comercial. Se mudaron a un viejo edificio de tres plantas cerca del centro de la ciudad y Gonzalo estableció su residencia en el piso superior. Con dos cuartos cubría sus necesidades básicas. Una cama, dos sillas, una pequeña mesa, un hornito eléctrico para calentar la comida y una cafetera. Eso era todo lo que necesitaba, algo más de lo que tenía su padre en la trastienda de La Asturiana. Desde allí se preparaba para manejar la emisora que comenzó a crecer de inmediato. La voz se corrió enseguida por toda la ciudad, y llegaron algunos técnicos en busca de trabajo.

La soledad empujó a Gonzalo a recibir en su intimidad algunas noches a una mujer que trabajaba en la emisora como secretaria y que se le había isinuado más de una vez. Rosa era bastante agraciada: de cuerpo amplio, pechos firmes y buen carácter, había llegado a Miami con un hijo pequeño, apiñada con otros en un bote que milagrosamente no naufragó, dejando atrás al marido revolucionario que la maltrataba a diario. Para él era simplemente un arreglo de conveniencia, una relación sin complicaciones ni exigencias de parte de Rosa, el recuerdo de Lucinda todavía pesaba demasiado en sus sentimientos.

Poco tiempo después, en octubre, tuvo lugar la difícil crisis política entre el gobierno cubano y los Estados Unidos por las bases para misiles nucleares de corto y largo alcance, que Fidel Castro pretendía instalar en Cuba con la ayuda de la Unión Soviética. Esto provocó una seria confrontación entre las dos superpotencias y terminó con el bloqueo marítimo que, con todo el poderío de su armada, estableció el presidente Kennedy alrededor de la isla. Nada entraba ni salía y el presidente ruso Nikita Khrushev finalmente tuvo que dar marcha atrás a sus pretensiones en negociaciones secretas con los Estados Unidos, cuando se aprestaban a bombardear a Cuba. Las bases fueron desmanteladas y las armas removidas, a pesar de las protestas y el disgusto de Fidel, que públicamente acusó a los soviéticos de haberlo traicionado. La crisis duró durante trece largos días y el bloqueo naval un mes, pero el bloqueo económico de la isla, más de medio siglo. Ese fue el inicio de la llamada guerra fría que tan duras consecuencias tuvo para Europa y Estados Unidos; Alemania quedó dividida en dos, sobre todo Berlín, partida por un inmenso muro.

La emisora tomó un auge que nadie hubiera predicho. Radio Libre era una sensación, los hogares cubanos permanecían en sintonía todo el día, esperanzados en que los americanos invadieran la isla, lo que finalmente no ocurrió. Ya para entonces la emisora empleaba cinco locutores, muchos técnicos, secretarias, mensajeros y un electricista, casi todo. Pero Gonzalo aspiraba a lograr algo más que emitir comentarios políticos, noticias de Cuba y del bloqueo naval. En medio de la llamada guerra fría y el inicio del conflicto en Vietnam, los inmigrantes que aspiraban a residir legalmente en ese país, tenían que estar informados de todos los sucesos que de alguna manera podían afectar sus vidas.

El asesinato del presidente John F. Kennedy en el 63, y las supuestas o reales conexiones cubanas con el magnicidio, estremecieron a toda la comunidad de refugiados. Por todas partes se rumoraba que la mano larga de Fidel Castro había tenido parte en el asunto y que al llegar hasta el presidente del país más poderoso del planeta, lo mismo le podía pasar a cualquiera que a distancia se convirtiera en un enemigo del régimen cubano. Estos temores aumentaron con el subsecuente asesinato del principal sospechoso, en circunstancias que nunca fueron aclaradas y por tres décadas más, los comentaristas difundieron toda clase de infundios y teorías nunca probadas. Algunos trataron de advertirle a Gonzalo que tuviera cuidado con el contenido de los programas de opinión de la emisora, algo desagradable le podría ocurrir. Se murmuraba que había agentes castristas infiltrados entre los residentes de la ciudad, capaces de hacerle daño. Gonzalo se encogía de hombros, vivían en un país libre, no se iba a dejar amedrentar por unos cuantos rumores, estaba decidido a expandir la emisora y seguir con los programas que seguían de cerca los reportajes sobre el asesinato del presidente Kennedy y la posible relación entre Moscú y La Habana con el magnicidio.

—Con lo mucho que trabajas me huele que estás soñando en convertirte en otro Pumarejo, muchacho —comentó Eusebio al escuchar sus planes de expansión.

—¿Y por qué no? Él comenzó con la radio y logró hacer historia con sus grandes programas de variedades en la Cadena Azul, con tantos que llegaron a la fama gracias a su empuje. Pumarejo fue un verdadero fenómeno. ¿Tienes idea cuántos artistas conocidos andan sueltos por Miami tratando de ganarse la vida como sea? Podemos conseguir otras dos frecuencias para trasmitir además de noticias, programas musicales, radionovelas, algo de humorismo. El material humano ya está aquí, solo hay que recogerlo y organizarlos, sería la emisora más popular que...

—Oye, oye muchacho, aguanta la caballería —interrumpió Eusebio—, ¿ahora quieres convertirte también en empresario teatral? Eso podría costar el dinero que no tienes. A esos artistas hay que pagarles, no van a actuar o cantar de gratis. Es ahora que vemos un poco de ganancia, no seas gandío chico, no quieras acapararlo todo de una vez...

Pero Gonzalo Alonso Rodríguez no iba a darse por vencido tan fácilmente. Quizás Eusebio no entendía la altura de su visión, a él no le interesaba convertirse en empresario de artistas, sospechaba que muchos estarían dispuestos a trabajar en la radio por nada o muy poco, esperanzados en hacerse conocer o recuperar la fama que alguna vez tuvieron en Cuba. En realidad su meta a largo plaz o era la televisión, larespuesta que buscaba, con la que soñaba mientras elaboraba la estrategia a seguir sin estar seguro que era el camino correcto. Vivía convencido que a muchos cubanos de avanzada edad les iba a ser difícil o quizás imposible aprender un nuevo idioma. A veces se miraba el espejo y lo que veía era la imagen de un Pedro joven empeñado en encontrar fama y fortuna, pero no detrás de un mostrador. Dormía pocas horas y profundamente, sin sueños ni recuerdos, como si todo el pasado se hubiese borrado de su memoria.

Semanas antes, Rosa le anunció que había aceptado la oferta de casamiento de un paisano y se mudarían a Chicago. Era mejor así, ella comenzaba a exigirle demasiado compromiso y no necesitaba enredos sentimentales.

Cada tres o cuatro meses recibía escuetas misivas de Celeste, detallando la frágil salud de Pedro cada día más enfermo. El invierno no le hacía bien, llovía demasiado, pero la casa tenía buena calefacción con chimenea en todos los cuartos. Ella estaba contenta, se llevaba bien con las vecinas, no necesitaban nada. Pero la realidad era otra; tenían suficiente dinero, ella se ocupaba de eso, pero odiaba el invierno y el aislamiento de la aldea. Nunca se sentía cómoda aún pegada al fuego, pero nada de eso era asunto de su hijo. Gonzalo le respondía formal, trabajaba mucho sin mencionar exactamente lo que hacía, le iba bastante bien y le gustaría verlos otra vez. A Gonzalo se le antojaba que su madre le escribía por obligación, sin interesarse en su vida, quizás por lo de Eligio, como si hubiese sido culpable de su muerte. Le hubiera gustado mostrarle a Pedro todo lo que había logrado hasta ahora, pero sabía que era demasiado tarde, a sus padres parecía no preocuparles su destino. Más de una vez pensó que debería hacer un esfuerzo e ir a Asturias a visitarlos, pero en su fuero interno, sabía que nunca iba a intentarlo.

En sus programas radiales comenzó a mencionar la necesidad de tener un canal de televisión en español para la comunidad en el exilio. Después de varios meses de iniciada esa campaña, con una entusiasta respuesta de la radio audiencia, logró captar la atención de Carlos Robaina, uno de los antiguos accionistas de la CMQ, que por insistencia de su mujer había decidido disfrutar sus millones en el exilio de una playa de lujo del norte de la ciudad. La curiosidad llevó a Robaina a investigar quién estaba detrás de la campaña de Radio libre y en realidad le hastiaba tanta fiesta, no tenía amigos y detestaba el bridge, juego que nunca acabó de entender. Toda esa sofisticación de country club que su mujer pretendía emular lo tenía de mal humor así que decidió llamar a Gonzalo.

—Cuando salimos al exilio debí seguir los pasos de Goar Mestre quien está bien instalado en Argentina y preside un exitoso canal de televisión. Mi esposa insistió en venir a Miami, ya sabe, por eso de las tiendas y la diversión. Según ella ya era hora que descansara, como si fuera un viejo. Soy un hombre acostumbrado a trabajar, estuve allí desde la creación de Radio Centro y aguanté todo lo que vino después hasta que no nos quedó otro remedio y tuvimos que salir del país. Tus ideas sobre la televisión en español en Miami me interesan bastante, tenemos que reunirnos muy pronto, muchacho —afirmó.

—Señor Robaina, solo quiero reiterarle mi convicción que esta área necesita un canal en español para los muchos residentes de la ciudad. Podemos reunirnos cuando usted lo considere conveniente —contestó Gonzalo intrigado.

Las negociaciones fueron largas y difíciles. Robaina no estaba dispuesto a soltar su dinero tan fácilmente, no estaba convencido y dudaba de la capacidad técnica de Gonzalo a pesar de haber trabajado en televisión esos años. Tuvieron que conseguir más accionistas, el proyecto costaba bastante, pero con mucho esfuerzo Gonzalo lo logró. La reputación y fortuna de Robaina pesaba en la comunidad cubana; en el año sesenta y nueve consiguieron la licencia de operación y quince meses después nació el canal veinte, con un alcance limitado al sur de la Florida. Trasmitía todo el día programas en español, bien recibidos por los cientos de exiliados que seguían llegando de Cuba y de otras partes del continente. Operaban desde el centro de Miami, en el viejo edificio de la WSJN que Gonzalo logró adquirir a buen precio.

En el piso superior Gonzalo arregló su apartamento con algunas comodidades, estrictamente lo necesario para recibir visitas, una sala con dos sillones, algunas sillas, un escritorio en donde podía trabajar, la pequeña cocina con desayunador, y la recámara simplemente amoblada. Necesitaba estar muy cerca del trabajo; había heredado la manía de vivir en la trastienda para no malgastar su dinero, aunque jamás hubiera aceptado que se comportaba igual que Pedro.

Comenzaron creando localmente programas musicales y dramas en dos pequeños estudios. También trasmitían otros doblados al español en México o España y desde luego, noticias locales, internacionales y programas de opinión algo controversiales que atrajeron enseguida mucha atención. El talento local sobraba, había cantidad de músicos y conocidos artistas que habían llegado de Cuba buscando trabajo y algo de la fama perdida; el canal veinte se encargó de darlos a conocer otra vez.

Ese mismo año en plena primavera, le informaron que Pedro había fallecido en su casa, con Celeste, familiares y amigos del pueblo a su lado. En medio de una importante reunión, que interrumpió por unos minutos, Gonzalo recibió el cablegrama que le informaba del suceso. Su padre había sido enterrado en el cementerio de Tineo.

Esa tarde cableó una larga nota a Celeste expresando su dolor y le ofrecía cualquier apoyo que necesitara. Le iba a ser imposible viajar a Asturias por ahora, estaba demasiado ocupado con el trabajo. Le costaba encontrar las palabras, todo lo que escribía parecía tan falso.

De noche en la soledad de su recámara, se dio cuenta que no sentía nada, estaba como vacío por dentro. Pedro era una imagen lejana, que se había ido borrando de su memoria con la larga separación y se preguntaba si alguna vez había sentido amor por su padre. Solo quedaba el recuerdo de los muchos regaños, exigencias y muy pocos momentos en familia, la Asturiana les había robado toda intimidad familiar. Quizás fue mejor que se separaran cuando lo hicieron, ya no tenían casi nada en común. Ahora le tocaba a Celeste decidir si pensaba quedarse en Asturias o a lo mejor se le antojaba viajar a Miami para estar más cerca, solo quedaban los dos, pero de alguna manera, la idea no le entusiasmaba. De adulto nunca había tenido una relación estrecha con su madre y después de la muerte de Eligio, ese último año que vivieron juntos, raras veces le dirigía la palabra. Actuaba como si no tolerara su proximidad y terminó por alejarse de los viejos y de San Ignacio.

Celeste le informó que por ahora prefería seguir en Asturias; tenía suficientes recursos y pensaba mudarse a otra localidad menos apartada. Le gustaba vivir en España, tenía que pensarlo. Además tendría que vender la huerta, que por lo pronto estaba en manos de un primo de Pedro que se ocupaba de todo. Durante esos largos años Pedro siempre tan enfermo nunca pudo realizar su sueño de trabajar la tierra. En realidad, la mujer temía que su hijo le reclamara parte de la herencia que le correspondía y no estaba dispuesta a compartir con nadie lo que tanto esfuerzo le había costado. Prefería mudarse a Oviedo rodeada de sirvientas, que la atendieran a todas horas. Celeste, había perdido las líneas angulares de su cuerpo y ahora era una robusta matrona que cuidaba sus negocios, siempre recelosa de que le quitaran algo.

Fue Robaina el que convenció a Gonzalo de que rentara un apartamento frente al mar para recibir visitantes y asociados, no podía seguir viviendo en el tercer piso de la televisora, como un recluso. Le hacía mal a su imagen de ejecutivo exitoso vivir en dos cuartos, y de paso recomendó que contratara a una recién llegada de Cuba, Belén Garrido, cocinera y mucama, que podía organizar con la ayuda de su secretaria algunas reuniones de negocio. Era importante quedar bien con los posibles inversionistas.

—Esa señora trabajó por años en casa de don Julio Villanueva, mi banquero en Cuba. Su hija Susana me llamó para recomendarla, aunque trató de convencerla que fuera a vivir con ella a Boston, parece que la apreciaban mucho. Esa pobre mujer llegó en uno de esos botecitos que usan para huir de Cuba, fue un milagro que no se ahogara, tiene mucho mérito. Es importante que presentes una apariencia triunfadora Gonzalo y ahora que arranca la televisora, lo necesitamos más que nunca —dijo Robaina.

Gonzalo aceptó la sugerencia sin rechistar, Robaina venía del grupo de los triunfadores y la cara que hay que presentar ante ese mundo, pero hubiera preferido quedarse donde estaba. Resignado, contrató a Belén Garrido para que arreglara el nuevo apartamento. La mujer hablaba muy poco y no se interesó en averiguar su historia personal. Dejó que Eusebio se encargara de guiarla, en realidad era mejor que se dedicara a la cocina, se había acostumbrado a comer en cualquier parte y un cambio sería agradable.

Ayudado por una secretaria de Robaina, Eusebio se ocupó de amoblar el nuevo apartamento, la cocina ya estaba completa, solo faltaba vajilla, cubiertos y definir los deberes de la cocinera.

Para empezar, Belén necesitaba uniformes blancos, ropa de cama para su cuarto y objetos de uso personal y Eusebio no sabía por dónde empezar. Pero una secretaria la llevó a los almacenes para adquirir lo que le faltaba y para arreglar el apartamento que quedó listo para ser ocupado en diez días. Después, una o dos veces por semana Eusebio llevaba a la cocinera al supermercado, mientras ella, lista en mano, decidía lo que iba a necesitar. Menos mal que algunos empleados del mercado hablaban español y se prestaban a ayudarla, aunque nunca quedaba satisfecha, no encontraba los ingredientes que conocía. Las bebidas alcohólicas y los vinos para visitantes, las procuraba Eusebio que servía de chófer durante la semana.

Al principio, las relaciones entre esos dos no fueron nada cordiales. Eusebio se creía con derecho de criticar a Belén a cada paso y, molesta, muy pronto le hizo saber que no le iba a aguantar ni una indirecta más.

—No lo cojas así, mi negra, no te sulfures, por tan poca cosa, solo lo hago por ayudarte a hacer tu trabajo —le contestaba con la sonrisita infernal que la sacaba de quicio.

—En primer lugar, para usted soy la señora Belén como me trata don Gonzalo, conozco bien mis deberes y salga ahora mismo de mi cocina antes que le entre a escobazos —contestó indignada.

Eusebio estaba enterado por encima de la odisea que había vivido Belén para llegar a Miami y sentía una gran admiración por su coraje, así que moderó sus críticas, esa negra no estaba de humor para aguantarlas.

Finalmente acabaron por hacer las paces, no les quedaba otro remedio. Sin manifestarlo en voz alta, los dos se sentían responsables por el bienestar de Gonzalo, que parecía dormir muy poco y trabajaba demasiadas horas. Comía de prisa lo que Belén preparaba con tanto esmero, sin hacer comentarios. Raras veces tomaba unos pocos momentos de esparcimiento un fin de semana, siempre con algún invitado relacionado con los negocios. Gonzalo seguía empecinado en llevar adelante y expandir aún más el proyecto y no tenía tiempo para socializar.

—Oye Gonzalo, ya es hora de que busques una novia, chico, ya te están saliendo canas, te vas a quedar para vestir santos como dicen en Cuba... —comenzó a fastidiarlo Eusebio, preocupado al verlo trabajar tanto durante esos largos meses.

—No molestes Eusebio, no tengo tiempo para noviazgos y enredos formales, sabes lo ocupado que estoy.

Y le vinieron a la mente las amonestaciones de Celeste hacía tanto años. Tenía que reconocer que Eusebio estaba en lo cierto, con treinta y nueve años, había llegado el momento de formar una familia que lo acompañara en su ascendente carrera. Después de la partida de Rosa había sostenido cortas y humillantes relaciones con mujeres superficiales y vanidosas, del mundo de la televisión, que por promoverse hacían y fingían cualquier cosa por complacerlo, pero no le interesaba seguir con esa vida. Por mucho tiempo lo pensó bastante y lo engorroso era que a donde llegaba, alguien trataba de meterle alguna candidata por los ojos. En esa sociedad cubana, la soltería a su edad, parecía objeto de crítica o sospecha de que algo no andaba muy bien, una especie de estigma, no estaba seguro, pero le molestaba los comentarios que adivinaba a sus espaldas. Le costaba establecer relaciones cercanas y a diferencia de la mayoría de los cubanos no le gustaba hablar de su pasado, lo que había dejado atrás, como si tuviera algo que ocultar, o quizás en el fondo no quería mencionar la muerte heroica de su hermano que le pesaba como una culpa sin resolver. De todas maneras, los años iban pasando, había llegado el momento y se decidió a buscar pareja.

La elegida fue una joven de la nueva aristocracia cubana en el exilio, hija de un ministro de Batista que salió de Cuba con su esposa, la hija y gran cantidad de dinero mucho antes que llegara el final de la dictadura. Carlos López Barrero estaba al mando de las finanzas del estado, y por encargo de Batista, discretamente se dedicó a colocar fondos a salvo en bancos en las Bahamas y Panamá. Cuando se percató que el triunfo de la revolución era inevitable, abandonó la isla mucho antes del final, llevándose el secreto del destino de todas esas cuentas a las que solamente él tenía acceso. Estaba seguro que Batista desde su exilio en Madeira y después España no iba a necesitar esos fondos con los millones que había robado, aunque más de una vez intentó contactar a su exfuncionario sin respuesta.

Gonzalo vio a Patricia de lejos en una fiesta y quedó prendado de la belleza de la mujer que pasó a su lado, sola, sin determinarlo, así que después cuando logró informarse de su identidad se hizo presentar a don Carlos López, padre de la joven.

Patricia tenía veintisiete años, había sido educada en Suiza e Italia en las mejores escuelas, especializándose en arte, y había regresado a Miami hacía unos meses. Al principio no le prestó atención al nuevo amigo de su padre, que le parecía demasiado viejo aunque todavía algo atractivo. Pero ante la insistencia de su madre se dejó cortejar por varias semanas y finalmente acabó por seducirla su determinación y sobre todo la oportunidad de brillar como una estrella a su lado en el agitado mundo de la industria del entrctenimiento. Era preferible a quedarse en casa, casi quedada como quien dice, esperanzada en encontrar algún día un aburrido profesional. Todas las conocidas de su edad ya estaban casadas y con hijos. Además, el pasado de su progenitor como exministro de Batista los perseguía como una sombra negra. Muchos exiliados no estaban dispuestos a olvidar y mucho menos perdonar y a pesar de su dinero, don Carlos López Barrero y su familia no eran bien vistos en la nueva sociedad miamense definida por acérrimos adversarios al régimen castrista. Alberto, su hermano mayor que había salido de Cuba muchos años antes, decidió continuar sus estudios en California donde pensaba establecerse y raras veces venía a Miami, pero Patricia tenía que seguir amarrada a su madre, era la tradición.

Para Gonzalo el flechazo fue inmediato, se enamoró por segunda vez en su vida, pero no con la misma intensidad, Lucinda ocupaba un lugar lejano pero muy especial en su memoria. Comenzaron a invitarlo a todo acto y celebración de la familia

López, pero Gonzalo se percató que doña Carmen, la madre de Patricia era la más interesada en que se estableciera una relación entre los dos, aunque eso no pareció importarle. En poco tiempo su insistencia en cortejar a Patricia por varios meses culminó en un compromiso matrimonial. Dejando a un lado su habitual indiferencia, Gonzalo insistió en un noviazgo corto, pero doña Carmen pegó el grito al cielo, necesitaba por lo menos seis meses para completar el ajuar de su hija, los preparativos de la boda y la recepción. Ante la impaciencia de Gonzalo, lograron acortar el tiempo a cuatro meses con la ayuda de un equipo de especialistas en bodas, sugerido por Robaina.

Durante esos meses, Gonzalo raras veces lograba estar a solas con su prometida, siempre ocupada con modistos y decoradores. La notaba alejada, no parecía estar muy entusiasmada, pero cuando se quejaba, ella simplemente se disculpaba diciendo que estaba agotada y nerviosa con tantos preparativos. Él hubiese preferido algo mucho más sencillo, pero no se atrevía a protestar.

La lujosa boda a la que asistieron todos los ejecutivos de la televisora, el hermano Alberto que llegó a última hora desde California y las pocas amistades de don Carlos, fue seguida por una fastuosa recepción en un hotel de la playa. A Gonzalo le extrañó que Alberto se sentara en una mesa retirada y no con sus padres aunque doña Carmen a veces se esforzaba en acompañarlo. Antes que terminara la fiesta se acercó a despedirse con un breve saludo y un estrecho abrazo a Patricia que intentaba detenerlo.

—Cuide bien a mi hermanita, ella tiene mucho que aprender —le susurró al oído, dejando a Gonzalo algo confuso.

En la mañana, la pareja salió de luna de miel por tres semanas al lugar escogido por Patricia, el Hotel Plaza de New York, ciudad que ninguno de los dos conocía. Gonzalo quería un lugar alejado, más tranquilo, quizás alguna playa, para conocerse mejor, pero Patricia insistió en New York, donde había tantos museos interesantes y lujosas tiendas.

Y en realidad, desde el día que llegaron, Gonzalo se percató de que Patricia se había casado con él por conveniencia aunque se esforzaba en mostrarse afectuosa, sobre todo en público, pero en privado era algo distante. En la primera noche de intimidad ella lo esperaba metida en la cama, con las sábanas hasta el cuello, embutida en una lujosa negligé de seda, una especie de armadura que le costó remover. Al principio pensó que era la reticencia normal de una joven educada de forma estricta, pero pronto intuyó que su mujer había tenido otras experiencias sexuales, pero eso no le importaba, esas eran exigencias de otros tiempos. Lo de Patricia era una forma de rechazo, cumplía a medias con sus obligaciones, pero nada más. Hacían el amor en silencio, sin pasión, ella lo dejaba hacer como un compromiso de su parte, que terminaba abruptamente cuando corría a lavarse. No podía quejarse, se había metido en esta situación con los ojos abiertos, pero en el fondo, siempre lo animó la esperanza de encontrar cierto grado de felicidad conyugal.

Durante esas semanas, ella insistía en pasar parte del día visitando museos y galerías en vez de quedarse en la lujosa suite a su lado haciendo el amor. Al principio la acompañaba a todos esos lugares, pero esa contemplación de pinturas y estatuas, colores, matices y técnicas que no entendía, lo aburría soberanamente. Le daba la impresión que de una manera sutil, Patricia le hacía notar su superioridad cultural. La dejó ir sola a sus museos y se iba a caminar por las calles de la inmensa ciudad, admirando todo lo que veía, impresionado por la majestuosidad de los edificios que amenazaban con aplastarlo. Una ciudad tan distinta a Miami, un pequeño pueblo en comparación. El parque frente al hotel lo llenaba de una angustia lejana por la campiña cubana que pocas veces había visitado. Una mañana logró convencerla que fueran a visitar el parque y cogidos de la mano caminaron largas horas bajo los majestuosos árboles, admirados por el verdor que los rodeaba. Quizás fueron esos los momentos más íntimos que compartieron durante esos días. Al regresar al hotel, cansados, hicieron el amor con una intensidad que no volvió a repetirse.

Todas las noches iban a cenar en algún restaurante del área y después Patricia insistía en asistir a un espectáculo teatral. Le bastaron esas tres semanas para darse cuenta de que su matrimonio había sido una conveniencia para ambas partes. Su mujer era vanidosa, egoísta y nunca iba a convertirse en la compañera ideal con la que había soñado, pero ¿no eran así la mayoría de las esposas de sus asociados en esa burbuja artificial en donde se movía a diario? Tenía que resignarse; se había precipitado demasiado por imaginar que podría imponer su voluntad.

A su regreso a Miami, Gonzalo y Patricia se instalaron en un elegante caserón en Coral Gables, que costó una millonada, un regalo de don Carlos que no quiso escatimar gastos para garantizar la comodidad de su hija. Nadie lo había consultado de esa decisión, Gonzalo se enteró a última hora y hubiese preferido seguir viviendo en su apartamento frente al mar, pero aceptó por complacer a su mujer.

Gonzalo trajo a Belén a la nueva residencia e insistió en ponerla al frente del manejo de una casa que no era de su agrado. Patricia hizo ver como que no le importaba el arreglo y riendo anunció que no tenía la menor intención de convertirse en ama de casa, se preparaba para sus nuevas actividades sociales al lado de su marido. Pero la realidad era otra, le molestaba tener a alguien con el aspecto de Belén como quien dice, una negra en el medio y no metida en la cocina como correspondía. Le había costado bastante con la ayuda de su madre convencer a Carlos López que desembolsara el dinero que costó la mansión ya que aspiraba a sobresalir en esa sociedad que hasta ahora de alguna manera, las esquivaba. Hubiera preferido contratar a una elegante ama de llaves extranjera, como la que vio en la casa de la condesa Alcázar —de la vieja nobleza cubana— en una de las pocas fiestas importantes a la que había sido invitada con sus padres.

Desde el primer día Belén notó la antipatía que le profesaba la señora que no se preocupaba en disimular. La pobre mujer se sentía abrumada por el tamaño dc la casa, no iba a poder con tanto trabajo y no se atrevía a quejarse ¿a quién? Gonzalo entraba y salía a todas horas, siempre apurado. Amedrentada ante la altivez de Patricia, que le pasaba por encima determinarla, le confió sus inquietudes a Eusebio quien se echó a reír divertido.

—Ay mi negra linda, no te angusties, esa niña va a exigir un montón de empleadas, tú solo tienes que supervisar que lo hagan todo bien sin mover un dedo.

—Ya te he dicho que mi nombre es Belén, no seas fresco. No sé cómo me voy a arreglar para vigilar a toda esa gente y lo peor es que la señora no puede disimular la tirria que me tiene, un día de estos me bota y no sé qué voy a hacer.

—Gonzalo jamás te dejará ir, Belén. ¿No te has dado cuenta que tú y yo somos la única familia que tiene en el mundo? Habían comentado muchas veces acerca de la absoluta soledad en que parecía vivir Gonzalo, aunque estuviese rodeado de gente a todas horas, pero jamás hablaba de lo que dejó en Cuba o de su familia. Una sola vez Belén le había oído decir que su madre vivía en España, pero poco la mencionaba, como si estuviese muerta.

—Bueno, yo creo que ahora que don Gonzalo tiene una bella mujercita que lo consienta, nosotros dos sobramos —insistió Belén con un dejo de tristeza.

—No te tragues ese cuento. Esto ha sido para él un arreglo, quiere tener hijos, pero esos dos tienen muy poco o nada en común, no la veo consintiendo a nadie. Ya verás, a la señora Patricia solo le preocupa su persona, le esperan días difíciles al jefe.

Cuando Patricia insinuó que le gustaría contratar alguien más presentable para manejar la casa, Gonzalo algo molesto, le hizo saber de una vez por todas que Belén estaba a cargo y punto. La situación fue un poco difícil al principio, Patricia no hacía más que quejarse al oído de Gonzalo de todo lo que pasaba, que si las empleadas llegaban tarde, que no limpiaban adecuadamente, la ropa no estaba bien planchada. Pero cuando tenían invitados, que se deshacían en elogios a la cocinera, entonces parecía estar muy complacida. Belén prefería mantenerse en silencio, pero estaba decidida a buscar otro empleo aunque tuviera que ir a pasar frío en Boston.

—No le hagas caso, Belén, la doña es pura bulla, también me mira mal, no soy lo suficiente sofisticado para su delicado gusto, creo que le molesta la amistad que tengo con Gonzalo —la tranquilizaba Eusebio como siempre riéndose.

—A ti nada te molesta porque tienes cuero de lagarto, pero yo no estoy acostumbrada a que me estén criticando a todas horas. He tratado de decirle a don Gonzalo que me deje metida en la cocina y no correteando a criadas por toda la casa que no hacen caso, pero lo único que dice es que tiene su confianza depositada en mí, que soy su mano derecha en esta casa y toda esa responsabilidad me asusta, Eusebio y no es justo.

Patricia comenzó a vomitar a los once meses y no paró por varios días necesitando hospitalización, cuando diagnosticaron que no tenía nada grave, estaba embarazada. Todos celebraron la noticia menos Patricia que regresó a casa unos días después, temblorosa y pálida, quedando bajo el cuidado de una enfermera y su madre que llegaba a todas horas dando órdenes sobre alimentos especiales que Belén, preparaba con esmero. Gonzalo se mudó a otra habitación con la excusa que no quería molestar a su mujer que se quejaba de todo. Belén muy a su pesar, aceptó la responsabilidad del manejo de la cocina y de todo lo demás sin protestar. Dos empleadas se ocupaban de la casa y la limpieza, otra de la lavandería dos veces por semana y el jardinero era supervisado por Eusebio.

El médico de Patricia pronto se dio cuenta de que había algo distinto; el abdomen demasiado abultado para el tiempo de embarazo y un examen confirmó la presencia de dos fetos. Patricia, incrédula, se negaba a aceptar el diagnóstico, no era justo, ella no necesitaba dos hijos a la vez y se encerró en su cuarto, de donde salía una vez al día a caminar unos minutos motivada por su madre. Gonzalo trató en varias ocasiones de convencerla de que su actitud sería perjudicial, pero no atendió razones.

Ocho meses después, cuando nacieron Pedrito y Valeria por operación cesárea, llegaron las niñeras y toda la casa quedó trastocada. Belén ya no se daba abasto con tanto enredo. doña Carmen ayudaba con los niños, mientras Patricia permanecía en cama sumida en una depresión que los médicos indicaron que era algo normal en embarazos múltiples.

A pesar de todo, Gonzalo era un hombre feliz por primera vez en mucho tiempo. No se cansaba de mirar a los recién nacidos, Pedrito fuerte y activo, y Valeria que todos comenzaron a llamar Laly, tan chiquita, frágil y gritona. No se parecían en nada y Gonzalo no acababa de creer que eran sus hijos; lo llenaba una sensación de orgullo y bienestar que no podía definir o explicar. De noche se preguntaba si alguna vez Pedro se había conmovido tanto cuando él nació. De su padre solamente recordaba regaños, exigencias y muchas quejas y se prometió ser distinto con sus hijos, se prometió tantas cosas que no iba a poder cumplir. Ya no le molestaba la indiferencia de su mujer, podían seguir viviendo como estaban, si es lo que ella quería, lo único que importaba ahora eran sus hijos. Pero se equivocaba, no era suficiente y algo tarde se dio cuenta de su error.

CAPÍTULO III

En Regla el sol brillaba aunque estuviera lloviendo, siempre estaba allí enorme y caliente a través del aguacero que refrescaba el ambiente, aún cuando soplaba el norte.

Nací en una casita de dos cuartos y cocina muy cerca del mar, y allí en Regla fui a la escuela hasta los catorce años. Era la segunda de los tres hijos de mamá, los otros dos sufrían de ese mal que daña la sangre a los negros, como le explicaron a ella en el hospital de La Habana. Me dolía ver a mis hermanitos tan flaquitos, siempre enfermos, a veces no podían levantarse con las rodillas hinchadas, nunca los dejaban jugar en el patio, yo no entendía lo que les pasaba. Mami los llevaba al hospital a cada rato, se quedaban internados por semanas, regresaban a casa algo mejorcitos, pero a los pocos días volvían a enfermarse. A mí me tocaba cuidarlos para que no se lastimaran cuando ella tenía que salir a trabajar, llevarlos al baño y la letrina que compartíamos con los vecinos de al lado, aunque Carlitos a veces no me hacía caso y de todas maneras salía a jugar al patio y después lloraba mucho cuando se caía.

Mamá convocó a todos los santeros de Regla y Guanabacoa para que hicieran limpias y despojos por la casa y les dieron muchas curas, pero fue en vano, los muchachos no mejoraban. Carlitos murió en el hospital cuando yo tenía ocho años y Joselito poco después, en casa. Mamá se negó a llevarlo al hospital y se sentó a su lado a verlo morir quejándose por cuatro días con sus noches.

Durante esos terribles meses, papi venía a vernos de vez en cuando. Era músico tocador de tumba y bongó en un conjunto que viajaba por todas las provincias. Lo recuerdo muy bien, un negro grandote de manos fuertes y una sonrisa caliente rellena de dientes blanquísimos. Vestía siempre pantalones y zapatos blancos y camisas de colorines que le daba un aspecto de fiesta. Cuando llegaba, su voz retumbaba por toda la casa, decía que yo era su princesa y siempre me traía regalos. Conservé por mucho tiempo los pañuelitos de seda y nunca me quitaba la medallita de la Caridad que me colgó al cuello.

—Mijita, tú eres hija de Ochún, eres muy fuerte, no lo olvides nunca —me dijo al oído cuando ya se iba para no regresar. Me había dado cuenta de que nunca tocaba a mis hermanitos, como si les tuviera asco y no se quedaba a dormir. Cuando se iba, dejaba unos cuantos pesos en la repisa al lado de la puerta. Mamá le recriminaba a gritos sus ausencias y sobre todo el haberse desentendido de los muchachitos. Él contestaba que ella era la culpable de lo que estaba pasando por tener una tara en la sangre y darle esos hijos que no servían para nada, ojalá se murieran para no tener que verlos más nunca. Me escondía debajo de la cama con Joselito y le tapaba los oídos para que no oyera esas cosas tan horribles, pero Carlitos —que estaba grandecito— se quedaba sentado en un rincón, llorando en silencio. Los pesos que papi dejaba casi no alcanzaban para la comida y los remedios caseros que mamá buscaba por todas partes.

Además de su trabajo de planchadora, se ganaba unas pesetas los fines de semana ayudando a María Candelaria, la famosa santera del barrio, que la contrataba de ayudante cuando alguien quería hacerse el santo. Era un trabajo de varios días, con sacrificios de animales, rezos y bailes al son de la tumba para creyentes que venían de La Habana y de otros lugares. Había que ver a María de la Caridad bailando cuando se le montaba el santo...

Un buen día, papi dejó de venir. Yo corría al muelle a recibir la lancha que llegaba de La Habana por la tarde, esperanzada de ver la camisa de colorines entre la multitud, pero nunca más regresó. Ni aun cuando se fueron muriendo los muchachos y mamá le envió varios mensajes con un compadre, que no lo pudo encontrar pues se había mudado de cuarto y nadie sabía su paradero. Entre todos los vecinos costearon los cajoncitos blancos y enterramos a mis hermanitos en el cementerio de Regla, en la misma tumba. El cura venía y rezaba con mala cara cuando notaba las ofrendas a los santos que adornaban los velorios: frutas, flores y altares a los orishas que cuidan a los niños. Así se hacían los entierros en Regla, había que enviar a los que se iban bien acompañados por los santos que nos protegen.

Nunca tuve infancia como los demás niños del vecindario. Mamá lavaba y planchaba en casa de una gente rica de La Habana, regresaba de noche siempre triste como arrastrando un gran peso y a mí me tocaba limpiar nuestra casita y preparar algo de comer. Aprendí a cocinar cuando casi no alcanzaba la estufa de kerosene que alguna vez papi nos trajo antes de desaparecer. Fue entonces cuando comencé a escribir recetas en mi cuaderno que empezaba con el arroz que comíamos casi todos los días.

Primero hay que expurgar el arroz y lavarlo bien, dejarlo sequito, ponerlo en la paila con una cucharadita de manteca y después de sofreírlo se le echa dos dedos de agua por encima del arroz y sal al gusto. Cuando se seca, bajar la llama, taparlo y revolver de vez en cuando, hasta que esté cocido.

Cuando no había arroz, preparaba harina de maíz sazonada con un poquito de manteca y un tomatito para darle algo de sabor. Mamá aseguraba que la harina me daría dientes fuertes y sanos, aunque en realidad no me gustaba mucho. A veces mamá no regresaba del trabajo por dos o tres días y tenía que valerme sola. Cocinaba algo, hacía mis tareas a la luz del quinqué; la electricidad había llegado a Regla pero había que ahorrar. Decía las oraciones que me enseñó María Candelaria, las vecinas siempre estaban pendientes y llegaban a hacerme compañía, nunca falté a la escuela en donde me enseñaron a leer bien, las tablas de multiplicar y a seguir escribiendo todas las recetas que iba aprendiendo en un cuaderno de rayas que mamá me compró.

Cuando cumplí catorce años me llevó a una casa en Miramar, en donde yo iba a trabajar como criada, recomendada por una vecina pariente de la cocinera. Aún recuerdo ese día como si fuese hoy, llegamos a la entrada de un edificio enorme que parecía un palacio y después de hablar con un estirado señor que nos abrió la verja, mamá se despidió con un abrazo y allí me dejó con mi bultito de ropa y mi cuaderno de recetas.

El señor me miraba como si fuera un bicho y me llevó por la puerta de atrás, desde donde llamó a la cocinera para que me recibiera. Después me enteré que Rafa era el chófer de la familia y se hacía el importante con el resto de los empleados, menos con Gume, que lo ponía en su lugar cuando se hacía el avivado. Ella me miró de arriba abajo y meneando la cabeza refunfuñó que parecía un bacalao, hueso y pellejo, e iba a tener que alimentarme bastante para que aguantara el trabajo. A eso se dedicó y comencé a engordar y engordar.

En la parte de atrás del jardín, en un pequeño edificio, dormían los criados. En una esquina del cómodo cuarto de

Gume, pusieron una camita para mí. Era el mejor lugar que había tenido en mi vida, Dios mío... una cama con una sábana y colchón en vez de una delgada colchoneta sobre el bastidor cubierto de cartones como la que compartía con mis hermanitos. Baño con regadera para las dos, una ventana desde donde podía ver los árboles y los pajaritos en la madrugada. Creí que había llegado al paraíso...

Muchos días después llegué a conocer a la familia, cuando Gume me llevó al comedor para presentarme a don Julio Villanueva y su esposa, que saludaron con una leve inclinación de cabeza sin decir nada y se retiraron. Después doña Susana le dijo a Gume en voz baja que yo le parecía demasiado joven para hacer el trabajo de criada, pero ella riendo le contestó que los pobres aprenden temprano a hacer lo que sea. Y seguí metida en la cocina, limpiando y lavando los trastos.

Allí me descubrió Susanita, la nena de la familia. Tenía siete años; había nacido cuando doña Susana tenía cuarenta años y nadie la esperaba. Tres hermanos, Julio, Enrique y Eduardo, el menor de trece años, ocupados con sus estudios y deportes cuando salían del internado, no les dejaba tiempo para juegos con la niña que pasaba sus días con una vieja institutriz cuando debería estar en alguna escuela. Doña Susana había decidido mantenerla en casa, con la excusa que podía enfermarse. Al verme tan flaquita, Susanita decidió que teníamos la misma edad e inmediatamente exigió que saliera a jugar con ella todos los días sin hacer caso de las protestas de Gume y la institutriz que decididamente, no le parecía nada apropiado. Pero la niña se salió con la suya y quedé de compañera de juegos parte del día. En realidad no me importaba, volvía a la niñez que no tuve en Regla, saltando soga, colgadas de los trapecios, jugando jacks y cuando Susanita se aburría la ponía a leer en voz alta, lo que no había logrado miss Marjorie. Después fueron las tablas de multiplicar, practicar las letras y Susanita intentaba enseñarme algo de inglés, que era la misión de la institutriz.

A veces doña Susana se sentaba en el jardín a vernos jugar con una sonrisa algo triste. Desde el nacimiento de la hija no estaba bien de salud y pasaba gran parte del día recostada en su habitación, en donde recibía a sus hermanas y algunas amigas que la llevaban a misa todos los domingos. Me di cuenta que era una mujer muy religiosa, tenía un altar en una esquina de su recámara con muchos santos que yo no conocía. Raras veces bajaba a cenar con don Julio, que usualmente la esperaba en el comedor acompañado por Susanita, miss Marjorie y los muchachos cuando salían del internado. A todas horas venían doctores a examinarla y recetaban distintos medicamentos que no parecían ser muy efectivos, y Gume rezaba en voz alta a Santa Bárbara todas la noches pidiendo por la salud de doña Susana. Yo a veces pensaba que si Caridad le hiciera un despojo a lo mejor sería el remedio que necesitaba, pero en esa casa la santería era únicamente cosa de negros.

Los empleados comíamos en un cuarto al lado de la cocina y, si hacía buen tiempo, en el patio de atrás a la sombra de los árboles que rodeaban la propiedad. En esa época me daban libre una vez al mes, sábado al mediodía, y tenía que estar de vuelta el domingo por la noche. La primera vez, Gume me llevó en guagua al muelle para coger la lancha a Regla, pero después me acostumbré a ir sola. Me gustaba apearme en el malecón y caminar un rato, quizás comprar un cucurucho de maní caliente, deambular por los parques, y sobre todo admirar a la gente bien vestida que paseaba por todo aquello, era muy divertido.

Mamá me esperaba en casa con algo de comer, y le entregaba cinco pesos de los seis que me pagaban al mes. Ahorraba para comprar ropa, ya empezaba a engordar y todo me apretaba. En el trabajo, Gume se ocupaba de comprar los uniformes, falda, camisa y zapatillas blancas, y cuando me miraba en el gran espejo de la entrada parecía que Caridad me había hecho el santo, solo faltaban los collares de colores.

Dos años después, una ambulancia se llevó muy temprano a doña Susana a la clínica en donde falleció. Cuando Rafa trajo la noticia, la espetó como si nada, sin percatarse que Susanita estaba en la cocina. Aún recuerdo el llanto de la niña colgada a mi cuello y a Gume dispuesta a entrarle a piñazos a Rafa por bocón.

Todo cambió después del funeral que fue muy concurrido, nunca había visto tanta gente, en la iglesia no se cabía. A los pocos días a la niña la despacharon a un internado de monjas dominicas en el Vedado y miss Marjorie fue despedida. Julio, el hijo mayor, ya estudiaba en una universidad del norte y yo regresé a la cocina a fajarme con los trastos a tiempo completo.

Poco tiempo después, don Julio comenzó a tener cenas en la casa con socios y amigos acompañados por sus esposas y al año y medio, para sorpresa de muchos, se volvió a casar con una mujer más joven y muy diferente a doña Susana. Lo primero que hizo la nueva esposa fue despedir a las criadas que tenían años de trabajar en la casa y contrató a dos blanquitas, que no nos dirigían la palabra, a menos que la doña necesitara algo de la cocina, así eran de pesadas. La señora tenía muchas visitas, meriendas en el jardín, fiestas elegantes, de todo, pero no podía disimular que le molestaba la presencia de los muchachos en el medio de sus reuniones. De más está decir que el sentimiento era mutuo y preferían ir a la casa de sus amigos al salir del internado. Al darse cuenta que la niña era la preferida de don Julio intentó ganarse su confianza con halagos, pero Susanita insistía en quedarse en el colegio los fines de semana que tenía libre y hasta se portaba mal para ser castigada. Más de una vez logré convencer a Rafa para que me dejara acompañarlo al colegio cuando llevaba la ropa limpia y los uniformes planchados. La monja portera accedía a llamarla, había notado lo contenta que se ponía al verme, estaban al tanto de la situación en la casa y las otras pupilas reportaban que la oían llorar todas las noches. La convencí que viniera a casa el próximo fin de semana, su padre la extrañaba, pero cuando llegó en el bus del colegio sin avisar se encontró con la noticia que doña Mercedes se había llevado a don Julio a pasar unos días en casa de amigos en Varadero. Susanita quedó muy callada y nos miraba con unos ojos que partían el alma. Gume y yo teníamos el fin de semana libre, y no sabíamos qué hacer.

—Bueno, yo me quedo, no la voy a dejar con la nueva empleada; casi no la conoce —dijo Gume, resignada.

—Belén, llévame a tu casa por favor —gemía Susanita—, no me dejes aquí metida, me voy a aburrir mucho, no seas así...

Después de mucho discutir y hablar con Gume, acabó por convencerme. Yo tenía casi veinte años y podía cuidar de ella. Susanita iba tan feliz en el viaje en guagua y bote, miraba extasiada al mar como lo mejor que le hubiera pasado en mucho tiempo. Mamá nos recibió sin hacer comentarios y sirvió un sabroso ajiaco que había preparado esa mañana. Después fuimos a pasear por las calles de Regla y visitamos a Caridad la santera que le prendió un resguardo en el pecho. Todo era nuevo para Susanita y nadie se atrevió a cuestionar su presencia excepto una vecina bochinchosa que quería saber quién era esa blanquita hasta que mamá la calló. Durmió conmigo en la vieja cama, nos acompañó al mercado después de un desayuno de café con leche y el delicioso pan del pueblo y a la misa de diez a conocer a la bella Yemayá, la virgen de Regla. Cuando volvimos de tarde, ella me abrazó muy fuerte y me dio las gracias. Don Julio regresó solo esa noche de Varadero y Susanita lo recibió con gran alborozo, contando sus aventuras de esos dos días. Cuando entró en la cocina a buscarme con el rostro tan serio, estuve segura de que me iba a largar de la casa por mi atrevimiento, pero me dio las gracias diciendo que hacía mucho que no veía a su hijita tan contenta.

Yo pienso que para entonces don Julio se había cansado de tanta fiesta y por eso comenzó a dedicar los fines de semana a sus hijos. Los llevaba a pescar, a juegos de pelota, a la playa y no parecía importarle que doña Mercedes saliera con amigas y no los acompañara. Terminado el bachillerato, Enrique y Eduardo también se fueron a estudiar a los Estados Unidos y regresaban a Cuba una o dos veces al año.

Más de una vez Susanita se fue conmigo a Regla o a caminar por el malecón hasta el Prado. Para ella todos esos paseos eran una fiesta. Pero yo me daba cuenta por sus gestos que a mamá no le gustaba para nada que tuviera tanta intimidad con la hija de mis patronos. No entendía la razón de su molestia hasta que lo manifestó en voz alta.

—Lo que haces con esa niña no está bien Belén, cada cual en su lugar, blancos de un lado y negros del otro. No te encariñes con ella que algún día te va a mirar de menos, ya verás —comenzó a machacar cada vez que podía.

Poco le faltaba añadir que como descendientes de esclavos, socializar con los amos era algo inaceptable, hasta podía ser peligroso. Con esas creencias la habían educado a ella y a tres generaciones anteriores. En realidad, con mucho de razón, así pensaba mucha gente en la Cuba de esos años, los negros, divertidos, simpáticos, guaracheros, reyes del carnaval, de las comparsas que todos admiraban, de las farolas, buenos peloteros, boxeadores, pero en el lugar que les correspondía como yo, en la cocina.

Cuando Susanita comenzó el bachillerato, don Julio la sacó del internado; era mejor que fuera al colegio en guagua como todas las externas. Pero en la cocina todo comenzó a cambiar. Gume no estaba bien de salud. Las piernas se le hinchaban mucho y al hacer cualquier esfuerzo, le costaba respirar. En el Calixto García, los médicos dijeron que estaba enferma del corazón, lo que a veces le impedía levantarse en las mañanas; los años le pesaban demasiado. Yo me las arreglaba para hacer todo el trabajo sin ayuda, había copiado todas sus recetas en mi fiel cuaderno que ya estaba repleto y tuve que reponer por otro más grueso. Todos esos años me esforcé en hacer muchas preguntas, necesitaba conocer todos los secretos culinarios de Gume, mientras ella se reía al verme tan diligente. Unas semanas después, Gume fue a visitar a su hermana en Guanabacoa y como no regresó, don Julio mandó a Rafa a averiguar lo que le ocurría. Regresó contando que la mujer estaba en el hospital muy enferma. don Julio enseguida se preocupó de mandar dinero para su cuidado, Gume le había servido por más de veinte años y se lo merecía. Yo quedé sola a cargo de la cocina.

En esos años cincuenta, las cosas comenzaron a enredarse en la isla. Rafa llegó corriendo una mañana anunciando que había ocurrido un golpe de estado y ahora el nuevo presidente era un tal Fulgencio Batista. A mí me daba lo mismo Carlos Prío Socarrás o Fulgencio Batista, después vendrían otros más, parecía que muchos querían ser presidentes, nada de eso era conmigo.

Seguía en la cocina, pero ya tenía como asistente una muchachita que traje de Regla, no muy viva, pero por lo menos lavaba los trastos bastante bien, aunque me daba cuenta que poco le gustaba cocinar. Lo único que le interesaba era acicalarse los fines de semana antes de salir con un pepillo que la esperaba en la entrada. Yo traté de aconsejarla, era demasiado joven, pero mis palabras entraban por un oído y salían por el otro. Bueno, no era asunto mío, allá ella.

Por esa época me salió un pretendiente. Un mulato grandote de ojos soñadores y caminado de artista. ¡Ay Dios!, cuando Lázaro me miraba comenzaba a derretirme por mucho que me esforzaba en ignorarlo. Llegaba a la casa a revisar las conexiones eléctricas cada semana, después que ocurrió un corto circuito en el tocador de doña Mercedes y en el estudio de los muchachos. Cuando lo recibía me tiraba una sonrisa que me llenaba el cuerpo de agujas. Un buen día entró a la cocina con el pretexto de pedir un vaso con agua y de paso invitarme al cine el sábado siguiente. Con dolor de mi alma tuve decirle que no podía, los señores tenían una cena esa noche con invitados. Pero siguió insistiendo y dos semanas después acordamos encontrarnos en Radio Centro un domingo por la tarde. Me arreglé con mis mejores galas. Me miraba al espejo una y otra vez, algo desalentada. Sí, tenía unos ojos brillantes, una boca llena, pero demasiadas curvas, y no sabía qué hacer con mi frondoso cabello tan rizado, que se escapaba de las peinetas con que intentaba domarlo, nunca me animé a estirarlo como hacían muchas, no me gustaba cómo lucían los cabellos planchados, como grasosos. Si me preguntan qué película vimos esa tarde o de qué hablamos, no podría responder. Estaba tan pero tan nerviosa, sobre todo cuando me pasó el brazo por los hombros, que algo comenzó a palpitarme en la barriga del lado derecho, las manos me sudaban, las piernas me temblaban. Después me invitó a una cafetería a tomar un batido de mamey y me regresó a la casa en su fotingo no sin antes despedirse con un mate tan apretado que me dejó sin respiración.

Salimos unas cuantas veces más, al cine o a caminar por el malecón cogidos de mano, era tan emocionante estar enamorada... Pensaba en Lázaro todo el día revolviendo guisos, de noche me costaba dormir y cuando lo hacía soñaba con él hasta la madrugada. Decidí llevarlo a Regla, quería que mamá lo conociera antes de comprometerme aún más. Ese mulato me tenía bobita, bastaron unos cuantos besitos mientras me susurraba al oído que quería casarse conmigo y yo estaba más que dispuesta a aceptar su proposición. Mamá nos recibió ese domingo temprano. Nos sirvió un buen café, fue amable pero reservada, habló muy poco sin dejar de mirarme de una manera extraña. Después fuimos a comer pescado frito en la fonda del puerto, pero mamá no quiso acompañarnos aduciendo un pequeño malestar. Algo la estaba molestando bastante, le costaba disimularlo y tenía que averiguar qué era. Dos semanas después regresé a Regla algo dolida por su actitud, decidida a buscar explicaciones. Lo que me dijo me dejó fría.

—Mijita, no te embulles demasiado con ese joven, acuérdate de tus hermanitos y la enfermedad que llevamos en la sangre. No quieres eso para tus hijos y ese muchacho va a querer tenerlos —dijo con lágrimas en los ojos.

—Pero mamá, ¿cómo sabes que tengo lo mismo? —dije asustada.

—Te hicieron un examen en el hospital cuando estabas chiquita, me duele tener que decírtelo. Si tienes hijos, saldrán igualitos que tus hermanos y tu marido te dejará tirada, como hizo tu papá conmigo.

El mundo se me vino encima, fue el día más triste de mi joven vida, mi corazón se partió en dos, estuve llorando por lo menos una hora donde nadie me viera. Después de mucho pensarlo despedí a Lázaro con la excusa que en realidad no me interesaba casarme por ahora, no quería compromisos. Todavía recuerdo su mirada de asombro, estaba herido sin entender mi rechazo, en silencio me volvió la espalda y se fue. Nunca más volví a verlo y todavía me está doliendo muy adentro, sobre todo cuando mucho después me enteré por una revista que las cosas no eran así, los dos teníamos que tener ese mal en la sangre que le llaman anemia falciforme para que los hijos salieran enfermos, podían hacernos un examen pero ya era demasiado tarde y tuve que resignarme a la soledad de mi cocina.

En el cincuenta y seis cuando Susanita iba a cumplir quince años, doña Mercedes insistió en organizar una gran fiesta en el country club con más de quinientos invitados, a pesar que seguía siendo una niña tímida, con pocas amigas y no quería la fiesta. Llegado el día tuve que rogarle que se vistiera, no dejaba que nadie más entrara en su recámara a pesar de las protestas de doña Mercedes que estaba muy molesta. Fue difícil convencerla, pero lo logré y se veía preciosa con el vaporoso vestido de tul rosado, muy poco maquillaje, el largo cabello sujeto a los lados y suelto sobre la espalda y no el peinado alto con bucles que le harían en la peluquería de moda como quería doña Mercedes.

Ante su insistencia me llevaron a la fiesta, por si acaso tenía que arreglarle el vestido o el peinado. Desde una esquina, me dieron ganas de llorar al verla entrar al gran salón del brazo de sus hermanos que llegaron de Estados Unidos, tan guapos en sus sacos blancos y pantalón negro, ya no era mi niñita que ahora insistía en que la llamaran Susana.

La situación política se fue complicando en la isla y no tuve más remedio que darme por enterada de lo que estaba sucediendo. Rafa pasaba las horas con un radio pegado a la cabeza. Contaba que los estudiantes de la universidad habían formado un frente para combatir la dictadura batistiana y que algunos aparecían asesinados por los policías en apartamentos, o torturados en los cuarteles. Don Julio sostenía reuniones con sus socios y otros amigos casi todas las noches, a veces se quedaban discutiendo hasta la madrugada y claro, me tocaba servir dulces que salían de mi cocina, con el café y los licores. ¡A esos señores cómo les gustaban mis postres!

Natilla sin olvidar la cáscara de limón, arroz con leche con la canela encima, flan de calabaza o de leche, el pudín diplomático con bastante licor de cacao, tocino del cielo (el favorito de don Julio) , buñuelos de queso con ron, cascos de guayaba con queso crema, helado de mantecado, capuchinos, de todo...

Nunca tuvimos un radio en la cocina ni en el cuarto. Gume decía que las malas noticias agrian los guisos y dan pesadillas y lo dejé así. Y ni hablar de ver televisión, en la casa había tres aparatos, uno en el estudio, otros dos en la recámara principal y el tercero en una salita que usaban los muchachos. Yo veía televisión de vez en cuando, en casa de una vecina que tenía la sala arreglada con muchas sillas y cobraba cinco quilos la entrada, como si fuera un cine. Aquello se llenaba de chiquillos que mareaban con la gritería que armaban cuando se trataba de un juego de pelota. A mamá la televisión no le interesaba para nada. La notaba cada día más acabada y a pesar de mis protestas seguía trabajando dos veces por semana, lavando y planchando aunque le entregaba casi todo mi salario.

—Hija, si dejo de trabajar sería como sentarme a esperar la muerte. Mejor ahorra tus pesos, más tarde los vas a necesitar —decía la muy terca.

Unos días después ocurrió el asalto del cuartel Moncada y el nombre de Fidel Castro quedó para siempre incrustado en la historia de Cuba. Todos los días pasaba algo muy malo. Casi no me atrevía a salir de la casa. Me enteré que de Regla se llevaron presos a unos vecinos, dizque estaban conspirando en contra el gobierno, no lo creo, todos eran gente humilde como nosotras. Meses después murieron un montón de estudiantes que trataron de asaltar el palacio presidencial, ¡Santa Bárbara bendita! Todo era como una locura y yo no entendía nada y parecía que ese señor Batista no quería dejar la presidencia. Don Julio estaba muy alterado, lo oía decir que la situación era seria, los negocios se venían abajo, algo terrible iba a ocurrir. Fidel y sus combatientes seguían en la Sierra Maestra, pero muy pronto la revolución comenzó a extenderse por toda la isla, las malas noticias no paraban, era como para quitarle a una el sueño.

Rafa llegó con el cuento que algunos vecinos de Miramar y otros barrios de lujo cercanos, estaban cerrando sus casas y viajaban a Miami con todas sus pertenencias.

—Son unos batistianos, que se van huyendo como ratas antes de que se hunda el barco, con maletas llenas de pesos robados del tesoro, antes que lleguen los revolucionarios y los metan presos a todos por ladrones —anunció entusiasmado.

—No seas paquetero, eso no está pasando —dije incrédula.

—¿Sí? Ya verás lo que nos viene encima, hasta estos Villanueva tan copetudos van a salir huyendo con el rabo entre las piernas cualquier día como esos otros. Yo pienso unirme a las tropas revolucionarias bien pronto.

Sus palabras destilaban odio, no lo podía creer, don Julio siempre había tratado bien a Rafa, le pagaba su salario puntualmente, el muy malagradecido. Nunca voy a olvidar ese año cincuenta y ocho. Susana se graduó en mayo con honores y enseguida la despacharon para los Estados Unidos a otra escuela para mejorar su inglés o algo así. Se despidió de mí con un apretado abrazo y lágrimas en los ojos, como si supiera que nunca más iba a regresar y aseguró que me escribiría a mi dirección en Regla lo que me dejó pensativa. Los muchachos no vinieron ese verano y un buen día Rafa y el jardinero no regresaron a trabajar. Doña Mercedes metió su ropa y objetos personales en un montón de maletas, despidió a sus dos criadas y se fue a New York donde estaban Susana y uno de los muchachos. Don Julio no contrató a otro chofer, permanecía en casa la mayor parte de los días, a veces sentado en la cocina en silencio, tomando café negro, como si ya no trabajara en el Banco. Deambulaba por toda la casa como un alma en pena y cuando llegaron a empacar los muebles, acabé por preocuparme aún más.

Bueno, después de tanta conmoción, a finales de noviembre me quedé sin trabajo. Don Julio se despidió del único empleado que quedaba, entregándole un bono en efectivo que cubría meses de su salario, y le explicó que su empresa había sido trasladada a New York. Pero a mí, en un aparte, me pidió que me fuera con ellos.

—Belén, sabes que te apreciamos mucho, sobre todo Susanita que me rogó que te convenciera —me dijo esa tarde con un dejo de tristeza, quizás presentía que no podía complacerlo.

—No puedo señor, no estoy en condiciones de viajar aunque me gustaría seguir cerca de Susanita. Soy el único soporte de mamá que no está bien de salud, se lo agradezco mucho —dije conmovida.

—Lo entiendo, Belén, lo entiendo. A mí se me parte el alma dejar la patria en donde nací y trabajé toda mi vida, no te imaginas lo mal que me sienta tener que ir a vivir en New York, una ciudad que me agobia por su ajetreo y esos inviernos. Creo que me han caído veinte años encima en estos días con la angustia que siento.

Me entregó un sobre con trescientos pesos y cien dólares y me dio uno de los televisores con una nota que certificaba la donación. No lo podía creer, aquello era un platal, más de lo que había ganado en tantos años de trabajo.

—Llévate lo que quieras de esta casa. Guarda bien los dólares, algún día los necesitarás y si cambias de opinión me puedes escribir a esta dirección —me dijo al despedirse, entregándome una tarjeta.

A los pocos días salí por última vez de la casa que había sido mi segundo hogar por tantos años y que nunca más volví a ver. Conseguí la ayuda de un vecino que tenía una camioncito de mudanzas para que llevara el televisor y mi cama con el colchón a Regla. Allí quedaron dos cuidadores que imagino no duraron mucho tiempo, los revolucionarios tomaron posesión de todas las mansiones de Miramar en donde se instalaron algunos dignatarios y aliados extranjeros.

Desde ese día quedé sentada frente al televisor y un montón de pesos escondidos bajo el colchón. Mamá insistía en seguir durmiendo en su incómoda camita aunque yo le ofrecí la mía. El primero de enero finalmente entraron los revolucionarios a La Habana y pasábamos los días mirando las imágenes de los felices triunfadores que habían logrado liberar al país de la dictadura. Se rumoraba que Batista había salido huyendo a Santo Domingo la noche anterior con toda su familia y millones de pesos en las maletas.

Con qué entusiasmo celebró el pueblo cuando llegó Fidel unos días después, con su rostro de profeta acompañado por el famoso Che Guevara y el heroico Camilo Cienfuegos. Desde el primer momento Fidel comenzó a hablar durante largas horas en la televisión y sus encendidos discursos nos llenaban de esperanza, todo iba a ser mejor, el pueblo tendría derecho a un trabajo decente y bien pagado, los trabajadores no serían explotados más por las grandes empresas, todos tendríamos casa propia, qué sé yo, todo iba a ser perfecto, no habría más pobreza, Cuba iba a ser el paraíso terrenal y estábamos felices esperando tantas maravillas.

Pero a los pocos días, no me empezó a gustar la aparición de vigilantes revolucionarios en cada calle, en todas las esquinas, chiquillos de pelo largo armados hasta los dientes, investigando de casa en casa la presencia de chivatos y batistianos en los barrios para denunciarlos y encarcelarlos. Los vecinos comenzaron a mirarse entre sí con cierta desconfianza, se acabaron los guateques y las fiestas caseras, para no atraer la atención o la envidia de los demás. Después comenzaron a arrestar a sospechosos de cualquier cosa para fusilarlos en el paredón sin ninguna clase de juicio, por órdenes del Che Guevara mientras el pueblo aplaudía entusiasmado. Me parecía que eso no estaba bien, por muy batistianos que fuesen no debían matarlos como perros sin poder defenderse en una corte. Esos pensamientos me los guardaba, era bastante peligroso hablar mal de la revolución y a mamá no parecía interesarle nada de lo que estaba pasando.

Entre tanto, en octubre Camilo Cienfuegos desapareció en un misterioso accidente de avión cuando venía de Camagüey y se rumoraba que Fidel era responsable, quizás ese guapo muchacho le hacía mucha sombra, o eso decían por el vecindario. Poco después acusaron a uno de los comandantes de haber traicionado la revolución por negarse a seguir las órdenes de Fidel o algo así y condenaron a Huber Matos a 20 años de prisión.

No quiero repetir que algunas cosas no me estaban gustando, capaz que me acusaran de algo malo por haber trabajado con la familia Villanueva por tantos años. Traté de pasar desapercibida, salía muy temprano al mercado, gastaba lo necesario y hablaba poco con las vecinas con la excusa que mamá estaba muy enferma. Mantenía bajo el volumen del televisor, no quería que a nadie se le antojara visitarnos para ver algún programa y si preguntaban decía que el aparato era de segunda mano y lo estaba pagando a plazos.

Bueno, el resto de esa situación ya es historia. La gente con plata comenzó a huir del país, el gobierno empezó la apropiación de algunos negocios, después fueron las fábricas y fincas de la isla, y Fidel, hablando y hablando por horas hasta marearlo a uno o por lo menos a mí. En enero del sesenta, el máximo líder de la revolución anunció que era marxista comunista, que siempre lo había sido lo que cogió a muchos por sorpresa. Semanas después, la noticia se regó como pólvora que unos cubanos traidores habían tratado de invadir la isla por Bahía de Cochinos, pero muchos habían sido abatidos y los restantes apresados por las gloriosas fuerzas revolucionarias. Fidel se alió con los rusos, peleó con los americanos que enseguida nos bloquearon la isla por no sé qué cohetes que iban a traer los rusos para dispararles. Nada entraba o salía por mar, en fin, todo era un soberano enredo, no entendía lo que estaba pasando y sospecho que así estaba mucha gente en la isla, en la ignorancia de lo que se nos venía encima.

Poco después cuando llegaron los rusos como grandes aliados, fue el acabose. Madre mía, esos tipos tenían un golpe de ala... para despertar a un muerto, yo creo que no se bañaban nunca y además pretendían cambiarnos hasta la manera de caminar. Se metieron en los campos enredando a los guajiros cambiando sus cultivos, los rumores corrían por todas partes, nada podía ser como antes.

Eso sí, a pesar de Fidel y sus interminables discursos, no me perdía un solo programa, cuaderno en mano, de la chef Nitza Villapol «Cocina al minuto», aunque a veces las recetas estaban recortadas, sin todos los ingredientes que Gume me enseñó a usar. Además, eso de minuto me dejaba con algunas dudas. Gume decía que hay que darle tiempo y mucha paciencia a la cocina para que todo salga bien. Después, cuando comenzaron los largos años de racionamiento de alimentos, Nitza preparaba recetas confeccionadas con cualquier verdolaga insistiendo que había que improvisar, tener imaginación en la cocina. Eso estaba bien, animar a la gente, pero me parece que también debía mencionar cómo era el plato de verdad para que no lo olvidara el día que volviéramos a tener bastante carne, pollo, lechón, bacalao, papas, pimientos morrones, orégano, cebolla, ajo, tomates en abundancia. Y dejé de mirar el programa, no valía la pena acostumbrarse a hacer las cosas a medias.

Caridad tiraba los caracoles todas las noches, meneaba la cabeza desalentada y decía que la situación iba a ponerse mucho peor. Todo estaba racionado, había que hacer interminables colas para comprar cualquier cosita y mensualmente repartían unos cupones que no tenían ninguna utilidad. Cuando llegabas a buscar lo que te tocaba ese mes ya se había acabado. Nos escurríamos por toda la ciudad como cucarachas buscando comida. Que si media libra de grasosa mortadela en un lugar, o media libra de carne en otro, algo de harina, por mes, hasta el alcohol para los reverberos estaba racionado. ¡Ay Santa Bárbara bendita! qué años aquellos, mucha gente se tiraba al mar en barquitos improvisados con la esperanza de llegar al norte, creo que preferían ahogarse a vivir así. Otras buscaban prostituirse por unos pesos y hasta por cupones de comida que no servían para nada.

Fui gastando los pesos que tenía, compraba lo poco que ofrecían en el mercado negro. Mamá estaba muy débil, necesitaba algo más sustancioso que malanga o boniato hervido, pero era muy difícil encontrar pollo, puerco y carne mucho menos. Me dio por ir al mercadito del puerto en donde algunos pescadores vendían lo que recogían con sus redes. No era gran cosa, estaba prohibido sacar langostas o pargos, pero algo es algo y me inventé unas sopitas bien sabrosas con las cabezas de pescado que conseguía.

Remover bien las escamas, echar las cabezas en agua hirviendo con sal, pimienta y alguna verdolaga, ajos y cebolla si se encuentra. Cuando se deshacen, colar, añadir pedacitos de yuca o boniato hasta que se ablande y servir de inmediato con pan caliente.

Mamá murió en enero del 67, los médicos dijeron que tenía los pulmones débiles, yo creo que de tanto planchar y de mucha tristeza. Por lo menos se fue tranquilita en su cama, sin sufrir mucho. Acompañada por Caridad y algunos vecinos la enterré rodeada de todas las ofrendas a los santos que pude conseguir, al lado de mis hermanitos. El cura de Regla hacía tiempo que había regresado a España, la revolución no gustaba de los curas y había largado a todos de la isla. Igualmente cerraron los colegios de monjas, que se exiliaron a otros países del área, aunque muchas hermanas eran cubanas.

En el mercado de los pescadores, me empaté con Orlando y Jesús, dos hermanos que tenían un botecito con motor fuera de borda con el que salían a pescar todas las noches en los esteros al oeste de La Habana. Antes de la revolución, trabajaban en una compañía pesquera de un español que había cerrado sus puertas. Enseguida comencé a pensar que algo así podía ser mi oportunidad para irme de Cuba, donde nada me ataba. Me costó bastante decidirme a conversar con ellos del tema, a lo mejor me denunciaban a las autoridades. Pero poco a poco me di cuenta que pensaban lo mismo, estaban hasta la coronilla de tantas carencias y restricciones y tenían otros amigos que ya se habían ido.

—El problema es que ese motorcito ya no da más, a veces tenemos que regresar a golpe de remos cuando salimos a pescar. Además las patrullas que vigilan las costas le entran a tiros a los que tratan de huir —me confió Orlando.

—Conocemos a un tipo que está vendiendo un motor más grande, con más potencia, pero quiere un montón de pesos que no tenemos —acotó Jesús.

Sin pensarlo dos veces, les entregué casi todo el dinero que me quedaba, no me importaba pasar trabajo si al fin podía escapar. No aguantaba otro discurso de Fidel, hacer otra cola para buscar alimentos y menos una marcha más celebrando una revolución que parecía haber fracasado. Eso fue en marzo cuando vendí el televisor y subsistía de lo poco que me dieron. Los muchachos salían a pescar todas las noches, pegados a la costa; si la patrulla los detenía enseñaban lo que habían recogido en las redes, bromeaban con los soldados. Cuando podían, ofrecían un buchito de café de los termos que yo preparaba, café que estaba muy racionado y lo agradecían bastante. Pronto se acostumbraron a verlos y los saludaban desde lejos.

Orlando decidió que la salida debía ser en junio con luna nueva, cuando el mar está bastante tranquilo y las noches son muy oscuras. A medida que llegaba el día designado, estaba tan nerviosa que no podía dormir. Le pedí un resguardo a María Caridad, que sin confiarle nada, intuyó lo que iba a hacer. Era una mujer muy sabia.

—Belén, necesitas algo más fuerte de lo que pueda darte. Te voy a llevar a Guanabacoa a visitar al gran babalao que fue mi maestro.

No puedo mencionar detalles de la larga ceremonia, fue algo privado, no hay que enojar a los santos contando sus misterios, pero me sentía más calmada cuando salí de allí. La noche del viaje me vestí de negro de pies a cabeza, llevaba una bolsita con algo de mortadela y yuca hervida, el resguardo cerca del corazón, mi cuaderno de recetas con la única foto que tenía de mi madre y los cien dólares escondidos en una faja bien apretada. Partimos de un lugar en la costa en donde habían metido el bote. No fue fácil llegar a pie hasta allá, Orlando me llevaba a mil, casi no podía seguirlo, me pesaba tanto el cuerpo. Me cubrieron con unos sacos de henequén y salimos en plena oscuridad.

El bote se balanceaba tanto que comencé a marearme, pensé que se hundía, el agua entraba con cada ola y tenía las nalgas empapadas, sujetaba el cuaderno envuelto en plástico para que no se mojara, me estaba asfixiando bajo los sacos, la faja me apretaba la tripa, pero aguanté sin quejarme. Después de dos horas o más —no estoy segura— pude enderezarme, qué alivio, la espalda me dolía mucho y ya no sentía las piernas. El tiempo parecía interminable y cerca de la madrugada el motor dejó de funcionar, los muchachos tomaron los remos sin tener idea de la distancia que habíamos recorrido. Nadie hablaba, se acabó la comida y la poca agua que teníamos, y pensé que íbamos a morir. Apretaba mi medalla y le pedía a Ochún que nos salvara de las aguas, como había salvado a esos pescadores. El mar estaba bastante tranquilo, los muchachos desfallecían, el sol comenzó a pegar fuerte y cuando perdíamos las esperanzas, a mediodía el bote encalló en un pedacito de tierra que apareció como un milagro. Allí nos rescató la guardia costera que patrullaba esas aguas en busca de cubanos huyendo de la isla, para llevarlos a Miami.

Por tres días permanecí tendida en la cama del refugio al que me llevaron, un enorme edificio que parecía una torre. Estaba agotada, me costaba recuperarme, temblaba cada vez que me acordaba lo cerca que vi a la muerte. Enfrentaba lo desconocido y ya no estaba tan segura que había hecho lo correcto. Unos funcionarios vinieron a entrevistarme, tuve que contarles mi historia y me entregaron unos papeles y la tarjeta de refugiada. Tenía que ir a una oficina después a obtener algo así como un permiso de trabajo. Me costó un esfuerzo recurrir a alguien que me ayudara con la llamada a don Julio al número que me había dado hacía tantos años. La que contestó informó que hacía mucho que se había retirado del banco, pero prometieron enviarle un mensaje a la familia. El corazón se me fue al piso, ahora no tenía con quien contar. Desolada, empecé a darme cuenta de la difícil situación en que me encontraba, no tenía derecho a pensar que esa gente se acordaba de mí. Orlando y Jesús vinieron a despedirse en cuanto se recuperaron, salían rumbo a Chicago a casa de un pariente que los había reclamado y nunca más supe de ellos.

Tres días después, la llamada llegó al refugio. Era Susana, desde Boston. Muy entusiasmada me pidió que fuera a vivir con ella, trabajaba para una firma de abogados y tenía su propio apartamento. Reclamaba respuesta a las cartas que escribió y nunca llegaron, un torrente de palabras que me llenaron de felicidad. Don Julio había fallecido, los hermanos ya estaban casados, casi no me dejaba hablar. Lo pensé unos días y me di cuenta de que no quería vivir tan lejos de Cuba en un lugar tan frío como me contaron que era Boston. No, algún día cuando aquello se arreglara iba a regresar a Regla para que me enterraran cerca de mi familia. Ella entendió y a vuelta de correos me envió un giro con dinero para comprar ropa y mantenerme mientras encontraba trabajo sin saber que conservaba los cien dólares que su padre me había dado y se lo hice saber, pero contestó que siempre podía contar con su ayuda, Susana no me había olvidado.

Gracias a su recomendación con personajes que conocía en Miami, unas semanas después comencé a trabajar con don Gonzalo Alonso, gerente de un canal de televisión que, como era soltero, tenía necesidad de alguien para atender las numerosas reuniones que llevaba a cabo en su apartamento. Era un lugar imponente, tres recámaras, comedor y sala, en un piso quince frente al mar, asomarse a la terraza daba mareos. La cocina bastante grande, con un montón de tarecos que solo había visto en las películas, pero aprendí a manejar enseguida. En esas cenas se llevaban a cabo importantes alianzas y me convertí en ama de llaves, cocinera, de todo. Quién lo iba a decir... sin imaginarlo, quedé en medio de los famosos de Miami.

Al principio, lo único que me fastidiaba y bastante era Eusebio, un tipo que andaba colgado todo el tiempo de don Gonzalo y quiso hacerse el fresco conmigo hasta que lo puse en su lugar. Ya después, bueno, aprendimos a conocernos y tolerarnos, aunque siguió siendo un atrevido. Me acompañaba a hacer las compras de la casa, lo que no era fácil, no reconocía los nombres en inglés, un verdadero enredo, necesitaba a Eusebio, pero me las arreglaba para presentar platos apetitosos aunque casi siempre tuviera que improvisar ingredientes. A veces, Eusebio insistía en llevarme a pasear por todas esas avenidas llenas de carros y edificios de lujo como nunca vi en Cuba; según él, debía conocer la ciudad. Le perdoné más de una necedad por su fidelidad a don Gonzalo que parecía conocer de toda la vida.

En ese edificio me encontré un día con Cecilia, una mulata grandota y de apariencia muy agradable, que trabajaba en el piso once como niñera de unos americanos. Ella había salido de Cuba unos años antes en una balsa acomodada sobre llantas que por poco naufraga. Hablaba bastante inglés y los fines de semana salíamos juntas a las tiendas o al cine, y hasta me llevó a una peluquería para gente de color en donde me arreglaron el cabello de lo más bien. Tenía muchas ideas, estaba ahorrando para alquilar una casita para ella y una hermana que trabajaba en otro lugar, y aspiraban a trabajar como meseras en los nuevos restaurantes latinos que aparecían por todos los barrios.

—Mira chica, no me voy a quedar de niñera el resto de mi vida. Se abren muchas oportunidades, hay paisanas trabajando en tiendas, de todo. En este país se labora ocho horas al día y te pagan extra si tienes que trabajar más. ¿Por qué no te animas? Sé que cocinas muy bien, oí los comentarios de los señores cuando fueron invitados por don Gonzalo a un almuerzo. En seguida consigues trabajo en algún restaurante y no tienes que vivir amarrada a tu jefe por muy bueno que sea. Tendrás vida propia.

No, no me atrevía a salir a buscar trabajo por mi cuenta, estaba satisfecha con lo que tenía con don Gonzalo. Me sentía segura, tenía de todo y me asustaba bastante lo desconocido. Había agotado mi dosis personal de valor al meterme en el botecito esa noche de junio.

Poco después Cecilia dejó su empleo, pero nos mantuvimos en contacto por teléfono cuando se instaló en su nuevo domicilio. La volví a ver cuando o llegó a saludarme una tarde; parecía otra. Había perdido peso y vestía muy elegante, el rostro maquillado la hacía ver muy bonita, no lo podía creer.

—Oye, Cecilia, pero qué bien te ves... —exclamé asombrada.

—Bueno, es lo que se puede hacer en este país. Por eso vengo a visitarte Belén, por si has cambiado de opinión. Trabajo en un restaurante que necesita una buena cocinera como instructora de otros aspirantes a la posición. El lugar permanece abierto desde las once de la mañana hasta la madrugada, especialmente los fines de semana. Los dueños son dos gallegos que tenían un restaurante en La Habana y ahora quieren abrir otro local igual. Es un trabajo ideal para ti, chica.

—Pero nunca he enseñado a cocinar a nadie, aquí todo el tiempo tengo que improvisar no encuentro las cosas que había en Cuba, no es lo mismo.

—Ya están abriendo alguno mercaditos por la ocho con algo de lo que teníamos en Cuba. Traen productos de Centroamérica, de Venezuela, de todas partes. Vamos mujer, anímate.

No era cuestión de animarme, era una decisión que no podía tomar, una especie de traición a Susana que me había buscado un lugar seguro a mi llegada. Susana no dejaba de escribirme de vez en cuando, siempre enfatizando que en Boston tenía un hogar.

Me despedí de Cecilia prometiendo que iba a pensarlo, pero ella sabía que mi respuesta sería negativa. Seguimos siendo amigas, pero la veía de vez en cuando, su vida había cambiado mucho.

Meses después, me cogió de sorpresa cuando Eusebio me informó que don Gonzalo tenía novia formal y pensaba casarse pronto. Siempre lo habíamos visto con una mujer distinta en los periódicos, pero nunca había invitado a alguna al apartamento.

—Ya era hora ¿no crees? —dijo y me olió que había tenido mano en el asunto.

Quizás tenía razón, pensé, don Gonzalo entraba en los cuarenta y era un hombre demasiado solo.

A los cuatro meses, llegó el día de la boda y hasta me compré un vestido de encaje azul con sombrero y todo. Eusebio me llevó a una iglesia de paredes de piedra cubierta por exuberantes plantas que parecía muy antigua y lloré emocionada al ver a don Gonzalo tan elegante del brazo de la bella novia, era la primera boda que asistía en mi vida y me entró una gran nostalgia por algo que nunca tendría, familia propia. Los novios se fueron de luna de miel por cuatro semanas y fue entonces cuando me enteré que cuando regresaran, iban a vivir en una casa por otro barrio, regalo del padre de la novia.

Por poco me caigo de espaldas cuando Eusebio me llevó a conocer el nuevo hogar, parecía tan grande como la mansión de los Villanueva en Miramar; la cocina estaba llena de aparatos desconocidos y pensé que me tocaría hacer todos los oficios. ¡Santa Bárbara bendita!, no iba a poder con tanto enredo. Lo interesante es que no llevamos nada del apartamento, solo algunos objetos personales de don Gonzalo y los míos, allá todo quedó igual.

En poco tiempo me di cuenta de que la señora Patricia no gustaba de mi persona. Raras veces me determinaba para criticar algo que había hecho mal según ella, y a pesar de sus objeciones don Gonzalo insistió en ponerme a cargo de semejante caserón. Contrataron a otras empleadas que tenía que supervisar y traté de zafarme de tanta responsabilidad, pero no lograba hablar con don Gonzalo a solas. De alguna manera, aunque me fastidiara bastante su cara de satisfacción, Eusebio se convirtió en mi confidente y el único apoyo con que contaba. Trataba de hacer lo mejor posible, pero siempre me topaba con la crítica nada disimulada de la dueña de la casa.

Y unos meses después cuando doña Patricia quedó embarazada con muchas complicaciones, no tuve más remedio que cumplir con esas obligaciones y quedarme a cargo de toda la casa, aún en contra de mi voluntad. No quería molestar a don Gonzalo con mis quejas.

CAPÍTULO IV

Patricia López Vaillant, mimada en exceso por sus padres, recordaba su niñez en Cuba y añoraba la mansión en Miramar, sus amigas del colegio, los coches de lujo, el exclusivo club de la playa en donde pasaban con la familia algunos fines de semana; las fastuosas fiestas de quince años que admiró de lejos y no pudo disfrutar por la precipitada salida de Cuba a sus doce años, seguidos por los odiosos primeros meses en Miami cuando se dio cuenta de que no se relacionaban con nadie, y vivían escondidos en hoteles hasta que su padre compró el *townhouse* cerca del club de golf. A su hermano Alberto, mayor que ella, sin dar explicaciones lo habían despachado mucho antes a un internado en Estados Unidos; ahora estudiaba en la Universidad de California y no quiso venir a Miami. A Patricia enseguida la internaron en una exclusiva escuela en el norte del país, donde se sentía como una intrusa entre estiradas millonarias americanas que la miraban con algo de desprecio como a un bicho raro, hasta que aprendió a hablar inglés bien, pero nunca se encontró a gusto en ese lugar, sola y sin amigas, fueron unos años horribles.

Por eso al terminar la secundaria con diecisiete años, le exigió a sus padres que le permitieran completar su educación en Suiza, en un colegio cosmopolita, donde estudiaban jóvenes de todas partes del mundo con una sola cosa en común: todas eran políglotas, venían de familias adineradas y a nadie le interesaba el pasado, solo con cuánto dinero podían contar para satisfacer sus caprichos. Compraban ropa de alta costura durante las vacaciones en París, estudiaban poco y la mayoría ya tenía un prometido esperándolas en sus países. Al completar dos años Patricia decidió matricularse en un curso de arte en una universidad en Roma, donde aprendió italiano y mejoró su francés, estudió lo menos posible y disfrutó mucho de fiesta en fiesta, viajando por toda Europa en compañía de sus nuevas amistades. Durante los tres años que duró el curso se enamoró un par de veces de estrafalarios artistas que la llevaron a conocer todos los vericuetos de esa gran ciudad y de paso le pedían dinero prestado que nunca devolvían, pero a Patricia no le importaba, tenía más que suficiente. Cualquier cosa con tal de no tener que regresar al Miami que detestaba, hasta que su padre amenazó con quitarle la mesada si no terminaba los estudios y se graduaba de algo cuanto antes. Entre una cosa y otra, gracias a muchos ruegos a su madre para que le enviase dinero por su cuenta, logró alargar su estadía un año y medio más, esta vez en París.

A su regreso, encontró que Miami había cambiado mucho. Lujosos condominios se levantaban cerca de las playas y el área de Coconut Grove y la sociedad cubana en el exilio se consolidaba. Pero esa sociedad no estaba dispuesta a olvidar el pasado de don Carlos López Barrero, exministro de finanzas de Fulgencio Batista, por mucho dinero que tuviese. En algunos círculos los toleraban siempre con esa mirada que parecía estar recordándoles su pasado, o eso decía Patricia, aunque su madre aseguraba que exageraba, que todo era pura envidia. Decidida a destacar, arropó su belleza con una armadura de superioridad cultural, dando charlas sobre los museos europeos y galerías de arte, escribiendo pequeñas críticas en los periódicos y algunas revistas, hasta hacerse conocer como una experta sin serlo, pero Miami no era New York en donde tantos se dedicaban a esos menesteres con autoridad.

En los meses siguientes comenzó a recibir invitaciones para hablar sobre tal o cual pintor clásico o moderno en galerías para grupos de mujeres y hasta en la universidad local. Sus credenciales eran impecables, de eso no cabía duda, y su lenguaje con un ligero dejo italiano o francés, dependiendo de la muestra que analizaba, muy impresionante. Pero Patricia se aburría soberanamente a pesar de todos esos esfuerzos. Nadie la invitaba a fiestas privadas o a sus casas, todas las mujeres de su edad ya estaban casadas y con hijos, su madre vivía mortificada por su soltería y se lo reclamaba a todas horas, como si fuese su culpa. Fue entonces cuando apareció Gonzalo Alonso Rodríguez en su vida.

Don Carlos había sido uno de los primeros en apoyar con ciertos fondos los inicios de la televisión en español cuando se enteró de la propuesta. Iba regularmente a las reuniones de accionistas en las que había visto crecer su inversión y admiraba profundamente a Gonzalo sin atreverse a iniciar una relación más personal, temeroso de un rechazo. Era solamente uno de muchos que habían participado en la aventura, que había resultado tan exitosa. A una de esas reuniones llegó acompañado por su hija, que miraba con indiferencia todo a su alrededor, nada de aquello le interesaba, había venido por la insistencia de su padre.

Terminado el informe y durante el brindis Gonzalo se acercó a saludar a los presentes y allí encontró frente a Patricia que le pasó a su lado sin determinarlo. Logró que su padre los presentara y al notar el interés del empresario que todos sabían que era soltero, aprovechó la ocasión para invitarlo a cenar en su residencia.

Desde el primer día, comenzaron a invitar a Gonzalo con cualquier pretexto, lo sentaron al lado de Patricia en la fiesta de aniversario de bodas celebrada en un hotel y ya doña Carmen le comentaba en voz baja a su marido la posibilidad de un compromiso cuando esos dos ni siquiera habían estado a solas. A Patricia le parecía ridículo, prácticamente la estaban ofreciendo como un regalo a este empresario que no habían conocido antes, que aunque algo atractivo le parecía un poco viejo. Y lo que más le molestaba era que Gonzalo se limitaba a mirarla como si la estuviera examinando todo el tiempo y hablaba muy poco.

Empujada por doña Carmen aceptó salir al cabaret más exclusivo de la ciudad con Gonzalo, quien se mostró atento, quizás algo distante, pero su brazo la sostenía con fuerza cuando la invitó a bailar y en la oscuridad de la terraza la envolvió en un beso que la estremeció de pies a cabeza. Comenzaron a encontrarse con más frecuencia, él le contaba sus duros comienzos en Miami, todo lo que había tenido que hacer para conseguir lo que se había propuesto. Ella lo escuchaba a medias, toda esa perorata la aburría un poco. Por no quedarse atrás hablaba con cierto orgullo de sus años de estudios de arte en Italia y Francia, los muchos viajes y conocidos importantes, pero ninguno de los dos mencionaba lo que habían dejado atrás en Cuba.

Gonzalo estaba bien informado del pasado de don Carlos como ministro de Batista, pero no le parecía importante. Había lidiado con otros como él, en los años que llevaba en Miami, tantos cubanos con historias que esconder por sus relaciones con la dictadura, las muchas exageraciones y mentiras por aclarar de lo que habían perdido en la isla. Patricia por su cuenta, había logrado averiguar que Gonzalo era hijo de un asturiano propietario de un pequeño ultramarinos en La Habana Vieja, como quien dice, un don nadie que muy enfermo regresó a su pueblo en España, donde había fallecido. Ningún parecido con ella que a su corta edad, se había codeado con lo mejor de la sociedad habanera que a lo mejor se tragaban a su familia a medias, pero no les quedaba otro remedio si no querían buscarse la inquina de un hombre tan allegado a Batista. Se sentía superior a Gonzalo y aceptó casarse con él con esa premisa en mente, podía hacer y vivir como le pareciese, sobre todo cuando su padre compró la casa en Coral Gables y la puso a su nombre sin que Gonzalo se enterara, iba a ser una sorpresa.

Doña Carmen se preocupó por todos los preparativos de la boda, que fue tan lujosa como esperaba aunque no conocía a la mayoría de los invitados, que por lo visto, eran asociados o conocidos de su futuro yerno. Patricia no podía olvidar la mirada despectiva de la mujer de Robaina, que saludó a su madre con un gesto que no dejaba lugar a dudas que lo hacía por obligación. Y así hubo otros, que a duras penas trataban de disimular el malestar que la presencia de Carlos López Barrero les producía en la recepción, gestos que Patricia intentaba ignorar, haciéndole frente a todos los invitados que se acercaban a felicitarlos con una sonrisa angelical, mientras por dentro, hervía de rabia, no era justo que les guardaran rencor a su familia por tantos años. Por lo menos le servía de consuelo que su adorado hermano Alberto estuviera allí, apoyándola con esas miradas que le daban ánimo para ignorar los comentarios a sus espaldas.

Gonzalo intentó convencerla que fuesen a algún lugar de México de luna de miel, pero se negó. No se imaginaba encerrada en un hotel día y noche, o caminando por la playa, necesitaba algo más interesante, que la distrajera un poco de la convicción que había cometido un error al casarse con Gonzalo.

En esas tres semanas que pasaron en New York se percató de que estaba en lo cierto, no tenía nada en común con su marido, un hombre inculto al solo le interesaba su trabajo y además era poco sociable.

Lo que no tuvo en cuenta fue un embarazo que a su manera había tratado de evitar. Al principio trató de sugerirle a Gonzalo que usara protectores por unos meses mientras se acostumbraban a la nueva vida, pero él se negó rotundamente, deseaba tener hijos cuanto antes. De todos modos Patricia corría a ducharse después de cada relación, un método sugerido por una conocida, que le había fallado. No estaba preparada para el complicado embarazo. Algunos días imaginó que iba a morir, después de vomitar tantas veces. Al salir del hospital se encerró en su habitación con la enfermera y su madre, no quería ver a Gonzalo ni de lejos. Cuando le dijeron que iba a tener jimaguas, se sumió en una profunda depresión, ella no podía con tanta carga, algo malo le iba a pasar. Doña Carmen trataba de animarla, su hermana Clara había pasado por lo mismo, ¿no se acordaba de sus primos?

Gonzalo llegaba a verla cada noche, contestaba a sus preguntas con monosílabos, la vieja la disculpaba diciendo que estaba nerviosa, pero el rechazo era evidente. A los ocho meses comenzaron los dolores de parto con un sangrado leve y Patricia aterrada exigió que la llevaran al hospital de inmediato. Los niños nacieron por operación cesárea, venían mal colocados, pero tenían buena salud y Gonzalo los miraba en brazos de las enfermeras sin acabar de creer el milagro.

Un año después del nacimiento de sus hijos, Patricia decidió proseguir su vida social dejándolos en manos de niñeras sin importarle las recriminaciones de su madre, escandalizada por su actitud. Estaba hastiada del encierro que había soportado durante tantos meses por exigencias de doña Carmen, sin hacer casi nada. Por no perder la turgencia de sus senos como tantas otras que conocía no había amamantado a sus hijos, para eso estaban las fórmulas. Pero tenía la obligación de quedarse en casa todo el tiempo, supuestamente supervisando a las niñeras que en realidad sabían mucho más que ella del cuidado de los recién nacidos. Se miraba en el espejo ansiosamente buscando líneas de envejecimiento, había engordado demasiado durante el embarazo, Belén tenía la culpa por preparar tantos guisos. Se sometió a una rígida dieta y ansiosa por recuperar su esbeltez se escapaba muy temprano en las mañanas a un gimnasio de lujo, en donde encontró nuevas amigas que le llenaban la cabeza con las historias de divertidos cruceros, viajes a lugares exóticos, chismes de sociedad, desfiles de moda, todo lo que se estaba perdiendo casada con un hombre tan inculto. Hasta pretendía escandalizarse con historias recientes de infidelidades y divorcios que escuchaba con avidez. Ninguna de ellas tolerarían un marido tan aburrido como el suyo.

En los primeros meses no le preocupó que su marido siguiera durmiendo en otra habitación, en realidad le molestaban sus toscas atenciones y prefería evitarlas. Gonzalo había intentado acercarse más de una vez, para encontrar el rechazo, Patricia se excusaba aduciendo que todavía le dolía la herida de la cesárea y la espalda, se sentía débil, cualquier argumento para mantenerlo fuera de su cama.

Pero a medida que las semanas transcurrían, la situación fue cambiando. Gonzalo no volvió a insinuarse, ni siquiera entraba en su habitación a saludar o despedirse, parecían extraños. A veces a propósito, Patricia regresaba a altas horas de la noche de algún compromiso cultural, dispuesta a provocar una reacción, un reclamo, pero encontraba que Gonzalo se había retirado a su habitación sin preguntar por ella o no regresaba de la televisora. Comenzó a molestarle tanta indiferencia, su orgullo estaba algo herido, su marido la ignoraba. Nada era como había soñado cuando se casó con Gonzalo, entonces imaginaba grandes fiestas con glamorosas artistas, codeándose con los famosos del mundo de la televisión, en todas las revistas de moda, centro de la vida social de una ciudad que crecía a diario. Pero Gonzalo evitaba lo más posible tales eventos, haciéndose representar por Carlos Robaina que seguía siendo un socio importante y otros colaboradores de la televisora cuando lo consideraba necesario. Prefería dedicarse a las labores de enlace con otras televisoras en España y México, el trabajo de expansión técnico-administrativo era su área de interés, cuando ya contaban con dos canales.

A pesar de tantos éxitos Gonzalo comenzó a sentirse como vacío por dentro, su matrimonio parecía un fracaso, la vida social a la que lo obligaba su posición lo abrumaba. Lo peor era que no había aprendido a lidiar con sus pequeños hijos, siempre con una niñera al lado, advirtiéndole lo que podía o no podía hacer. Esa jaula dorada en la que vivían encerrados lo estaba ahogando. A veces pensaba que sería mejor mudarse a la trastienda, como hacía su padre cuando Celeste lo fastidiaba con sus reclamos; para eso tenía el apartamento frente al mar, su lugar muy privado.

A veces Gonzalo tenía invitados, que llegaban solos o con sus engalanadas esposas y se deshacían en elogios de la cocina de Belén, sobre todo los deliciosos postres. La mujer había ido diversificando sus viejas recetas con nuevos ingredientes que encontraba en los supermercados de la ciudad para sustituir los que había dejado atrás. Se quejaba entre dientes que le faltaba la sabrosa manteca de puerco, el boniato, el tamarindo, las guayabas, los mangos, el quimbombó, los frijoles negros, los calamares, las jaibas, los plátanos, la yuca, el aguacate, el bacalao, el tasajo, el lechón y sobre todo el arroz. El que vendían en los supermercados era de un grano gordito que no se secaba facilmente, no se parecía al arroz de Cuba. Y las carnes... le costó bastante conocer los cortes, en esos impecables paquetitos cubiertos de papel transparente, que más parecían regalos. Los huevos con la yema de un amarillo tan pálido que se confundía con la clara, quizás porque los pollos también tenían esa palidez de cera, en fin, le tocaba improvisar y lo hacía con mucho éxito, pero no era lo mismo, no señor, no era la cocina cubana que conocía tan bien. En ese Miami de los setenta los alimentos caribeños iban llegando del sur muy lentamente y por complacerla, Eusebio se esforzaba en encontrar lo que Belén necesitaba recorriendo los mercaditos que iban apareciendo como hongos por los vericuetos cercanos a la calle ocho, que se había convertido en el centro de la vida social de muchos cubanos.

Belén trataba de permanccer atenta a todo lo que estaba ocurriendo en la casa, con el ojo puesto encima de los niños que comenzaban a caminar y eran bastante inquietos, sobre todo Pedrito que ya ensayaba salirse de la cuna con bastante éxito y unos cuantos golpes. Laly era mucho más tranquila, pero llorona, prefería que la cargaran todo el tiempo y eso no era bueno para su desarrollo, pero se abstuvo de intervenir. Por los comentarios entre empleadas, Belén sospechaba que don Gonzalo no había regresado a la alcoba matrimonial y parecía estar más ocupado que nunca. Llegaba tarde y apenas alcanzaba a ofrecerle café y alguna fruta en la mañana, antes que saliera para la televisora después de dar una vuelta por la habitación de los niños donde se quedaba largos minutos mirándolos dormir. Muy pocas veces se atrevía a cargarlos, tratando de ignorar las miradas severas de la niñera de turno, que parecía dispuesta a recriminarle sus acciones.

—No entiendo lo que está pasando en esta casa, Eusebio, pero me tiene muy molesta. La señora Patricia trata a los niños como si fueran juguetes, entra a su cuarto dos o tres veces al día, les da unos cariñitos, un juguete nuevo, y se va con sus amigas por horas a hacer ejercicios o no sé qué. Don Gonzalo los mira unos minutos, sale temprano y llega tarde, si es que llega, están en manos de las niñeras todo el santo día. Ellas son las encargadas de bañarlos, llevarlos a pasear en los cochecitos por el vecindario, alimentarlos, cambiar pañales, ponerlos a dormir. No creo que la doña haya cambiado un solo pañal desde que nacieron, por lo menos cuando su madre venía todos los días había algo de orden en esta casa. Me parece que doña Carmen se cansó de discutir con su hija y entiendo que no está bien de salud. La señora solamente los saca cuando van al pediatra, acompañada por las niñeras, cargando chiquillos y bolsas. Cuando regresan llorando por las vacunas o lo que les haya hecho el médico, los deja en sus manos y sale enseguida, no tiene tiempo para consolarlos. Los señores solamente comen juntos cuando tenemos visita. Hay días que cocino por gusto, nadie llega a cenar y los empleados salen temprano y en la mañana llegan tarde con toda clase de excusas que no creo. Ya me cansé de hacer de policía en esta casa.

—No culpes a don Gonzalo por lo que está pasando, a veces se queda a dormir en el apartamento cuando termina una reunión muy tarde, está cansado con tantas responsabilidades que tiene encima y no quiere molestar a nadie —dijo pensativo.

—Mira, no me vengas con cuentos chinos, su conducta no tiene excusa, son sus hijos y le toca poner orden en esta casa ya que su mujer no lo hace. La que está cansada soy yo coño, las muchachas a veces descuidan a los niños por estar hablando de sus novios. Pedrito se dio un golpazo cuando se tiró de la cuna y su madre no estaba allí y tuve que correr desde la cocina cuando lo oí chillando, pensé que algo serio le había ocurrido.

—Vaya palabrota que usas negra, no te alteres, no es para tanto, cálmate.

Esperó la usual explosión que no llegó. Belén le dio la espalda y Eusebio se dio cuenta que estaba llorando. No supo qué hacer ni qué decir nunca la había visto tan alterada.

—Yo estaba tan contenta cuando los niños nacieron, pensé que finalmente don Gonzalo iba a ser muy feliz y no es así, no puedo más. En mis cuarenta años nunca he tenido vida propia y cada día me siento más sola, rodeada de gente que no acabo de entender. No quiero encariñarme más con esos niños, si no fuera por ti ya me habría vuelto loca, Eusebio.

Agradeció en silencio el comentario final, no era el momento para jocosidad. La miró por un buen rato antes de tratar de convencerla que las cosas cambiarían, que no tenía que preocuparse, pero él tampoco encontraba una explicación lógica a la conducta de Gonzalo. Había estado tan feliz con el nacimiento de sus hijos, le había asegurado que quería verlos crecer de cerca, estaba decidido a trabajar mucho menos.

—¿Sabes una cosa? Voy a pedir las vacaciones que tengo pendientes desde hace tiempo. Quiero buscar un lugar fuera de aquí, algo mío, donde pueda ir a refugiarme y además estoy decidida a aprender a manejar, tengo mis ahorros, a lo mejor me compro un carrito de segunda —enfatizó Belén.

Eusebio la miró asombrado, bueno ya era hora que su amiga buscara una salida del encierro en que vivía. Él por su parte, trabajaba unas cuantas horas al día, cumplía con las pocas obligaciones que le designara Gonzalo, usualmente en la casa, a veces le servía de chofer, pero ya no tenía nada que hacer en la televisora con el ejército de empleados que laboraban en el lugar, lo suyo era algo de servicios personales, acompañarlo cuando se quedaba a dormir en el apartamento. Pero los fines de semana eran para sus viejos amigos cubanos, los juegos de dominó en ese parque junto al mar, seguidos por un suculento almuerzo con lechón asado, sus roncitos acompañados por buena música en algún bar de la ocho, un cigarro y de vez en cuando una canita al aire con alguna paisana necesitada de cariño, nada permanente. Con sus sesenta años no estaba para enredos sentimentales ni compromisos serios, ya había pasado por todo eso en Cuba. La dedicación de Belén a su oficio de cocinera le parecía casi una especie de esclavitud, al estilo antiguo, algo muy cubano, la negra de la casa dispuesta a servir a los amos a todas horas hasta la muerte. Claro que Gonzalo le pagaba muy bien, pero en su opinión no lo suficiente para las muchas horas que Belén pasaba en la cocina empeñada en otras labores que en realidad debían ser total responsabilidad de la indiferente dueña de la casa y que además, la criticaba a todas horas.

—¿Qué te pasa, te tragaste la lengua? Nada que alegues cambiará mi decisión, aunque te burles de mis intenciones de aprender a manejar —dijo Belén, desafiante.

—Estoy a tu disposición en lo que pueda ayudarte, ya era hora doña Belén, ya era hora que tomaras una decisión si no estás conforme con tu vida —contestó con una grave inclinación de cabeza que le hizo saber que no se estaba burlando de ella.

Esa tarde Eusebio decidió ir a la oficina de Gonzalo, empeñado en recordarle sus buenos propósitos en relación con el cuidado los niños, pero se topó con un muro de silencio y una mirada glacial que lo hizo desistir. Gonzalo no era el mismo de antes, durante breves momentos, le pareció estar frente a un extraño y no al entusiasta muchacho que había conocido por tantos años. Eusebio se disculpó por su atrevimiento, pero estaba decidido a no dejar a un lado el asunto. Tenía que ayudarlo a cambiar, Gonzalo era como un hijo para él, aunque jamás lo hubiera admitido en voz alta, esos sentimentalismos no eran su estilo.

Belén tuvo que hacer acopio de todo su valor para enfrentar a Gonzalo acerca del asunto de las vacaciones. Se le acercó en el comedor cuando terminaba de desayunar, él la miraba con extrañeza, como si no acabar de entender lo que decía.

—Estoy pidiéndole un mes de vacaciones, don Gonzalo, llevo más de cuatro años trabajando con usted y creo que las merezco. Quisiera irme dentro de dos semanas si no tiene objeción —repitió decidida.

—Sí, claro, Belén tienes toda la razón, debiste haberlo pedido mucho antes, es tu derecho. Perdona, es que he estado muy ocupado. Hablaré con mi secretaria para que haga el ajuste que corresponde a tu salario.

—Claro señor, ya me he dado cuenta que está siempre demasiado ocupado para atender a sus niños que lo necesitan —le dijo sin poder contenerse y asustada por su atrevimiento.

La miró largamente, captando la angustia en la líquida mirada, el temblor de los labios y se alejó del comedor, sin decir nada. Mortificado se daba cuenta que las dos personas que más lo apreciaban, le recriminaban su conducta pero, ¿qué podía hacer? La situación actual le preocupaba. Ya no le importaba el rechazo de Patricia, lo vio venir desde el embarazo y se lo merecía por escoger a su esposa como si fuese una especie de trofeo para adornar su vitrina. Entre los dos no hubo amor, quizás una breve atracción, pero nunca se detuvo a pensar las consecuencia de sus actos convencido de que todo se arreglaría como su exitosa carrera desde su llegada a Miami. Igualó y quizás superó a su ídolo, Gaspar Pumarejo, pero no encontraba solución a su vida. Su madre, con la que se comunicaba muy poco, le había hecho saber que no tenía interés en viajar a Miami. Dejó la casa y la huerta al cuidado de unas vecinas y si la quería ver tendría que viajar a Oviedo en donde pensaba alquilar un piso. Ni cuando le anunció el nacimiento de los niños logró conmoverla y de paso le reclamaba indignada haberle puesto a su hijo el nombre de Pedro en vez de Eligio, como correspondía para honrar la memoria de su hermano mártir, que ella nunca olvidaría. Era como si le estuviera restregando una vez más la culpa que debía sentir. Su vida personal era un fracaso, hasta su madre se había desentendido de él.

Lo que muy pocos sabían es que estaba en negociaciones con la NBC de New York, para convertir la televisora en una subsidiaria con programas doblados al español. De parte de Robaina encontó una férrea oposición a la propuesta, alegando que se estaban diversificando demasiado y esto era peligroso en una economía debilitada al finalizar la desastrosa guerra en Vietnam. Pero como socio mayoritario, Gonzalo tenía mayor peso. Las negociaciones habían sido largas y difíciles, Gonzalo sabía que a medida que población latina cambiaba y se educaba, el CIN tenía que evolucionar para crecer y despertar el entusiasmo de los anunciantes. Ya no era suficiente presentar artistas locales o noticias de Cuba, el público reclamaba programas de variedades de otros países, las series de detectives tan populares en las estaciones americanas, programas de Colombia y Venezuela, los llamados culebrones que se iniciaban en los setenta. El CIN podía despegar aún más con canales en otros estados con gran población latina, ya no era el esfuerzo de un soñador, podía ser una gran empresa. Eso incluía costoso equipo nuevo, la construcción de estudios para grabar programas de interés, presentaciones musicales, entrevistas, turismo, cocina, etc. Para todo eso necesitaba el respaldo de una televisora gigante como la NBC que desde lejos lo evaluaba con interés.

Esa noche, llegaron invitados a la mansión de Coral Gables varios ejecutivos de la NBC que estaban en Miami para iniciar negociaciones con los abogados de la televisora. En realidad, Patricia odiaba esas reuniones. No le interesaba conocer a esas aburridas mujeres que llegaban pegadas a sus maridos, estaba segura de que cuando podían se escapaban como tantos otros ejecutivos que había visto en los hoteles de la playa escoltando a vistosas mujeres mucho más jóvenes. A la llegada compartían un cocktail en la sala, y antes de retirarse al comedor Patricia insistía en presentar a los niños en brazos de las niñeras, como el más importante trofeo de su vida. Las mujeres se deshacían en carantoñas y otras monerías que los niños rechazaban entre llantos. Le daba cierta satisfacción notar el desagrado en el rostro de Gonzalo.

Como siempre, Belén se lució con el menú que incluía croquetas de queso, cocktail de camarones enchilados, pollo con salsa de naranja, pargo a la almendrina, arroz amarillo con vegetales, ensalada de frutas frescas y lechuga con aliño de queso azul, tocino del cielo y desde luego, un buen café. Patricia siempre insistía en la presentación de varios platos para gustos distintos, y de mala gana, tuvo que acompañar a una de sus huéspedes a la cocina puesto que insistió en felicitar a Belén y de paso obtener la receta del pollo y del aliño de queso azul que se vio obligada a traducir al inglés para su huésped. Después del café y los licores vinieron las despedidas y cuando Patricia estaba por retirarse, Gonzalo la detuvo.

—Dentro de dos semanas Belén saldrá de vacaciones por un mes, así que ocúpate en buscar a alguien que la reemplace en la cocina. No tendré invitados durante esas semanas.

—¿Vacaciones de un mes? Nadie tiene tanto tiempo libre en este país, yo debería haber sido informada de antemano de lo que pretende Belén —contestó molesta.

—Si estuvieras más tiempo en casa y te ocuparas de su manejo, quizás Belén te lo hubiera dicho —dijo fríamente alejándose.

Era lo único que faltaba: complicaciones en el manejo de la casa, en donde todo marchaba sobre ruedas. Patricia tenía que admitir que la negra Belén era eficiente y una excelente cocinera, aunque con el aspecto que tenía nunca la hubiera contratado. Le molestaba bastante que hubiese llegado a su casa de la mano de Gonzalo, al igual que el insoportable Eusebio, que sin poder definirlo parecía estar burlándose de ella todo el tiempo. Bueno, en su casa podía hacer lo que le pareciese porque era suya y de ninguna manera iba a permitir que Belén saliera de vacaciones tanto tiempo. En voz baja se dijo que si la mujer se empecinaba en sus demandas tendría que renunciar, no iba a dar su brazo a torcer. Eso no la iba a mortificar en lo absoluto, había mucha gente capaz buscando trabajo.

Pero esa noche durmió poco, algo inquieta. Le molestó bastante el tono crítico de su marido, ¿cómo se atrevía a hablarle así? Ella había dejado bien claro cuando se casaron que no tenía vocación de ama de casa, estaba acostumbrada a tener sirvientas que obedecieran todas sus órdenes. Sus hijos tenían excelentes niñeras, no les faltaba nada y gozaban de buena salud. Entonces, ¿qué le reclamaba Gonzalo? Quién sabe lo que le había dicho esa negra confianzuda, o de qué se había quejado, pero de ninguna manera iba a tolerar su atrevimiento. Este asunto con Belén venía a enredar más su vida y no estaba dispuesta a ceder. Le permitiría solamente una semana de vacaciones y si insistía en más tiempo, tendría que renunciar. De mañana, se dirigió decidida a la cocina y sin saludar se enfrentó a Belén, que la miró asombrada al verla aparecer todavía en ropa de cama y chinelas.

—Belén, usted se ha aprovechado de la buena voluntad de mi marido al solicitar cuatro semanas de vacaciones de sopetón. Debe saber que en este país las vacaciones se solicitan con varias semanas o meses de antemano y usualmente por una semana. Si insiste en irse tanto tiempo, es mejor que renuncie porque no lo voy a tolerar.

Salió de la cocina sin esperar una reacción de Belén que, asustada, no entendía de qué la acusaban. No había hecho nada malo pero estaba claro que no podía tomar más de una semana de vacaciones o tendría que buscar otro trabajo. Tratando de no pensar en lo ocurrido, siguió cocinando el resto del día. Preparó un menú para los empleados, un almuerzo ligero para Patricia que regresó del gimnasio con unas amigas; puré, sopita de vegetales y compota de manzana para los niños, no confiaba en los alimentos enlatados que no sabían a nada. Esperaba con ansiedad la llegada de Eusebio, era el único que podía aconsejarla, pero no apareció el resto de la semana. No se atrevía a abordar a don Gonzalo nuevamente, no quería ser la causa de un conflicto entre la pareja, prefería renunciar.

El domingo, Eusebio llegó a la casa temprano. Gonzalo estaba de viaje de negocios y el día anterior Patricia había llevado a los niños a casa de la abuela, que se recuperaba de algunos achaques, a pasar el fin de semana. No era nada serio, presión algo elevada aseguraron los médicos, pero tenía muchos días sin ver a sus nietos y Patricia tuvo que complacerla. Solo quedaban Belén y el jardinero haciendo trabajos de limpieza y fumigación, aprovechando la ausencia de los niños. Belén lo recibió en la cocina con un café y un seco saludo que se le antojó un poco extraño.

—Bueno negra, ¿estás lista para la primera lección en manejo? Podemos adelantar algo, el día está precioso y hasta me tomé un tranquilizante por si acaso —dijo riendo.

—No va a ser posible, hoy no puedo ir a ninguna parte — contestó cabizbaja.

La miró intrigado. Algo serio estaba pasando y en silencio espero una explicación que no llegaba. Terminado el café se levantó para irse ya que ella no parecía dispuesta a decir qué la mortificaba. Pero Belén le hizo un gesto para que se sentara y comenzó a contarle su encuentro con Patricia.

—No sé qué hacer, Eusebio, me siento como enjaulada y no puedo escapar. Igualito que me sentía en Cuba, pero tuve el valor de tirarme al mar sin pensarlo dos veces para escapar y ahora ¿qué hago, Dios mío? —las palabras le salían con dificultad.

—¿Hablaste con don Gonzalo otra vez? No te mereces eso —dijo molesto.

—No y no se te ocurra decirle nada. No quiero obligarlo a imponer su voluntad, sería una situación difícil entre esos dos, que ya bastante mal andan, prefiero renunciar y buscar otro trabajo. Ya te dije, lo que está pasando en esta casa me está afectando demasiado, es mejor que me vaya, no puedo más. Ya hablé con mi amiga Cecilia, que prometió conseguirme empleo en el restaurante en donde trabaja. Solo tengo que buscar en donde quedarme cerca del trabajo y pueda llegar sin problemas.

—Bueno, ya que estás decidida a renunciar, vamos a comenzar ahora mismo las clases de manejo. En esta ciudad no podrás sobrevivir sin tener una máquina, para luego es tarde —dijo con firmeza.

Le costó mucha labia convencerla, pero lo logró. Llevó a Belén a la parte de atrás del aeropuerto, un área utilizada por estudiantes y novatos. Belén estaba bastante nerviosa, pero obedecía instrucciones y poco a poco se fue tranquilizando. Eusebio satisfecho le aseguró que muy pronto aprendería a manejar, lo estaba haciendo muy bien.

Esa noche, en su cuarto, Belén no dejaba de mirarse de cerca en el espejo. Iba a empezar una nueva vida y no estaba preparada para el cambio. Desde su primer trabajo con los Villanueva había vivido como protegida, sin tener que esforzarse en mirar más allá de la cocina, todo estaba resuelto, pero cuando se percató de que no tenía futuro en Cuba tomó la difícil decisión de tirarse al mar. ¿Por qué ahora dudaba tanto en buscar otro empleo en un país libre? En realidad temía el rechazo, por ser quien era: negra, cuarentona, poco atractiva, eso es lo que veía en el espejo. Lo único que sabía hacer era cocinar. Se sentía segura envuelta en el anonimato del uniforme blanco; vestida de calle era otra cosa. Y allá afuera, en este país que no conocía, en algunos lugares le hacían cosas horribles a los negros, lo había visto en documentales televisados y leído en unas revistas, y eso le daba bastante miedo. Sin embargo Cecilia era de piel tan oscura como ella, pero distinta, segura de sí misma, independiente, elegante y no le tenía miedo a nada. Quizás ella podría aprender a ser así, a toda costa tenía que intentarlo. Esa corta lección de manejar le había abierto los ojos a una vida distinta, ella también iba a ser independiente y tendría que borrar de su mente todos los consejos de su madre, cada cual en su lugar, negros y blancos, juntos pero jamás revueltos y mucho menos iguales. No, eso no estaba bien, ella podía llegar a ser alguien a pesar del color de su piel.

Ese lunes le entregó a Patricia su renuncia, efectiva en dos semanas. Así de sencillo, sin reclamos ni protestas de su parte. Bastante mortificada, Patricia no se dignó a leer la nota que Belén elaboró cuidadosamente con la ayuda de Eusebio. Gonzalo no había regresado de su viaje y no tenía por qué informarle de la situación, aunque cada noche se comunicaba con ella para saber de los niños, en realidad el único tema de conversación entre ambos. Para cuando Gonzalo regresara, ya Belén se habría ido y estaba decidida a contratar a alguien mucho mejor. Había mucha gente más presentable buscando trabajo, no iba a ser un problema reemplazar a esa negra insolente. Se daba cuenta que tenía que mejorar sus relaciones con Gonzalo por mucho que le molestara, aunque en realidad más le hubiera gustado divorciarse y seguir viviendo en su mansión con sus hijos, recibir a quien le viniera en gana y no un montón de ejecutivos y sus aburridas esposas. Había conocido a muchas divorciadas en el club de ejercicios que visitaba y no parecían tener serios problemas ni complejos, al contrario. Su madre se había horrorizado al escuchar sus argumentos a favor de la posibilidad de pedir el divorcio, mujeres divorciadas no eran bien vistas en la sociedad cubana de Miami, eso era para los americanos, no podía hacer eso de ninguna manera, iba a arruinar su vida, la iba a matar de la vergüenza, por el bien de sus hijos tenía que reconciliarse con su marido. Para Patricia la idea del divorcio era cada vez más atractiva; quizás debería mudarse bien lejos de Miami.

A Belén le hubiera gustado despedirse de don Gonzalo, pero cuando llegó el día señalado aún no regresaba. Eusebio se ocupó de llevar una copia de su renuncia a la oficina para asegurarse que recibiera sus salarios y llegó a buscarla a primera hora, aunque Belén no quiso irse sin hacer el desayuno de los niños y los empleados que no acababan de entender lo que estaba pasando. Patricia salió temprano, sin dar explicaciones, quería estar bien lejos para no verla. Belén se marchó conteniendo las lágrimas, arrastrando la maleta que Eusebio le consiguió con sus pocas pertenencias y los cuadernos de recetas. En un impulso dejó tendidos los blancos uniformes almidonados sobre la cama, y los zapatos blancos al pie. Era un gesto final de independencia que necesitaba hacer antes de despedirse de toda una vida y tirarse al mar por segunda vez. La esperaban en casa de Cecilia, en donde se quedaría hasta encontrar algo propio.

CAPÍTULO V

Cecilia la esperaba en la puerta cuando llegaron al chalet situado en una esquina de la calle treinta del suroeste. Pintado de blanco, con ventanas protegidas por celosías, rodeado de un estrecho jardín, tenía un aspecto agradable con plantas florecidas adosadas a la cerca que lo separaba de una larga fila de idénticos chalets a lo largo de la calle. Cecilia miró con extrañeza a Belén tan nerviosa que no atinaba a presentar a Eusebio. Él lo hizo por su cuenta, identificándose como el chofer de Gonzalo Alonso.

Escoltados por Cecilia cruzaron la sala amoblada con un sofá y dos sillones de distintos colores algo desteñidos, adosada a la pared una consola con un gran televisor, a un lado una mesa de comedor con seis sillas y Belén notó que había platos con restos de comida regados sobre la mesa cn desorden lo que le dio muy mala impresión.

—La cocina está allá y el baño por ese pasillo —señaló Cecilia mientras los llevaba hacia atrás a un cuarto donde había dos camas con vistosas mantas de colores tiradas al descuido y bajo las cuales se notaban sábanas no muy limpias.

—Este es el cuarto de mi hermana, tiene una amiga que se queda con nosotras desde hace poco, pero ahora está visitando a su familia en Panamá por dos semanas. El baño está atrás, aquí tienes una llave y si vas a salir cierra bien. Lo siento Belén no puedo quedarme, pensé que vendrías más temprano, mi turno empieza al mediodía y tengo que salir corriendo. Le diré a mi jefe que estás lista para empezar a trabajar, a ver qué te ofrece, no te preocupes.

A Belén el mensaje le llegó claramente, tenía dos semanas para buscar otro lugar. Miró a su alrededor preocupada, la cama que le ofrecían era muy estrecha y parecía bastante incómoda. Una mesita con una lámpara de noche y algunos frascos que parecían medicinas separaba las camas. En la pared colgaba un espejo sobre una larga repisa llena de cosméticos, frascos de perfume y cajas de polvos abiertas en completo desorden. En el techo, un abanico con luces refrescaba algo el ambiente y unos cuantos cuadros de paisajes playeros adornaban las paredes. Dejó la maleta en una esquina y Eusebio le hizo señas que salieran a despedir a Cecilia que ya entraba en el automóvil aparcado en la esquina. Asombrada, Belén la siguió con la mirada mientras se alejaba, no sabía que Cecilia manejara, pero bueno, tenía más de dos años sin verla, muchas cosas podían haber cambiado en ese tiempo. La recordaba como una humilde doméstica igual que ella, con muchas aspiraciones que parecía haber logrado, y eso le pareció una muy buena señal, quizás ella podía lograr lo mismo.

—Mira Belén, aquí en esta casa no te vas a quedar ni dos días. Pensé que sabías cómo vivía tu amiga y por eso no hice otra sugerencia. Por si no te has dado cuenta, esta casa es una pocilga, yo me encargaré de buscarte un lugar adecuado, tengo amistades —dijo Eusebio con firmeza cuando la perdieron de vista.

—Es que nunca vine a visitarla, me contó que había comprado una casa, trabajaba en un restaurante y le iba muy bien, pero solo hablábamos por teléfono de vez en cuando... —balbuceó.

—Espero que el cuarto de ella esté en mejores condiciones, que ese chiquero en donde te quiere meter. Negra, pero es que ni cabes en esa camita, das media vuelta y ¡pum! al piso... –dijo riendo.

A pesar suyo, Belén no tuvo más remedio que echarse a reír, contagiada por el buen humor de su amigo. Estaba decidida a seguir adelante, no podía deprimirse, no había marcha atrás.

–Cierra la casa y vamos a comer algo. Después seguimos con otra lección de manejo, tienes que aprender lo más rápido posible. Y mañana si estás viva y recuperada de la caída de esa cama, vengo a mudarte. Hay que mirar de cerca el trabajo que te ofrece tu amiga, aquí les gusta exagerar mencionando beneficios que después no cumplen y te quieren explotar trabajando horas de más. Pero no te preocupes, te acompaño a esa entrevista, soy experto en la materia –dijo Eusebio cogiéndola por el brazo.

Apretando la medalla de la Caridad que le colgaba del cuello, Belén se dejó llevar en silencio, agradecida por este extraño amigo que el destino le había deparado. Desde el momento que lo conoció se daba cuenta de que la gente los miraba con curiosidad cuando andaban juntos en los mercados. Una negra uniformada de blanco acompañada por un blanco en vaqueros con una sonrisa torcida en el rostro debía ser una novedad en el Miami de esa época. Dos días después estaba instalada en la casa de una familia santiaguera cerca del centro, en un apartamento encima del garaje con entrada separada, baño y una cocina pequeña, pero adecuada. El matrimonio había llegado de Cuba en los años sesenta con dos hijos menores, que ya graduados en la universidad habían conseguido un buen trabajo en New York. El señor Cruz manejaba una compañía de limpieza de oficinas en el área, ganaba lo suficiente para mantenerse a flote y vivir bien sin esforzarse demasiado. Eusebio lo conocía hacía mucho y logró convencerlo de que le alquilara a Belén el cuarto que construyó para su hijo mayor que quería tener cierta independencia y sobre todo comodidad. Un escritorio, una amplia cama, un sillón un mueble con gavetas, closet y un baño con todas las necesidades y la pequeña cocina.

Esa noche que pasé en casa de Cecilia fue inolvidable. Entre la preocupación que me agobiaba y la estrechez de la cama, pasé las horas en vela, no quería caerme. Un montón de pensamientos negativos me llenaban la cabeza, imaginaba el disgusto de don Gonzalo al enterarse de que había renunciado, pero a lo mejor no le importaba en lo absoluto y si no encontraba otro trabajo ¿entonces qué? ¡Ay San Lázaro, ayúdame!, rezaba. La hermana de Cecilia apestando a licor, llegó después de medianoche y encendió la luz sin importarle si me despertaba. Se desvistió, tiró la ropa en una esquina y se desplomó en la cama roncando de inmediato, creo que estaba muy tomada, pero no me moví aunque la luz molestaba bastante. Me levanté temprano y tratando de no despertarla estiré la cama, busqué en la maleta ropa interior y una toalla limpia y tuve que asearme como pude en un baño con toallas y ropa sucia apilada en los rincones. Después me senté en la sala sin saber qué hacer, no me atrevía a entrar a la cocina. El olor de los desechos de comida regados sobre la mesa me daba náuseas. Cecilia salió de su cuarto a las nueve acompañada por un moreno alto de espaldas fornidas, que después de besarla salió veloz de la casa sin determinarme. Sin dar explicaciones, Cecilia me ofreció un café que acepté agradecida, no había comido nada desde mi llegada a esa casa. Regresó a su cuarto donde permaneció un largo rato arreglándose y después insistió en llevarme de inmediato a hablar con su jefe, aunque yo hubiera preferido esperar que llegara Eusebio para que me acompañara. Cecilia manejaba muy bien y ese detalle me llenó de esperanza que yo podía hacerlo así de pronto. El restaurante quedaba a cierta distancia en un centro comercial circular con muchos negocios y un gran supermercado. El decorado funcional y moderno, paredes pintadas de vívidos colores y por el número de mesas calculé que tenía capacidad para sesenta o más clientes. A esa hora, todavía quedaban algunas personas desayunando, el olor a café y frituras invadía el local y de alguna manera, me dio mala espina. Sobre todo porque las mesas de fórmica blanca no estaban cubiertas con manteles y las servilletas eran de papel. Más que restaurante, parecía una cafetería de esas que llaman en este país de comida rápida. Me acordé de Gume que siempre afirmaba que no hay forma de presentar adecuadamente una buena comida sin un almidonado mantel, y una vajilla de porcelana. Cecilia me llevó por un estrecho pasillo que conducía a la oficina ubicada en la parte trasera del local. Inclinado sobre el escritorio nos recibió el dueño, un individuo de baja estatura, piel cetrina, cejijunto, coronado por una espesa cabellera negra que le cubría las orejas, y mirada inquisitiva que le daba un aspecto amenazador, como uno de esos gánsters que aparecen en las películas. Cecilia me presentó y el tipo me miró de arriba abajo, se acercó y sin mediar palabra me entregó un menú de lo que servían en el local.

—Cecilia asegura que usted cocina muy bien. Bueno, mire a ver si es capaz de hacer todos esos platos en corto tiempo. Si está interesada puede empezar en el horario de once de la noche a siete de la mañana, permanecemos abiertos veinticuatro horas al día —anunció con aire de satisfacción y un acento que no reconocía.

Si mencionó cuanto sería la paga semanal y los supuestos beneficios que recibiría, no lo recuerdo. Atiné a contestar que necesitaba tiempo para revisar el menú, di las gracias por la oportunidad y salí de allí, con Cecilia a mi lado asegurando que era un buen lugar para trabajar. Es que ni siquiera quiso ponerme a prueba por unos días, era inaudito, no le importaba si lo hacía bien o mal mientras trabajara de once a siete...

—Pero Cecilia, ¿qué pasó con los hermanos gallegos dueños de los restaurantes que mencionaste en donde podía dar clases a otros cocineros? —pregunté ansiosa.

—Si claro, trabajé con ellos hace tiempo pero exigían demasiadas formalidades, uniformes almidonados, cubiertos para cada cosa, copas manteles *y el resto como si fuera un restaurante en París. Me cansé de tanto detalle, era insoportable, con Julián me llevo muy bien, tengo el turno de tarde y noche, las propinas son buenas, no hay que esforzarse demasiado y además no le importa si llevo comida para la casa. Lo que pasa es que el cocinero de noche es impuntual, a veces quema las órdenes, los clientes se quejan y Julián quiere despedirlo.*

Y me acordé de la mesa en el comedor con sobras de comida, las sábanas sucias, el baño y el desorden en toda la casa, Cecilia no había aprendido nada nuevo y prefería seguir en el ambiente en donde se había criado de niña, un solar habanero con la chusma de mal vivir, la suciedad, el desorden como una vez me contó. Insistió en invitarme a tomar un café y algo más si quería, mientras trataba de convencerme que aceptara el trabajo. La tostada estaba fría cuando llegó y el café aguado y demasiado dulce. Me consiguió un taxi para regresar a la casa y sin la mediación de Eusebio. Supe que de ninguna manera ese trabajo era para mí y tiré el menú en el primer basurero que encontré mientras esperaba el taxi. Esa tarde, Eusebio llegó a buscarme después que la hermana de Cecilia se había ido sin dedicarme ni media palabra, parecía estar muy molesta por mi presencia y lo seguí sin titubear, mi destino estaba en otra parte. Ochún no me iba a abandonar. Por lo menos, Eusebio se abstuvo de decir «te lo advertí» cuando le conté lo ocurrido en el restaurante, aunque parecía encontrar todo el asunto bastante divertido.

Desde ese día y durante casi un mes, se dedicaron a las clases de manejo. Belén no podía comenzar a trabajar antes de lograr ese objetivo. Eusebio no le daba tregua, le decía que era su carta de independencia, la libertad de trabajar donde le conviniera, no tendría que vivir con nadie. Rosa, la esposa del dueño de la casa, simpatizó de inmediato con Belén y la llevó a comprar ropa y a su peluquería en donde cambiaron su aspecto, el cabello corto, estirado, muy moderno y nada grasoso como temía Belén. Y de paso, ella le dio algunas recetas que prepara-ban juntas en su amplia cocina.

Finalmente llegó el día que Eusebio la llevó a buscar la anhelada licencia de manejo. A Belén le temblaban las rodi-llas, sudaba frío, estaba segura que iba a fracasar, pero no tuvo problema en el examen escrito para identificar los símbolos del tránsito que le mostraron y el agente que la llevó a dar una vuelta por la pista, parecía tener otras preocupaciones y no le hizo muchas demandas. Salió de allí licencia en mano y abrazó a Eusebio con lágrimas en los ojos, no podía creer lo que había logrado. Ahora tenía que comprar un auto de segunda. Contaba con una cuenta de ahorros desde que Eusebio se lo aconsejó al saber que guardaba celosamente su salario mensual debajo del colchón. Después de visitar muchos negocios, finalmente encontró lo que buscaba, un carrito azul casi nuevo, de cuatro plazas, un Volkswagen, una belleza, fue amor a primera vista. Eusebio revisó por todos los resquicios hasta quedar satisfe-cho. Terminados los trámites, dos días después, salió manejando oronda, con Eusebio detrás hasta llegar a la casa en donde podía aparcar en el garaje que el señor Suárez no utilizaba.

—Tengo que comenzar a trabajar lo antes posible, me que-dan pocas reservas —dijo risueña, había logrado algo que jamás pensó que sería posible, si la viera su difunta madre, ella una negra cocinera de Regla con auto propio manejando en Miami.

—Bueno, vamos a ver qué se nos ocurre mañana, estoy moviendo algunos contactos que tengo por ahí —dijo Eusebio con una sonrisa algo misteriosa.

Durante todo ese mes no había querido preguntarle lo que sucedía en la casa, lo que había dicho don Gonzalo de mi renuncia. Esperaba que no lo hubiera tomado como una especie de traición, que pensara que era una malagradecida que supe sabido apreciar todo lo que había hecho por mí cuando no tenía a nadie más. Y lo peor era que Eusebio no soltaba prenda, aunque sabía que estaba en ascuas sobre ese asunto, que me moría por saber. Lo que me contó finalmente cuando seguí insistiendo, me dejó fría. Don Gonzalo extrañado por mi ausencia, comenzó a indagar hasta que su secretaria le mostró la carta de renuncia. Pero cuando confrontó a la doña ella le aseguró que no sabía nada de eso, en ningún momento le había manifestado mi decisión de renunciar al trabajo y me había ido un buen día sin despedirme de nadie. Don Gonzalo estaba muy molesto, eso no era lo que había acordado conmigo, no acababa de entender. Para hacer la situación más incómoda, Patricia había cambiado de cocinera dos veces ese mes y ahora tenían una supuestamente entrenada en Francia que presentaba los platos adornados como una obra de arte y estaban o demasiado condimentadas o no sabían a nada. Y claro, me culpaban a mí por haber abandonado el trabajo. Según Eusebio, de todo eso se quejaba don Gonzalo.

—¿Pero le contaste la verdad, le dijiste cómo me trató la señora? —dijo angustiada.

—Cuando me preguntó qué sabía del asunto tuve que disimular, no sabía nada, no quería ir en contra de ella. Como señalaste una vez, no iba a meter más leña en el fuego entre esos dos. Lo siento mucho Belén, sé que te duele que Gonzalo piense mal de ti, pero no me quedó otro remedio.

Belén no encontraba paz mortificada por lo sucedido, hasta le perdió el gusto a su carrito azul. Más de una vez pensó que debía regresar a la casa y enfrentar a Patricia, obligarla a decir la verdad, pero sabía que no era posible, nunca se atrevería. Eusebio tenía razón, eso sería provocar un conflicto que don Gonzalo no necesitaba. Y se resignó a esperar que algún día la verdad reluciera, como decía su madre. Se acordaba de ella en sus momentos felices y aún más cuando estaba angustiada como ahora. Quizás era por lo que le repetía Caridad la santera el día del funeral: «Tu madre te acompañará siempre Belén, dale un espacio grande en tu vida». Y en verdad estuvo a su lado todos los momentos de terror cuando estaba casi segura que iba a morir ahogada, animándola a no perder las esperanzas. No estaba imaginando cosas, los muertos pueden dar consejos, solo hay que ponerle mucha atención a esa voz interior. Tampoco le había escrito a Susana lo que le estaba pasando. Quería esperar a tener un trabajo antes de preocuparla por su situación y ojalá no se molestara por haber dejado el trabajo en casa de don Gonzalo.

Unos días después, Eusebio la llevó a una entrevista de trabajo en un hotel ubicado en uno de los viejos edificios por Collins Avenue, cerca de la playa, que había sido remodelado totalmente en un estilo muy atractivo. El dueño, el magnate cubano Oscar Ferrer, salió de la isla al inicio de la revolución, ubicándose en México donde tenía dos hoteles y estaba decidido a seguir ampliando sus operaciones a otros países. Los recibió Humberto Villalonga, jefe de personal, que saludó efusivamente a Eusebio. Belén, impresionada, le pareció que su amigo conocía a todo el mundo quizás por su larga asociación con Gonzalo. Los condujo a su oficina y les explicó que el hotel abriría sus puertas en dos o tres meses; pretendían instalar tres restaurantes muy distintos. Una amplia cafetería en el área de la piscina, desayunador y comida rápida en el segundo piso y en el último piso con vista al mar, un elegante restaurante especializado en comida cubana.

—Podríamos contratar a un chef, pero el señor Ferrer insiste en tener auténtica comida cubana, no quiere improvisaciones.

Tuvimos grandes problemas en México, ya que lo que nos presentaban era variaciones de la cocina local. Usted trae excelentes recomendaciones, estoy impresionado y esto puede incidir en lo que se haga en otros restaurantes en el futuro.

Belén miró de reojo a Eusebio, sin saber qué decir. ¿Quién la había recomendado tan efusivamente? Seguro que no había sido don Gonzalo. El hombre siguió hablando y Belén lo escuchaba a medias, en realidad lo único que había logrado en la cocina desde su llegada eran improvisaciones. Sin tener los condimentos exactos, no sería lo mismo, no podía aceptar.

Antes que Eusebio pudiera callarme, así se lo hice saber con firmeza. Pero sin inmutarse, Villalonga afirmó que estaban dispuestos a conseguir lo que fuese necesario para una auténtica comida cubana. Tenían contactos en varios países centroamericanos y el Caribe, que suplían el restaurante del hotel en México que había mejorado bastante. La cabeza me daba vueltas y entendía a medias lo que presentaba. El restaurante estaría abierto de once de la mañana a doce de la noche. Yo tenía un mes para preparar el menú, trabajar con varios cocineros y supervisar lo que llamó control de calidad. Pero ¿qué sabía yo de eso? No, no iba a ser posible, todo eso estaba fuera de mis posibilidades, yo era una simple cocinera. Cuando quise protestar. Eusebio no me dejó hablar. Comenzó a negociar con Villalonga, que si el salario, que si asistentes, una secretaria para la presentación del menú e instrucciones para el personal, inventario y todo lo que conlleva manejar una gran cocina. Además la lista de ingredientes, utensilios, que necesitaba, en fin, lo escuchaba mareada, Eusebio parecía haber aceptado el trabajo por mí ignorando mis objeciones. Pero antes querían ponerme a prueba por una semana, cuando tendría la oportunidad de preparar varios platillos en un almuerzo diario que serían degustados por Villalonga, el gerente del nuevo hotel y otras personas interesadas. Vaya, por lo menos querían asegurarse de que todo lo que decían de mis habilidades era verdad. Después nos llevaron a visitar la cocina con sus grandes estufas, hornos, batidoras, lavadora, toda clase de brillantes utensilios, ollas y sartenes colgados en sus perchas. Salí de allí mareada, cargando un montón de papeles en un folder que Villalonga me entregó con un apretón de manos y una amplia sonrisa que aumentó mis temores. Eusebio parecía un padre satisfecho, convencido que me había hecho un gran favor. No se me ocurrió preguntarle en dónde prepararía esos almuerzos de prueba, la cocina del restaurante no estaba en condiciones.

—Eusebio, yo no puedo con todo eso que me piden, ¿tú estás loco? No sé nada de control de calidad o inventarios –le dijo preocupada al salir del hotel.

—Cálmate, Belén, claro que si puedes, es cuestión de organizarte un poco. Ellos están apremiados por otros que pretenden establecer restaurantes cubanos populares en el área de calle ocho. Quieren tener la primicia.

—Si claro, todo lo puedo hacer como coser, cantar y bailar, facilito –dijo sarcástica.

—No, no será fácil, sé que necesitas apoyo y estoy dispuesto a dártelo. Por lo pronto lo primero es dedicarte a esa semana de prueba. Un menú especial para cada día, con varios platos fuertes. Tienes que hacerlo en la cocina del restaurante del segundo piso que ya está funcionando para los empleados. Tendrás un área para ti sola y con los ingredientes que solicites. Puedes demostrar el gran talento que tienes y debes aprovecharlo. Sabes, a veces me recuerdas a Gonzalo cuando llegó aquí lleno de temores, comenzó a trabajar como aseador en una televisora y mira por las alturas que vuela.

Ese era el vínculo que los unía, pensó. Eusebio a su manera, había motivado y ayudado a Gonzalo a llegar donde estaba, como ahora la empujaba a ese trabajo. Bueno, no tenía nada que perder, cocinaría toda esa semana de prueba y si no daba la talla, ojalá la contrataran como una simple cocinera sin tanta responsabilidad.

Así comenzó todo ese enredo. Hice una detallada lista de ingredientes que necesitaba, algunos que no había visto desde hacía mucho tiempo, como plátanos verdes y maduros, frijoles negros, aguacates, calamares enlatados, bacalao seco, garbanzos, patitas de puerco, yuca, y desde luego, arroz de grano largo. Revisé todas mis recetas y creo que no olvidé nada, esperanzada que dijeran que les parecía difícil conseguir todo eso, tendría que improvisar lo que no estaba dispuesta a aceptar. Pero el secretario de Villalonga le dio un vistazo a la lista y sin inmutarse, indicó que cuando todo estuviera listo, me avisarían. Me llevó a la cocina asignada para que revisara los utensilios por si necesitaba algo más y me presentó a dos muchachos y una joven que serían mis ayudantes durante esos días. Los tres me miraban con curiosidad, y uno de ellos, el más viejo de nombre Pablo, se atrevió a preguntar en dónde había aprendido a cocinar. Y mencioné a doña Gume y, por qué no, a Nitza Villapol, la gran chef cubana de la que algo aprendí. No tenían idea de quién les hablaba, pero quedaron algo impresionados. Dos habían nacido en Cuba y sus familiares los enviaron solos a los Estados Unidos cuando eran niños en los famosos vuelos llamados Peter Pan que el señor Ferrer patrocinó en parte y se ocupó del destino de esos jóvenes además de pagarles la escuela en donde aprendieron algo de cocina. Pablo era de origen peruano, bajito pero muy musculoso, quien trabajó en su país varios años como ayudante de cocinero. Juanita, morena y muy bonita y José chiquito, delgadito, con carita de duende, ellos serían mi tropa durante esa semana de prueba. Unos días después me avisaron que todo estaba listo y podía pasar a revisar las provisiones y la cocina. Llegué sola ese viernes y allí me esperaban los muchachos, preparados para seguir mis direcciones. Además, un impresionante uniforme completo de cocinera, con delantal, mangas largas y un gracioso sombrerito que cubría todo mi cabello; los muchachos vestidos de blanco con sendos delantales. Allí estaba todo o casi todo: yuca de Panamá, guayaba de Costa Rica, maíz nuevo de Indiana, tasajo de Texas, bacalao salado, garbanzos, aceite de oliva, pimientos morrones, aceitunas, alcaparras, las especies, de todo, no lo podía creer. Me avisaron que los mariscos frescos serían entregados el lunes a primera hora. Así que me dediqué a hacer los postres que podían ser refrigerados, natilla, flan de coco y naranja, pudín, majarete, tocino del cielo, panetela borracha, harina en dulce, helado de mantecado y queso de almendras. Los muchachos se acoplaban a todas mis demandas, traer, cortar, batir, lavar, guardar, tenía un pequeño, pero eficiente ejército a mi disposición y por primera vez pensé que iba a lograrlo. Mucho más habíamos preparado Gume y yo en las grandes fiestas de los Villanueva, con la ayuda de unos tres meseros. Y lo más interesante es que Eusebio no se apareció en todos esos días, quizás trataba de hacerme saber que era el momento de independencia total.

Con su letra cuidadosa, escribió los menús que planeaba para cada día. Las entradas, algunos caldos o sopas, tres platos fuertes, carnes, pollos, pescados, maricos y lechón asado, acompañados de arroces, papas rellenas, tamal de maíz con puerco, potajes, frijoles, delicadas croquetas, vegetales, ensaladas con distintos aliños, los postres. Revisó todo una y otra vez y ni siquiera había incluido una décima parte de sus cuadernos. Cada plato tenía una receta individual que los ayudantes tenían que repasar para tener los ingredientes separados. Una secretaria de cara larga como fastidiada se encargó de copiar los menús de cada día que fueron impresos en nítidas tarjetas con el logo del hotel. Belén estaba impresionada ante tanta formalidad y eficiencia. Los vinos los escogería Villalonga dependiendo del menú de cada día, para cinco invitados que evaluarían los platos, servidos por dos camareros.

Belén llegó al hotel a las siete de la mañana del lunes y en la entrada la esperaba Eusebio, quien le dio un fuerte abrazo y solo dijo que estaba seguro de que lo iba a hacer muy bien y se alejó de inmediato. Su tropa la esperaba en la cocina y en la enorme refrigeradora las cajas de mariscos y pescado; ya estaban listos para empezar con el potaje de garbanzos con chorizo y los arroces. El resto de la mañana pasó como uno de esos días cuando cocinaba en la casa de Miramar para una gran cena, pero ahora tenía mucha más ayuda. Los muchachos seguían sus órdenes sin rechistar, sobre todo Pablo, que tenía bastante iniciativa y que miraba a Belén con gran admiración. A las doce del día entraron los camareros a buscar los aperitivos, las copas de cocktail de camarones hervidos a la perfección con una salsa especial, las croquetas con dos salsas distintas, las ensaladas, y después los platos fuertes acompañados por vegetales y arroces. No se atrevía a preguntar, pero notó con satisfacción que las bandejas regresaron vacías. Los muchachos aplaudían satisfechos; ella solo pensaba en los cuatro días que faltaban. Regresaba a su cuarto donde trataba de dormir, su mente recorriendo paso a paso las recetas que la esperaban temprano. El resto de la semana transcurrió con algunos altibajos, nada grave, todo estaba listo a la hora de servir la mesa. Villalonga no se asomaba a la cocina, pero su secretario cada día venía a asegurarse de que no les faltaba nada. Llegado el viernes, Belén ya respiraba más tranquila, hasta ahora terminaba la prueba sin reclamos. Presentaba un plato fuerte que exigía mucha preparación, bacalao con papas a la vizcaína, arroz amarillo, yuca con mojo de ajo, masitas de puerco, plátanos en tentación, arroz congrí. Cuando se llevaron los postres, los muchachos aplaudieron entusiastas: habían cumplido. Fue entonces que a la entrada de la cocina llegó un visitante que reconoció enseguida: era Gonzalo Alonso en persona. Belén no sabía qué hacer, se restregaba las manos en el delantal sin atrever a acercarse.

—Supe que eras tú desde que probé el primer bocado, ese guiso tuyo es tan especial. Te felicito Belén, eres una estrella de la cocina.

Se acercó y la saludó como en los viejos tiempos como si nada hubiera ocurrido entre los dos. La tomó de la mano y la llevó al comedor donde varias personas la recibieron con un aplauso. Villalonga se acercó y la presentó a cada uno de los comensales. Entre los presentes se encontraba nada menos que Oscar Ferrer, el dueño del hotel, que había llegado de México. A Belén le daba vueltas la cabeza, no atinaba a decir nada, de alguna manera entendió que el lunes la esperaban para una importante reunión a las diez de la mañana, tenían una interesante proposición que hacerle. Gonzalo se retiró con el resto sin tener la oportunidad de hablar con él unos minutos. En la cocina los muchachos manifestaron su interés en seguir trabajando a su lado, pero ella no podía prometer ni pensar en nada más que en ese encuentro que terminó sin explicaciones. A pesar de todos los elogios recibidos sintió que estaba a punto de echarse a llorar, sin saber la causa de su congoja, apresuradamente se quitó el delantal y se fue, sin despedirse de sus ayudantes.

Esa noche daba vueltas y vueltas en un sueño incómodo y perturbador. Veía a su madre en el embarcadero cargada de bultos y cuando trataba de llegar a su lado para ayudarla, una lluvia intensa se lo impedía y por mucho que gritaba su nombre no lograba encontrarla entre la multitud de viajeros. Despertó en la madrugada, empapada en sudor y sobresaltada se levantó de inmediato, fue al baño y se enjuagó la cara con agua fría. En la cocina preparó un café negro bien azucarado y se acomodó pensativa en el sillón frente a la ventana abierta, dejando entrar la brisa, el sol comenzaba a levantarse brillante en el horizonte.

Su madre estaba tratando de hacerle una advertencia, ¿sobre qué? Quizás no debería aceptar la oferta que le harían el lunes. Pero esta vez iba a decidir por sí misma, Eusebio no iba a empujarla a hacer algo que no quería. Las obligaciones que tendría en el trabajo propuesto en la entrevista original estaban fuera de sus conocimientos y su capacidad. Belén, no olvides que eres simplemente una cocinera, eso es lo que trataba de decirle su madre, simplemente una buena cocinera.

Más tranquila, se dio un buen baño y después un desayuno ligero, estaba lista para empezar un día que quería disfrutar a solas. Salió ataviada con una camisa de colores muy atractiva y pantalones negros que usaba por primera vez que, Rosa la había convencido de que se vería mucho más delgada y elegante. Desde su salida de la casa había bajado bastante, ya no pasaba el día metida en una cocina, comiendo a todas horas. Le gustaba manejar por las amplias avenidas, con el viento en el rostro, hasta llegar cerca de la playa. Había perdido el temor a aventurarse por las autopistas que cruzaban la ciudad. A su regreso, Rosa la esperaba para invitarla a una pequeña fiesta, uno de sus hijos estaba de visita por el fin de semana, quería mostrarle orgullosa los platillos que había elaborado con sus recetas. Todas las invitadas mostraron interés cuando Rosa afirmó que Belén era la mejor maestra de cocina de Miami. Pero ella sonriendo agradeció los elogios y no, no iba a tener tiempo para dar clases, comenzaba un nuevo trabajo. El domingo transcurrió sin sobresaltos y en un impulso de primera hora, aceptó acompañar a Rosa a una iglesia cercana; hacía tanto que no se acercaba a la religión que aprendió a medias de mano de su madre y Caridad cuando llevaban las ofrendas florales los días de fiesta a la bella Yemayá, tan lejos, en su trono en Regla. Triste, se preguntaba si en medio de esa interminable revolución alguien la veneraba como antes. Y rezó por todo lo que había dejado atrás, por su incierto futuro y ¿por qué no? por don Gonzalo, ojalá que encontrara una pronta solución a sus conflictos personales por el bien de sus pequeños hijos.

El lunes se vistió cuidadosamente y se decidió por una falda negra a media pierna y una camisa blanca de mangas largas con algo de encaje en el cuello y los puños, Rosa insistió que le daba mucho caché. Estaba tan nerviosa que solo pudo tragarse un café negro antes de salir. Eusebio la esperaba en la entrada del hotel, vestido de saco y corbata, como si nada; no lo había visto en muchos días.

—¿Lista para la entrevista? Estás muy elegante negra, te ves muy bien. Ya me enteré que te luciste la semana pasada, dejaste a todos bien satisfechos —dijo admirado.

—Y quién te lo contó, ¿don Gonzalo? Bueno, eso no interesa ahora. De verdad te agradezco lo mucho que has hecho por mí, pero quiero ir a la entrevista sola, debo decidir lo que puedo o no puedo hacer, y sobre todo lo que me conviene —contestó con firmeza.

—Bueno Belén, ya sé que te graduaste como cocinera pero prometo no abrir la boca, solo me interesan los resultados, después de todo algo he tenido algo que ver con este asunto —dijo divertido, con la irritante sonrisita que la mortificaba tanto.

Lo miró dudosa, pero no podía negarse y entraron al elevador en silencio, la reunión tendría lugar en la oficina de Villalonga en el segundo piso. Allí los esperaba acompañado por dos hombres y una mujer que no reconoció. Villalonga la presentó como Arlene Garten, editora de una importante revista en inglés dedicada al hogar que saludó a los presentes con una breve inclinación de cabeza. Los otros dos eran ejecutivos empleados por Ferrer.

Hecha las presentaciones de rigor tras presentarse los invitó a sentarse alrededor de una mesa de reuniones en un costado de la oficina. Una secretaria les ofreció café que Eusebio aceptó por los dos, evitando la mirada negativa de Belén. Los otros pidieron agua y la mujer un té. Todo este preámbulo la estaba poniendo más nerviosa. El café que sirvieron en delicadas tacitas estaba algo amargo, Eusebio notó el gesto que no pudo controlar y le pasó el azucarero. Le hubiera gustado muchísimo darle un puntapié para que dejara de meterse en sus asuntos.

—Señora Belén, entiendo que no está dispuesta a supervisar o dirigir la cocina del restaurante, su representante el señor Valdés nos lo hizo saber. Comprendo sus objeciones, pero nosotros estamos muy interesados en que entrene a los cocineros que vamos a contratar y además queremos que complete la elaboración tentativa de un menú con distintos platos —dijo Villalonga con una amplia sonrisa.

—Bueno, por mi parte quiero añadir que la revista que dirijo tiene un segmento dedicado a la cocina internacional que ha sido muy exitoso. Tres o cuatro ediciones sobre cada región o país; en nuestras cocinas se elaboran las recetas que publicamos para comprobar resultados. Estas revistas se distribuyen en todos los estados y otros países. Señora Belén, ha sido un privilegio probar sus platos, una interesante variación criolla de la cocina española, sobre todo el uso del arroz de grano largo como ingrediente importante en la dieta —interrumpió la mujer dirigiéndose a Belén, que no acababa de entender de qué se trataba todo aquello.

¿Variación criolla de la cocina española? ¿Pero de qué coño hablaba esa mujer? Estaba tan confundida que no sabía qué pensar. Y además mi autoproclamado representante, el señor Valdés, vaya suerte la mía, hablaba por mí con una autoridad que me asustaba. Al final, después de mucha palabrería por parte de todos, menos yo que permanecía muda atornillada en mi silla, creí entender que querían algunas recetas de mis cuadernos para publicar en una revista y me pagarían por cada una. Como se vendía por todo el país y en lugares donde a lo mejor no encontraban algunos ingredientes, me pedían sugerir sustitutos si era posible. Bueno, en ese renglón, ya era toda una experta. Además tendría que dar clases o instrucciones a otros cocineros y elaborar el menú del restaurante. Eusebio hacía preguntas y contestaba por mí y anunció que como representante de mis intereses, quería tener ambas propuestas por escrito para tomar una decisión y desde el fondo de mi corazón agradecí su presencia, yo seguía muda. Al final nos invitaron a un almuerzo preparado en el área de la piscina, que Eusebio declinó por los dos, anunciando con voz grave que teníamos otros compromisos. Noté la interrogante en la mirada de Villalonga, pero se las arregló para despedirnos con una amplia sonrisa y la promesa que los documentos estarían listos en una semana. La señora Garten se acercó para asegurarme que las recetas serían muy apreciadas por sus lectoras. Cuando salimos, yo no atinaba a pensar. Eusebio me llevó del brazo a su carro, aunque intenté protestar. Tenemos que hablar de todas esas propuestas y lo que estás dispuesta a hacer, no quiero obligarte a que hagas algo contra tu voluntad, después puedes recoger tu carro, vamos a almorzar cerca de aquí, dijo con voz autoritaria. Me llevó a un restaurante al aire libre frente al mar y me sentí más calmada. Casi no podía tragar mi ensalada de frutas, mientras Eusebio masticaba con gusto el bisté con papas que ordenó acompañado con

una cerveza, como si nada. Y me dejé convencer por sus palabras, mientras aseguraba que todo iba a salir a pedir de boca, que no iba a firmar nada sin asesoría legal. Terminado el almuerzo regresé a mi casa, necesitaba ordenar mis pensamientos. Esa noche no podía dormir y me acordé que hacía semanas que no me comunicaba con Susana, a lo mejor tenía carta de ella en la casa. Bueno, era lo más cercano que tenía de familia y me senté a escribirle una corta misiva, sin mencionar que ya no trabajaba para don Gonzalo, no olvidaba que ella me había recomendado. Solo mencionaba que había aprendido a manejar, estaba muy contenta y esperaba tener la oportunidad de encontrarnos algún día. Pensé que era mejor no contarle los recientes cambios en mi vida, hasta que comenzara a trabajar en otro lugar para no preocuparla. Ella había insistido tantas veces que si tenía algún tropiezo le dijera cuanto antes, estaba dispuesta a acogerme en su casa con los brazos abiertos, como a una amiga. ¡Ay Dios mío, tenía tantas dudas y mucho miedo del futuro

CAPÍTULO VI

Cuando Oscar Ferrer invitó a Gonzalo a la muestra de comida cubana preparada por una especialista, estaba interesado en hacer una amplia promoción del nuevo hotel y sus facilidades en la televisora, como un rincón de Cuba en el exilio. Gonzalo jamás hubiera imaginado que Belén llegaría tan lejos en tan poco tiempo, pero sospechaba que Eusebio había tenido mucho que ver en el asunto, lo conocía demasiado bien.

Al notar que Belén no regresó de las vacaciones programadas por un mes, intrigado le preguntó a Eusebio si conocía su paradero, pero solo le contestaba con evasivas. Era muy extraño que se hubiera ido sin despedirse, pero no insistió, tenía tantas otras preocupaciones. Las relaciones con Patricia eran cada día más tensas, pocas veces comían juntos lo que les presentaba la última cocinera contratada y no trataba de disimular su disgusto. Durante la semana, Gonzalo optó por quedarse adormir en el apartamento, pero todos los días temprano hacía un esfuerzo y llegaba a compartir unos momentos con sus hijos. A veces se quedaba a verlos correr en el jardín, algunos fines de semana los llevaba a una playa cercana con la niñera y los dejaba jugar en la arena, sin importarle las objeciones de su mujer, que insistía que podían enfermarse en esos lugares con tanto público. A Gonzalo le conmovía el entusiasmo de Pedrito que lo recibía a gritos cuando llegaba y Laly con los brazos en alto insistiendo que la cargara. Finalmente había logrado establecer un vínculo importante con sus hijos y era lo que se había propuesto. Le causó sorpresa que la niñera se acercara a preguntarle por Belén.

—Perdone señor, sé que está apurado y no quiero molestarlo, pero ¿ha sabido algo de la señora Belén? Ojalá que haya conseguido otro trabajo; cuando se despidió de todos nosotros quedamos muy preocupados por su situación.

Sorprendido, contestó con una negativa, pero quedó muy pensativo, Patricia le había asegurado que Belén se había ido sin despedirse de nadie. Antes de enfrentar a su mujer y exigir una explicación, tenía que hablar con Eusebio y esa noche cuando se encontraron en la oficina lo invitó a sentarse, Eusebio lo miró algo extrañado ante tanta formalidad.

—¿Qué te pasa chico? Tienes cara de amanecido en velorio.

—Ahora mismo me vas a decir por qué Belén se fue de la casa supuestamente sin despedirse y no me vengas con disimulos ni excusas. Y de paso me di cuenta que eso que vi en el hotel es obra tuya, esa oportunidad la conseguiste tú que tienes la nariz metida por todos lados.

—Ya me enteré que eras uno de los invitados, espero que lo hayas disfrutado bastante. Belén es una verdadera artista en la cocina, si vieras los elogios y las ofertas que le hacen —la sonrisa de medio lado.

—Mira hermano, no estoy de humor, déjate de rodeos, quiero que me digas toda verdad.

Eusebio lo miró largamente y comenzó a hablar al percatarse que Gonzalo no estaba dispuesto a aceptar verdades a medias. Resignado a lo que venía, no dejó ningún detalle por fuera, Belén le entregó su renuncia a Patricia cuando le negó vacaciones por más de una semana, no era justo. Él había llevado una copia del documento a su secretaria para asegurarse que recibiera los salarios correspondientes a las vacaciones. Pero bueno, no tenía por qué preocuparse, Belén tenía un futuro promisorio con varias ofertas interesantes, todo se había resuelto, era lo mejor que podía haberle ocurrido y ella estaba muy contenta. Y a riesgo de su propia vida, hasta le había eseñado a manejar y la ayudó a escoger un carrito azul... añadió riendo. No tenía por qué preocuparse de nada, de nada, Belén estaba bien, repetía nervioso.

Gonzalo lo escuchaba en silencio, una ira creciente lo iba llenando, debía controlarse y pensar muy bien lo que tenía que hacer. Eusebio lo observaba preocupado, conocía ese gesto, su amigo no había llegado tan lejos sin tener una férrea voluntad y tcmía una explosión.

–Mira Gonzalo, no queríamos crear una situación desagradable con tu mujer, no valía la pena, Belén estuvo de acuerdo conmigo, era mejor dejarlo así –añadió tratando de suavizar sus palabras anteriores.

Gonzalo tampoco deseaba una confrontación con Patricia, sobre todo ahora que estaba embarcado en una batalla legal con algunos accionistas que se oponían al proyecto de una fusión parcial con otras televisoras del área para conformar una cadena televisiva. Las negociaciones habían sido largas y complicadas, y temía que no se llegara a un acuerdo satisfactorio para toda las partes. Los opositores al proyecto manifestaban que acabaría por tragarse el CIN de Florida y perderían su identidad. No acababa de entender la obstinación de Robaina que se negaba a aceptar la oferta por muy ventajosa que fuese, ya tenían suficiente dinero. Su socio pertenecía a un grupo anticastrista de línea dura que miraba con sospecha a los nuevos refugiados que seguían llegando en toda clase de improvisadas embarcaciones. A diario la guardia costera notificaba el número de ahogados que había encontrado en el estrecho de la Florida, en su mayoría cubanos. Gonzalo no quería convertir la televisora solamente en un aparato de propaganda en contra del régimen de Castro, tenía que ser imparcial, objetiva, pero luchaba en contra de la corriente local. Le preocupaba bastante que en esos años de exilio la sociedad cubana se estaba dividiendo en clases sociales que excluía no solamente a los recién llegados sino a latinos oriundos de México y otros países. Algunos hechos de violencia fueron atribuidos a un grupo u otro pero las autoridades locales no encontraron a los culpables.

A pesar de sus preocupaciones no podía dejar a un lado el asunto con Patricia, tenía que saber la verdad. Todo el fin de semana trató de concentrarse en su trabajo, revisando con los abogados las distintas propuestas. El domingo tomó unos momentos para ir a la casa a ver a sus hijos, pero no estaban, Patricia los había llevado a visitar a los abuelos, Gonzalo sentía que los estaba perdiendo, era su culpa, pero no lo iba a permitir. Tenía que llegar a algún arreglo con su mujer, no pretendía iniciar una vida romántica, sospechaba lo mucho que a ella le disgustaba la intimidad, se lo había hecho saber más de una vez.

Como de costumbre, cuando Gonzalo llegó a la casa el lunes por la tarde, Patricia no se encontraba así que se detuvo en la terraza a ver jugar a sus hijos que correteaban por el jardín seguidos de cerca por la niñera de turno. Tan pequeños y activos, tenían un futuro dispuesto para que no tuvieran los problemas que había tenido él y tantos otros que salieron de Cuba sin nada. Se acordó de Eligio y sintió una punzada de dolor, muy pocas veces salía a flote el recuerdo que trataba de evitar del cuerpo destrozado de su hermano. Pedrito al verlo comenzó a gritarle que viniera a jugar con ellos. Desechando los dolorosos recuerdos, bajó al jardín y allí lo encontró Patricia columpiando a los niños que chillaban gozosos, a pesar de las protestas de la niñera que insistía en que era hora del baño. Gonzalo los llevó cargados a la casa y prometió verlos más tarde, antes de que los metieran en la cama.

—Vaya, qué raro privilegio verte a estas horas jugando con tus hijos, es realmente conmovedor —dijo sarcástica Patricia cuando llegó a su lado.

—Vamos adentro, necesito hablar contigo —contestó dirigiéndose al estudio sin darse por aludido.

Patricia lo siguió de mala gana con una interrogante en la mirada. ¿Y ahora qué? Le pareció ridícula tanta solemnidad, claro que tenían que hablar hacía semanas, ya era hora que se disculpara por su indiferencia, le había costado un gran esfuerzo acercarse algo más de una vez empujada por su madre, sin obtener reacción alguna, solo una mirada indiferente y para colmo Gonzalo raras veces pernoctaba en la casa. En realidad, poco le importaba la relación con su marido, tenía otras cosas en mente mucho más interesantes. Nuevas amigas, dueñas de condominios en la playa, americanas y otras extranjeras, que había conocido en el *spa* donde hacía ejercicios, en las galerías de arte o los teatros. Algunas de esas mujeres estaban casadas, otras solteras, divorciadas, parecían tener absoluta libertad para vivir semanas lejos de sus maridos y sus hijos cuidados por institutrices en internados de lujo, podían comprar lo que se les antojara, parecían manejar recursos ilimitados. Pasaban meses en Miami en el invierno del norte, después volaban a New York, París o a otros lugares igualmente atractivos. Tenían amigos solteros, divorciados, artistas, millonarios, dispuestos a acompañarlas sin hacer demandas, pero siempre preparados para algo más si se presentaba la oportunidad. Hablaban de sus aventuras como si fuese algo aceptado y frecuente en esa sociedad.

Patricia se relacionaba poco con las cubanas de su generación, que solo sabían hablar de sus maridos e hijos, las caridades que patrocinaban, las propiedades que sus familias habían perdido en Cuba o la casa que acababan de comprar. Desde el primer día había resentido tener que vivir en Miami, una ciudad que detestaba y a menudo se preguntaba por qué a su padre se le ocurrió emigrar a un lugar en donde fueron discriminados por tanto tiempo. Nunca lo entendió, tenían suficiente dinero para vivir en cualquier parte del mundo donde no los conocieran, por eso ella insistió en estudiar en Europa, una sociedad civilizada, lejos de la mediocridad de Miami.

De mala gana siguió a Gonzalo al estudio y se sentó frente a él, esperando una disculpa o por lo menos una oferta de acercamiento.

—Patricia, ¿qué fue lo que pasó con Belén? Me dijiste que se fue sin despedirse, pero los empleados contradicen esa historia. Quiero que me digas la verdad.

Patricia lo miró estupefacta. ¿De esa negra es que quería hablarle? ¿Cómo se atrevía a interrogarla de esa manera? No estaba dispuesta a discutir el asunto, no lo podía creer, era denigrante. Furiosa se levantó, dejándolo con la palabra en la boca y corrió a encerrarse en su recámara, no quería discutir nada más con él. Gonzalo, ante esa volcánica reacción de su mujer, supo que ya tenía su respuesta y después de despedirse de los niños regresó a la televisora. Tenía trabajo que hacer y decisiones que tomar.

A primera hora del día siguiente, Patricia fue a visitar a sus padres dispuesta a tomar decisiones que no podía hacer sola. Llegó a la casa muy alterada y su madre la recibió alarmada preguntándole una y otra vez qué pasaba sin obtener respuesta. Patricia se las arregló para echar una lagrimita o dos lo que puso a doña Carmen en un profundo estado de nerviosismo, nunca había visto a su hija tan desaliñada.

—Necesito hablar con papá ahora mismo —insistía Patricia llorosa.

—Pero hija dime qué te pasa, te ves muy mal —preguntaba angustiada doña Carmen.

Don Carlos salió del dormitorio al oír la conmoción. No acostumbraba a levantarse tan temprano y estaba molesto.

—Bueno, ¿cuál es el alboroto ahora? Patricia, ¿no podías esperar a una hora decente para visitarnos? —dijo malhumorado.

Patricia se le abalanzó al cuello sollozando y el viejo quedó algo impresionado. Su hija no se alteraba fácilmente, al contrario, ante cualquier contrariedad, si no podía salirse con la suya, solía tener una rabieta, pero llorar nunca, ni aun cuando niña y la miró con sospecha, le parecía que había algo teatral en este asunto, no se llamaba a engaño, Patricia siempre había hecho lo que le venía en gana, con el apoyo de su madre. Cuando lograron calmarla, doña Carmen corrió a traer café para los tres, que derramó algo al servir las tazas. Patricia comenzó diciendo que estaba decidida a divorciarse de Gonzalo, e ignorando las protestas de su madre prosiguió afirmando que no había manera de arreglar la situación. Para comenzar no habían intimado desde el comienzo de su embarazo cuando, claro, ella no estaba en condiciones durante esos meses; después, a pesar de sus esfuerzos, ahora Gonzalo la rechazaba, dormía fuera de la casa hacía semanas, y la tarde anterior la había ultrajado, fue algo horrible.

—¿De qué manera te ultrajó, te puso la mano encima, sospechas que tiene otra mujer? —preguntó don Carlos gravemente.

A Patricia le hubiera gustado asegurar que Gonzalo la había agredido físicamente, pero sin mostrar lesiones, era ir demasiado lejos. No, la agresión había sido verbal, afirmó, la había insultado, todo por una sirvienta que se había ido de la casa, como si fuera su culpa y no era la primera vez. No podía tolerarlo, había aguantado demasiadas humillaciones, demasiados rechazos.

—Pero hija ¿divorcio? Eso es muy grave, tienes que pensar en los pobres niños, piensa en tu futuro, tu reputación —gimió doña Carmen.

—Bueno, todo esto hay que aclararlo. Hablaré hoy mismo con Gonzalo, esto tiene que arreglarse, no voy a permitir eso del divorcio y no insistas hija —afirmó don Carlos dirigiéndose a la recámara.

—No me importa lo que él te diga, estoy decidida, no hay vuelta atrás, en este país divorciarse no es un pecado, muchas parejas lo hacen todos los días y nadie se altera —gritó Patricia desafiante.

El viejo se devolvió mirándola largamente, había algo más que su hija no estaba contando, la conocía demasiado bien. Bueno, cual fuese la razón, un divorcio era inaceptable, no lo iba a permitir.

—Voy a hablar con Gonzalo y no discutas ni grites más. Regresa con tus hijos que te necesitan y tú acompáñala para que se calme un poco —ordenó a su mujer.

Se retiró sin querer oír más. De alguna manera, admiraba y a la vez le molestaba la actitud controladora de Gonzalo sobre el futuro de la televisora, sin tomar en cuenta la opinión de los accionistas. Robaina le había pedido su apoyo para bloquear las intenciones de Gonzalo de asociarse a una cadena americana. Se sintió halagado que lo hubieran tomado en consideración a pesar de su pasado y ser yerno de Gonzalo. Eso tenía que contar para algo y después de lo ocurrido con su hija, estaba dispuesto a usar ese factor a su favor para arreglar la situación, y de paso obtener ciertas ventajas.

Patricia regresó bastante molesta, no esperaba que su padre cuestionara de esa manera sus quejas y decisiones. Estaba convencida que esa era la oportunidad para librarse de una situación que detestaba. En el viaje de vuelta doña Carmen intentaba hablarle, pero solo recibía el obstinado silencio de su hija que al llegar, se encerró en su habitación por mucho que su madre le rogaba que saliera. Una hora más tarde emergió ataviada con pantalones y sandalias blancas y una vistosa camisa de seda verde, arrastrando una pequeña maleta, anunciando que iba a pasar un par de días en la playa, en el apartamento de una amiga, tenía que pensar en su futuro.

—¿Pero y tus hijos? No puedes dejarlos solos con las empleadas —dijo doña Carmen asustada por lo que estaba sucediendo.

—Están muy bien cuidados y si te preocupan tanto puedes quedarte aquí hasta que regrese. Aunque no lo aceptes, todo esto es culpa de ustedes que me empujaron a casarme con ese patán para salir del ostracismo en que los tenían en esta maldita ciudad. No creas que no me di cuenta de lo que planeaban —contestó rabiosa.

Se fue manejando a toda velocidad en su Cadillac convertible con la capota baja, sin detenerse a hablar con su madre que le rogaba que por lo menos le informara en dónde iba a quedarse y cuándo iba a regresar. Furiosa, estaba decidida a terminar de una vez por todas con la situación actual y no le importaba la opinión de nadie. Su amiga Doris Powell que conocía su problema, le había aconsejado que consultara con su abogado experto en divorcios, no tenía nada que perder y eso era lo que iba a hacer exactamente. Quería llevar a sus hijos a otro lugar bien lejos de Miami, quizás a alguna ciudad europea, en donde tendrían una mejor educación y excelentes internados cuando crecieran. Sí, sí, vendería la casa que detestaba y Gonzalo estaba obligado a mantenerlos de forma adecuada, todo se arreglaría, iba a ser libre otra vez.

Ya cerca de la playa, disfrutaba el aire marino que le golpeaba el rostro aumentando su euforia. Al entrar en el viaducto, el pie oprimió el acelerador con más fuerza, convencida de que el abogado la asesoraría; su padre no podía cambiar su decisión. La imaginación volaba gozosa pensando en todas esas ciudades europeas que iba a disfrutar otra vez y distraída, vio demasiado tarde el camión averiado atravesado en la vía. Al intentar frenar perdió el control, el auto se fue contra el barandal volando por encima con una impresionante voltereta y las aguas de la bahía recibieron el impacto del convertible que con un gran despliegue de espuma se fue hundiendo lentamente. Por unos segundos antes de la oscuridad, el terror apresó su conciencia.

Los pocos testigos que frenaron a tiempo, vieron horrorizados como el auto de Patricia se volteaba, arrastrando a su ocupante sin dejar trazos de su presencia en la superficie. Todos salieron a ver si podían hacer algo, pero las tranquilas aguas se tragaron el convertible. Tuvieron que esperar casi media hora hasta que el camión despejó la vía para ir a informar a las autoridades más cercanas de lo ocurrido. No se ponían de acuerdo si el auto era verde o azul oscuro, pero todos coincidían que era un Cadillac convertible con una mujer al volante y que se había volteado al caer en la bahía. La guardia costera tendría que iniciar la búsqueda en aguas profundas, tarea nada fácil, a menos que el cadáver flotara. Había que esperar que alguien hiciera la denuncia de su desaparición.

Entre tanto, bastante desconsolada y preocupada por la actitud de su hija, doña Carmen fue en busca de los niños que encontró comiendo, entre risas y comida regada por todo el piso.

—Ay doña Carmen, qué bueno que está aquí. No sabemos qué hacer con los niños, desde que se fue Belén no les gusta nada de lo que les trae la cocinera, solo quieren cereal y las frutas —se quejó la niñera.

La señora se acercó a mirar la comida que probó con un dedo, haciendo un gesto de desagrado.

—Esto no sabe a nada, ¿qué es? —dijo molesta.

—La cocinera dijo que era un puré de algo, nosotras no interferimos con la cocina, no es nuestra culpa —dijo la niñera a la defensiva.

—Bueno, bueno, ya entiendo, esto se arregla hoy —dijo doña Carmen con un gesto de disgusto.

¿Así era como esos pobres niños estaban bien cuidados? Su hija merecía una buena sacudida. Algo no estaba bien en esa casa, sabía que había alejado a Gonzalo por mucho tiempo después del parto, se lo había contado como una gracia y a lo mejor él se cansó de esperar. Bueno, ahora le tocaba arreglar parte del problema y decidida, se dirigió a la cocina. Después de darle instrucciones por un buen rato a la cocinera que encontró almorzando frente a un televisor y trató de darle toda clase de excusas, Carmen le aseguró que estaría revisando la comida de los niños por los próximos días.

De repente, comenzó a sentir un intenso dolor de cabeza, debía tener alta la presión, pero no podía preocuparse por eso, tenía que llamar a su marido o quizás a Gonzalo para informarles de la ausencia de Patricia. La mano le temblaba cuando llamó a su casa, pero no contestaba y recordó que don Carlos ya estaría en la televisora, decidido a hablar con Gonzalo. Nunca había llamado a su yerno al trabajo y tuvo que buscar el teléfono en la guía. Cuando al fin pudo comunicarse a su oficina, una fría voz le informó que don Gonzalo estaba en una reunión y no podía interrumpirlo.

—Por favor señorita, dígale que le hablan de su casa y tenemos una emergencia —dijo alterada.

Después de unos minutos Gonzalo acudió al teléfono y doña Carmen rompió a llorar Patricia se había ido supuestamente por unos días, no sabía a dónde, se había percatado que los niños no estaban comiendo bien, tenía que venir de inmediato. Gonzalo la escuchó sin hacer comentarios ni peguntas y después le aseguró que estaría allí enseguida. Frente a él, don Carlos lo miraba intrigado por lo que la secretaria había anunciado al entrar, que había una emergencia en la casa.

—¿Ocurre algo que deba saber? —preguntó don Carlos.

—Una pequeña crisis, nada de su incumbencia, siento tener que dejarlo, podemos continuar esta conversación en el transcurso de la semana —contestó fríamente.

De ninguna manera quería a don Carlos presente al llegar a Coral Gables. El viejo había venido con rodeos insinuando que le preocupaban ciertas quejas que había recibido de su hija, pero sabía que a veces le gustaba exagerar un poco. Gonzalo lo dejaba hablar sin pedir aclaraciones, lo que lo puso a la defensiva buscando la manera de suavizar el tono para presentar el delicado tema. La interrupción de la secretaria puso fin a la embarazosa reunión. Gonzalo lo acompañó hasta la salida del edificio y se despidió cortés, dejándolo con la palabra en la boca, algo a lo que Carlos López no estaba acostumbrado.

Gonzalo se dirigió a Coral Gables manejando a toda velocidad, lleno de una lenta cólera, le era difícil aceptar que Patricia fuese capaz de dejar a los niños en mano de niñeras por varios días, tenía que haber una explicación lógica a su conducta. A su llegada lo esperaban ansiosas las empleadas, preocupadas por doña Carmen que postrada en un sofá se quejaba de un fuerte dolor de cabeza. Era lo único que faltaba, pensó irritado. La señora, al verlo llegar, milagrosamente se recuperó y prendida a su cuello gimoteaba que algo le estaba pasando a su hija, había que ayudarla, debía tener una crisis nerviosa, cosa de mujeres, nada serio insistía. Disgustado, Gonzalo logró apartarla y se dirigió a ver a los niños que dormían la siesta. Le conmovió ver a Laly chupándose el pulgar con gusto, a lo mejor se acostó con hambre, pensó con desagrado. Doña Carmen a su lado aseguraba que ya le había dado instrucciones a la cocinera sobre el menú de los niños, pero sin querer oír más se encerró en el estudio, tenía que tomar una decisión que no iba a ser nada fácil. No le quedaba duda de que Patricia se había ido esos días para desafiarlo de alguna manera y quizás era su culpa por no haberla presionado lo suficiente para que cumpliera con sus obligaciones de esposa y madre algo que sonaba tan medieval como ridículo. La relación personal entre los dos se había quebrado, si es que alguna vez existió, y de alguna manera entendía la frustración de Patricia. Desde afuera llegó el sonido de un coche y se levantó a mirar, debía ser ella, arrepentida de su gesto de niña malcriada. Pero no, era don Carlos que fue recibido por una llorosa doña Carmen y cerró la ventana fastidiado. Esto no iba a resolverse hoy y no tenía nada que discutir con sus suegros, que después de intentarlo se retiraron molestos cuando no les abrió la puerta del estudio. Imaginaba la cólera del viejo, tan acostumbrado a mandar, pero no le importaba, este asunto tenía que resolverse entre Patricia y él y nadie más tenía derecho a inmiscuirse.

Ya eran las tres de la tarde y llamó a su oficina para cancelar sus compromisos del resto del día, ordenó que le enviaran unos documentos que tenía que revisar y localizaran a Eusebio, necesitaba verlo lo antes posible. Su amigo llegó entrada la noche con una interrogante en la mirada, la secretaria le había indicado que Gonzalo quería verlo con urgencia y que esto ocurriera dos veces en una semana, era algo poco usual.

—Gracias por venir, Eusebio, necesito un gran favor. En realidad son dos favores.

—Dime de qué se trata —preguntó intrigado.

—Necesito contratar a Belén lo antes posible...

—Lo siento amigo, ella no va a regresar a trabajar a esta casa ni a ninguna otra, tiene un futuro distinto por delante —interrumpió Eusebio algo alterado.

—Cálmate, coño, solo quiero contratarla para que elabore un menú para los niños, mi suegra dice que no comen bien desde que Belén se fue. Necesito que venga uno o dos días a hablar con la cocinera y cerciorarse que sigue sus instrucciones. Creo que no es mucho pedir y va a ser recompensada adecuadamente. Por lo que veo ya es toda una profesional.

—Bueno le preguntaré, pero esto hay que ponerlo por escrito, un contrato ya sabes, como indicaste, ahora es toda una profesional, tengo que cuidar sus intereses, soy como quien dice su manager personal y sobretodo que la señora no se moleste con su presencia —anunció con la sonrisa de medio lado.

—Sí, sí, lo que te parezca, es importante que venga lo antes posible, se lo voy a agradecer y Patricia no va a decirle nada —contestó Gonzalo como distraído.

Eusebio lo miró extrañado. Algo más estaba pasando. Normalmente Gonzalo no se hubiera aguantado tanta pedantería de su parte y se hubiera reído en su cara, se conocían demasiado bien.

—Perdona, Gonzalo, estaba bromeando. Belén estará más que dispuesta a hacer lo que pides, ella quiere mucho a tus hijos. ¿Cuál es el otro favor que necesitas?

Le costaba decirlo, era tan humillante, pero no le quedaba otro remedio. Le pidió que con la ayuda de alguno de sus contactos tratara de ubicar el convertible de Patricia, que debía estar en alguno de esos condominios de la playa, no eran tantos, y si era factible averiguara con el portero qué apartamento visitaba. Eusebio asintió en silencio, así que la doña se había ido de paseo sin decir dónde iba a estar y sintió un hondo pesar por su amigo. Ojalá que no se tratara de otro hombre en la vida de Patricia. Sin pensarlo dos veces ni hacer preguntas que sobraban, le aseguró que haría lo posible, él se iba a ocupar del asunto a primera hora. Al salir de allí, atormentado por una intensa inquietud, fue de inmediato a ver a Belén que encontró sentada en el portal, conversando con Rosa. Lo recibió sorprendida, habían quedado en encontrarse cuando avisaran que las propuestas estaban listas para ser evaluadas.

—Perdona Rosa, necesito hablar con Belén de algo importante —dijo muy serio.

La mujer asintió con una interrogante en la mirada y se retiró dejándolos a solas. Belén escuchó con los ojos dilatados de espanto lo que contaba y la solicitud de parte Gonzalo.

TOCINO DEL CIELO

—Pero, ¿cómo es posible que la señora se haya ido dejando a los niños sin decir en dónde está? No lo puedo creer, debe tener algún problema... —dijo angustiada.

—No sé nada de sus motivos, lo importante en estos momentos es ayudar a Gonzalo.

—Claro que estoy dispuesta a instruir a la cocinera, no faltaba más y le debo mucho, no puedo cobrarle nada, ni lo menciones. Voy para allá mañana temprano.

—Él insistió en pagarte y como soy tu mánager tengo que cuidar tus intereses así que no podía negarme —la sonrisa, casi mueca, revelaba su preocupación.

El martes, Belén llegó temprano a Coral Gables. Dejó su carrito azul aparcado en la calle lateral, por si acaso Patricia había regresado la noche anterior y se molestaba al verla. Así podía entrar discretamente por la entrada que daba a la cocina, pero notó que el convertible no estaba frente a la casa. Decidida a completar la misión encomendada por Gonzalo tocó el timbre, la cocinera le abrió con extrañeza, no tenía idea de quién se trataba. Cuando Belén trató de explicarle, molesta contestó que ya doña Carmen le había dado instrucciones con respecto a la comida de los niños. Belén indecisa decidió retirarse, pero en ese momento Gonzalo irrumpió en la cocina y las dos lo miraron asombradas. Por su aspecto se notaba que no había dormido en su cama la noche anterior, la camisa ajada fuera del pantalón, los ojos hundidos. Saludó brevemente a Belén, le dio órdenes a la cocinera que siguiera sus instrucciones al pie de la letra y pidió que le llevara café a su habitación. Belén se puso el delantal que trajo y se dedicó a preparar el desayuno en silencio, no estaba de ánimo para dar clases de cocina ni antagonizar a la cocinera que parecía estar de mal humor. Los niños le dieron la bienvenida

174

con gritos de alegría y la niñera se mostró muy efusiva, convencida que Belén regresaba a trabajar en la casa y admirada por lo bien que se veía, eres otra, qué bien te ves, repetía entusiasta. Belén agradeció sus elogios y pasó el resto de la mañana en la cocina, escribiendo cada receta en tarjetas que había traído, señalando cantidades e ingredientes, haciendo énfasis en compotas, sopitas, vegetales, frutas, siempre pendiente del sonido del auto de Patricia pero los primeros en llegar fueron sus padres. Doña Carmen se asomó a la cocina y al verla la saludó de lejos, con una mirada agradecida. Después se percató que se retiraban enseguida, sin haber hablado con Gonzalo como les contó la empleada que los recibió.

—El señor está en su recámara y cuando le toqué la puerta, dijo que no quería ser molestado. Ustedes hubieran visto lo bravo que estaba don Carlos, Dios mío, echaba humo...

Sin hacer comentarios Belén se retiró, había cumplido su misión y le dijo a la cocinera que si necesitaba alguna aclaración podía llamarla a su casa, pero estaba segura que era capaz de hacer todo muy bien, para apaciguar en algo su molestia. Pero ¿dónde estaba Eusebio? No quería estar cerca cuando la señora regresara, presentía una tormenta que iba a tener consecuencias muy desagradables para esos pobres niños. Trataba de convencerse que este asunto no era de su incumbencia, ahora tenía que pensar en su futuro, pero no lograba tranquilizarse, algo tenía que ver con todo este enredo.

Gonzalo dormitó toda la noche sentado en el estudio, convencido que en cualquier momento Patricia iba a regresar, pero el cansancio lo acosaba y decidió tomar un baño, para espabilarse. Fue a la cocina a ordenar que le llevaran café a su habitación y allí encontró a Belén que no esperaba hasta más tarde. Agradeció su presencia, por lo menos los niños comerían mejor, las diferencias que tenía con su mujer debían arreglarse de una forma u otra, lo importante era el bienestar de sus hijos. Cuando los suegros llegaron, terminaba de vestirse y anunció que no podía recibirlos, ellos tendrían que lidiar con la conducta de su hija a su manera, no estaba dispuesto a discutirlo.

El día transcurrió sin incidentes ni noticias de Patricia. Gonzalo fue a la televisora unas dos horas en la mañana para despachar algunos asuntos y regresó a la hora del almuerzo de los niños. La niñera lo miró sorprendida, era la primera vez que estaba presente a esas horas; Laly y Pedrito lo recibieron con entusiasmo ya tenían casi tres años e insistían en manejar sus cucharas, aunque regaran comida por todas partes.

—Están comiendo muy bien, señor, desde esta mañana, no se imagina —dijo la mujer con timidez.

De ahora en adelante iba a ocuparse de sus hijos todos los días de su vida, era su culpa todo lo que estaba pasando. Tenía que llegar a un arreglo con su mujer, si decidían divorciarse, así sería. No tenía la intención de retenerla en contra de su voluntad, pero no iba a dejar que se llevara a los niños fuera de su alcance. Laly insistió en darle a probar lo que comía y Pedrito no se quedó atrás, dejándole la camisa manchada de algo verde y rosado, pero no le importó. Cuando terminaron la niñera se los llevó a asearlos antes de la siesta a pesar de sus protestas. Gonzalo pensó que era la primera vez que participaba en este pequeño ritual que extrañamente lo llenó de una profunda emoción.

Después de cambiarse regresó a su oficina, tenía una reunión con algunos ejecutivos interesados en cerrar la oferta de establecer la red de televisoras. Bueno, deberían esperar hasta la próxima reunión de accionistas programada la semana siguiente para tomar una decisión. Volvió a Coral Gables a las seis de la tarde, esperando encontrar a Patricia, pero no estaba lo que aumentó su molestia, la conducta de su mujer rayaba en lo ridículo. La empleada le informó que doña Carmen había llamado varias veces para inquirir por su hija y parecía estar muy alterada; también una amiga de la señora, casi no le entendió, hablaba en inglés. Eusebio llegó un poco más tarde, no tenía noticias que darle. Por mucho que preguntó nadie recordaba haber visto ayer el convertible que describía en algún condominio de Miami Beach.

—Ya es un poco tarde, Gonzalo, es bastante extraño que tu mujer no haya llamado, quizás pueda averiguar si ha ocurrido algún accidente en la vía, a estas horas está bastante congestionada, tengo mis contactos. A lo mejor el coche tuvo una avería y y esé por ahí varada... —dijo pensativo.

—No creo, ella se fue ayer y si le hubiera ocurrido algo ya estaríamos enterados. A lo mejor doña Carmen no entendió bien lo que Patricia le dijo, pero bueno, haz lo que tengas que hacer. Espero tu llamada a la hora que sea, estaré trabajando en el estudio —contestó preocupado sin imaginarse lo que le esperaba.

A las tres de la mañana, en la estación de policía de la playa, Eusebio logró obtener información de un accidente ocurrido el día anterior. Los buzos de la guardia costera que buscaban el convertible lograron recuperar algunos objetos personales que flotaron horas después del accidente, pero nada que identificara a la víctima. Las autoridades querían que Eusebio les aclarara su interés en el asunto, ya que había sido enfático en mencionar el nombre de Gonzalo Alonso como su empleador. Eusebio tuvo que sentarse, sudaba frío, la cabeza le daba vueltas, logró musitar que la víctima podía ser la esposa de don Gonzalo. El policía le preguntó intrigado y bastante molesto por qué no habían hecho la denuncia antes si no habían tenido noticias de la señora en dos días. Eusebio no atinaba a contestar, un asunto tan personal pasaría al dominio público en pocas horas. Cuando logró calmarse, pidió el teléfono para llamar a Gonzalo que contestó enseguida y se dio cuenta de que estaba a punto de echarse a llorar, conmovido como nunca antes en su vida.

—Tienes que venir enseguida a la estación de policía de la playa hermano, ha ocurrido un terrible accidente —atinó a decir su voz quebrada.

—Pero ¿de qué accidente hablas y dónde estás? ¿Le ha ocurrido algo a mi mujer? ¿Está en un hospital? —gritó Gonzalo.

Cuando logró calmarlo un poco le explicó la situación, estaba casi seguro que el carro accidentado era el de Patricia, pero a lo mejor se equivocaba, a él le tocaba revisar lo que habían logrado recoger del mar.

Los buzos encontraron el convertible dos días después con el cuerpo de Patricia atrapado debajo. Gonzalo tuvo que identificar el cadáver, que a duras penas reconoció como su esposa, en ese cuerpo hinchado y deforme por la larga estadía en el mar, parecía un monstruo, la camisa de seda a punto de reventar, la fuerte impresión lo obligó a romper en llanto. Eusebio tuvo que sacarlo de allí al borde del colapso.

Lo peor faltaba por venir, tenía que notificar a los viejos de la muerte de su hija y de ninguna manera iba a permitir que la vieran así, sería demasiado traumático. Esas horas mientras lidiaba con la disposición del cadáver, después de la autopsia de rigor, las recordó después como la peor pesadilla de su vida. doña Carmen sufrió un colapso nervioso y tuvo que ser hospitalizada, mientras que don Carlos enmudeció como si no acabara de entender lo sucedido y ni siquiera atinaba a hacer preguntas.

Después de cumplir con los procedimientos legales y todo el resto, la velación tuvo lugar en una funeraria recientemente instalada en el centro de Miami, al estilo habanero, con todas las facilidades para los deudos. En la capilla interior, por un día entero sentado al lado del ataúd, Gonzalo volvió a revivir la tragedia de hacía tantos años cuando murió Eligio. A su lado estaba Eusebio serio y formal, mientras Belén se ocupaba del manejo de la casa. Esa era toda la familia que tenía. La noticia corrió como pólvora por todo Miami y llegó mucha gente a darle el pésame, algunos conocidos, pero no recordaba los nombres de la mayoría, otros simplemente curiosos, con la atracción que ejerce una tragedia. Robaina se ocupaba de atender a los famosos que llegaron a ofrecer sus condolencias en la funeraria que brindaba desde café hasta bebidas alcohólicas al estilo bar abierto tan habanero. Doña Carmen seguía hospitalizada con el viejo a su lado, que permaneció en la funeraria por unas horas para retirarse cuando muy pocos asistentes se acercaron a darle el pésame.

El inmenso dolor que sentía por la trágica muerte de su hija iba acompañado de la rabiosa convicción de que Gonzalo era el culpable de lo ocurrido. Eso no se iba a quedar así, alguien tenía que pagar y estaba decidido a reclamar la custodia de sus nietos, costara lo que costase. Toda clase de rumores corrían por la ciudad y algunos bastante mal intencionados. Era una desaparición extraña que no había sido reportada en dos días. La policía no pudo averiguar hacia qué lugar de la playa se dirigía la mujer cuando se accidentó y si la esperaba alguien que nunca hizo la denuncia. La familia tampoco resolvía el enigma y las suposiciones fueron creciendo, había algo oculto en esta tragedia.

El enterramiento tuvo lugar en un cementerio local, marcado por discretas lápidas en un inmenso jardín, donde llegó la pequeña comitiva de familiares y amigos cercanos. Cuando el ataúd descendía a la fosa, Gonzalo supo que su vida había cambiado para siempre. Estaba a punto de desfallecer, había dormido muy pocas horas en esos días y se apoyó en el brazo que Eusebio le ofrecía. Unos pasos más allá, don Carlos permanecía erecto con la mirada fija al frente. Alberto –que llegó a última hora–, parecía estar muy afectado y solo se acercó a Gonzalo a darle un estrecho abrazo que lo conmovió.

Después del funeral, regresó a la casa y lo único que anhelaba era quedar a solas, pero allí lo esperaban algunos amigos y conocidos. Belén se había ocupado de preparar el café, licores y algunos bocadillos para atender a los visitantes. Gonzalo saludó a unos cuantos y se disculpó, decidido a encerrarse en su habitación, cuando oyó a los niños jugando en el jardín y bajó a verlos tratando de contener las lágrimas. El futuro era su responsabilidad y no les iba a fallar.

En los días siguientes no salió de la casa ni recibía visitas. Solamente llegaban Eusebio y Belén a ocuparse del manejo de las empleadas que andaban en puntillas. La cocinera se esmeraba en presentar platillos apetitosos que Gonzalo rechazaba, solo pedía café y algunas frutas. Pasaba largas horas contemplando a los niños en sus actividades diarias, a veces participaba, otras tratando de imaginar cómo sería su futuro de allí en adelante. Había tomado algunas decisiones importantes, como mudarse a otro lugar, tenía que conseguir una casa frente al mar. Ese había sido su sueño cuando decidió casarse, tan acostumbrado a tener el mar cerca en el apartamento pero don Carlos se había anticipado regalándole a su hija la mansión de Coral Gables, demasiado grande para dos personas y aunque algo disgustado, no pudo negarse ante el entusiasmo de Patricia. Bueno, su suegro podía hacer lo que quisiera con la propiedad y todo su contenido, no era su problema. Decidido, llamó a la secretaria para que contactara a un agente inmobiliario y programara la dilatada reunión con los accionistas. La batalla que mantenía con Robaina por el control de la televisora lo había alejado demasiado de sus hijos. No dejaba de pensar que toda esta tragedia pudo ser evitada si hubieran llegado a un acuerdo, si por lo menos se hubiera comunicado a diario con su mujer en buenos términos, pero escogió aislarse, sin imaginar los inconvenientes que le esperaban.

Unos días después, cuando se preparaba para regresar a la televisora, la empleada le anunció que alguien insistía en verlo. Era Alberto, el hermano de Patricia, y la visita le extrañó. Se habían encontrado tres veces en esos años: el día de la boda, cuando nacieron los niños y el funeral. No recordaba que hubieran intercambiado más de una docena de palabras en esas ocasiones, aunque siempre se percató que parecía apartarse de sus padres. Intrigado, lo invitó a sentarse en el estudio y notó que Alberto vestía ropa casual, vaqueros, camisa de cuadros y zapatillas, no parecía ser un ejecutivo que es lo que Patricia le había dicho.

—Gonzalo, perdone que lo ocupe en estos momentos pero he venido a despedirme y hay algunas cosas que deben ser dichas antes de mi regreso a San Francisco.

Gonzalo hizo un gesto de impaciencia, no tenía deseos de discutir las circunstancias del accidente ni la situación actual con alguien que conocía muy poco. Alberto se dio cuenta de su molestia y se apresuró a aclarar.

—Por favor, es importante lo que vine a decirle. Como hermano mayor siempre tuve una estrecha comunicación con Patty, ella me seguía por toda la casa como un perrito. Cuando papá me sacó de Cuba, porque era diferente y eso afectaba su reputación de alto funcionario del gobierno, ella pasó días llorando, comenzó a escribirme diariamente y después siempre me apoyó.

—¿Diferente? —preguntó Gonzalo, extrañado por el giro que iba tomando la conversación.

—Gonzalo, en el colegio me hacían la vida imposible, me llamaban el pato López. Papá no podía soportarlo, así que me despachó a un colegio militar en Georgia en donde se suponía que iban a enderezarme, un infierno que sufrí por cuatro largos años sin quejarme. Cuando me gradué escapé a San Francisco, donde pude ser yo mismo sin pedirle un centavo más. Trabajaba y estudiaba arquitectura y arte en la universidad pública hasta graduarme y no me va nada mal, soy diseñador de interiores. Durante todos estos años Patty y yo estuvimos siempre en contacto. Ella odiaba este lugar desde el primer día, no se imagina, y cuando pudo escapó a Europa; creo que allá fue realmente feliz. Traté de convencerla de que viniera a California a vivir conmigo, allí podía trabajar, pero no se atrevió a desafiar a papá, a mi hermana le gustaba tener mucho dinero a su disposición. Insistió que viniera a su boda y también que conociera a los niños cuando nacieron, vine porque ella me lo pidió, pero papá estaba lívido cuando me vio llegar y entre dientes exigió que me mantuviera apartado de sus invitados. Bueno, el resto usted ya lo sabe.

—¿Y por qué me cuenta todo eso? —preguntó Gonzalo intrigado y algo conmovido.

—Porque quiero que no se sienta culpable por lo ocurrido. Patty nunca fue feliz con el matrimonio, se quejaba en sus cartas de que la habían obligado a casarse, que usted era un buen hombre pero demasiado aburrido. Mi hermana nunca estaba satisfecha con lo que tenía, siempre quería algo más, así la criaron. El embarazo la tomó por sorpresa, no estaba preparada, me escribía que estaba muy enferma y aunque llegó a amar a sus hijos hubiera preferido no tenerlos. En una de sus últimas cartas decía que estaba decidida a divorciarse, quería regresar a instalarse en algún lugar de Europa, bien lejos de Miami, tenía unos planes extravagantes para el futuro y así se lo hice saber, todo eso era imposible con dos hijos pequeños. Hace dos semanas escribió que tenía una amiga americana que la estaba asesorando con el asunto del divorcio, creo que hacia allá se dirigía cuando tuvo el accidente. La carta la recibí días después.

Gonzalo lo miró asombrado, no esperaba nada de esto, sin saber qué decir, notó que Alberto parecía estar algo intranquilo, como dudando si debía seguir con sus confidencias.

—Tengo algo más que decirle y me está costando bastante decidirme. ¿Le importa si fumo? —dijo sacando el paquete del bolsillo.

—No, desde luego, y me gustaría brindarle algo de tomar— dijo Gonzalo acercándole un cenicero.

—No gracias, así estoy bien —dijo encendiendo el cigarrillo y lanzando largas columnas de humo al aire.

Gonzalo lo contemplaba en silencio; sabía que algo más lo estaba perturbando, pero no quería apurarlo y se recriminó el no haber tratado de establecer un vínculo más cercano con Alberto las veces que lo tuvo cerca.

—Mi padre es un hombre que ha tenido mucho poder, poder que ejerció en Cuba sin control alguno, capaz de ordenar la eliminación de alguien sin importarle en lo absoluto. Solamente tenía que darle cuenta de sus actos a Batista, que era de su misma calaña y no toleraba que lo desafiaran. Si alguien se interponía en su camino, lo derribaba y aplastaba sin pensarlo dos veces y ahora está empeñado en derribarlo a usted, lo culpa de la muerte de Patty y está decidido a quitarle los niños. Se está rodeando de abogados que van a acusarlo de maltratar a mi hermana físicamente y descuidar a sus hijos. Va a citar el testimonio que Patricia les dio el día antes de irse de su casa, alegaba que usted la ultrajaba, que dormía siempre fuera de la casa, que no la había tocado desde el nacimiento de los niños. Papá es un hombre sumamente rico, tiene millonarias cuentas bancarias, que no ha reportado en este país y está dispuesto a gastar lo que sea para lograr lo que se propone. Y siempre hay gente que hace o dice lo que sea por dinero.

—¿Y por qué ha decidido contarme todo esto? —preguntó Gonzalo, irritado por algo que le parecía absurdo.

—No deseo que mis sobrinos queden bajo el control de papá, no quiero que les haga lo que nos hizo a nosotros, lo de él no es amor, solamente cuestión de poder —dijo con vehemencia—. Salgo esta noche para San Francisco, pero puede contar conmigo para lo que sea. Tengo guardadas las cartas que ella me envió que puedo presentar como prueba que usted nunca la maltrató, si esto llega a un juicio.

Sin saber que añadir, Gonzalo estrechó la mano extendida, toda esta revelación lo había tomado por sorpresa. Alberto le entregó una tarjeta con su dirección y teléfonos. Cuando salieron, los niños llegaban a la casa de un paseo por el vecindario, Laly en su cochecito y Pedrito caminaba de la mano de la niñera. Formaron un alboroto al ver a Gonzalo. El niño se apretaba a sus piernas y Laly exigía ser levantada en brazos. Alberto la cargó y la niña lo miró unos segundos intrigada, para luego estallar en llanto que cesó cuando se la entregó a Gonzalo.

—Ya veo que están muy apegados a usted, cuídelos Gonzalo, son muy lindos —dijo al despedirse.

Y eso es lo que iba a hacer, nada ni nadie lo iba a separar de sus hijos, era cuestión de estar preparado. Don Carlos López podía tener muchos recursos, pero no estaban en Cuba y él sabría defenderse.

CAPÍTULO VII

Durante esas semanas después de la muerte de Patricia, Belén vivía en constante desasosiego. Iba a Coral Gables cada día, ocupándose de que todo marchara bien. Por lo menos la nueva cocinera, una joven dominicana bastante avispada, seguía sus instrucciones sobre la comida de los niños y sencillos guisos para los empleados, pero no estaba capacitada para grandes eventos. Belén dudaba que volvieran a tener invitados en esa casa, donde la tristeza se arrastraba como un velo oscuro por todos los rincones. Nadie había entrado en la habitación de Patricia, cerrada desde su desaparición. Gonzalo comía muy poco, a pesar que la cocinera se esforzaba en ofrecerle algunos viandas, pero solo aceptaba frutas, ensaladas, tomaba demasiado café, tenía un aspecto desmejorado y había perdido peso. Por su mente giraba un torbellino de recriminaciones, lo que podía haber hecho y no hizo para evitar el descalabro final. Tenía un inmenso vacío por dentro, el sentimiento de fracaso lo torturaba, como si todo lo que había logrado se esfumara. Hubiese querido sumergirse en un sueño profundo y nunca despertar y solo la presencia de sus hijos lo obligaba a seguir adelante.

Comenzó a ir a la oficina, necesitaba distraer la mente; se sentía agobiado por las demandas que hacían sus asociados a diario y que no podía resolver. Cuando regresaba se encerraba en el estudio tratando de encontrar el equilibrio perdido y solo salía a jugar con los niños en el jardín o a acompañarlos mientras comían. Sus noches estaban pobladas de imágenes donde se mezclaban las muertes de Patricia y Eligio. Despertaba sudando copiosamente, con un martilleo atormentador en las sienes.

Belén empezó a sentirse algo incómoda, no era su lugar permanecer tanto tiempo en esa casa en donde nada la ataba. Todavía no había querido reunirse con la gente del hotel, era demasiado pronto y no se sentía dispuesta a enfrentar todo ese palabrerío de los contratos que la mareaban.

Cuando doña Carmen salió del hospital, la llamaba llorosa todos los días preguntado por sus nietos, no entendía por qué Gonzalo no le devolvía las llamadas, quería verlos, que se los trajeran a visitarla, ya que no podía salir. Belén la escuchaba angustiada, le parecía algo cruel lo que estaba ocurriendo, después de todo la señora era la abuela de esos niños. Algo indignada, le hizo el comentario a Eusebio que la miró largamente, como dudando si debía contestarle.

—Hay muchas cosas que no sabes y no te he querido decir, Belén. El problema es que don Carlos pretende quitarle a Gonzalo la custodia de los niños aduciendo que los maltrata y descuida. Este país tiene leyes muy estrictas sobre el cuidado de los menores e investigan todas las quejas a fondo por muy ridículas que parezcan —dijo sombrío.

—Pero ¿quién está diciendo que don Gonzalo maltrata a sus hijos? Es una locura, eso no puede ser —dijo espantada.

—Doña Carmen llegó un día y notó que Pedrito tenía un golpe en la frente y cuando preguntó la niñera contestó con evasivas. Por eso Juanita fue despedida y la señora Patricia se negó a darle una recomendación. Ella trató de hablar con Gonzalo pero no la recibió y como no ha podido encontrar empleo sin referencias, está dispuesta a decir lo que sea y hay otras dos que la señora botó con cualquier excusa y que no he podido ubicar. Ese viejo anda repartiendo billetes para conseguir lo que quiere.

–Pero Juanita no puede decir eso... fue un accidente, Pedrito trató de salirse de la cuna y se cayó, lo oí chillando y corrí enseguida, puedo decir la verdad, fue solo un raspón, nada grave, el señor no estaba, puedo testificar.

–No, tú no vas a decir nada, ese cabrón batistiano, no se va a salir con la suya por mucho dinero que reparta. No te preocupes, Gonzalo tiene suficientes abogados que lo defiendan –dijo Eusebio con firmeza.

A Belén todo este asunto la llenó de un profundo malestar. Por algunos comentarios de la niñera tenía la sospecha de que su renuncia tuvo algo que ver con lo ocurrido y eso la mortificaba demasiado. Ya era hora de apartarse, iba a limitar sus visitas a la casa. De noche se revolvía intranquila sin poder dormir, torturada por dudas acerca del futuro y los pocos ahorros que le quedaban. Se negó a aceptar la generosa paga que Gonzalo le ofreció por su trabajo en esas semanas, no estaba bien. En la madrugada se levantó, hizo un café y comenzó a escribir una larga carta, necesitaba desahogar su angustia con alguien.

Comenzó narrando por primera vez detalles del viaje en ese bote cuando vio la muerte tan de cerca; sus primeros días en Miami del empleo con Gonzalo a quien respetaba tanto su boda con Patricia que desde el principio le hizo saber que no gustaba de ella pero siguió trabajando sin quejarse en esa enorme casa el nacimiento de los niños que la llenaron de alegría y la situación que la llevó a renunciar de su trabajo el mes que aprendió a manejar ayudada por un amigo que también le consiguió la entrevista para cocinar en un hotel, sin mencionar su nombre no importaba cocinó para ellos una semana entera de prueba la felicitaron mucho pero ahora le pedían demasiadas cosas que no sabía si podía cumplir lo trastornada que había quedado con la horrible muerte de Patricia de alguna manera se sentía culpable de que su renuncia hubiera provocado esa aparente ruptura del matrimonio ahora tenía que decidir si aceptaba las ofertas del hotel y de la mujer que quería publicar sus recetas en una revista todos hablaban a su alrededor sin pedirle opinión se sentía como un mueble no sabía qué hacer necesitaba un consejo que pudiera darle.

De un solo tirón llenó varias páginas, sin puntos ni comas y al terminar dobló cuidadosamente las cuartillas, las introdujo en un sobre, le pegó las estampillas y escribió la dirección de Susana en Boston. Habían mantenido una correspondencia por lo menos una vez al mes. Se contaban cosas sin importancia, Belén le hablaba de su trabajo y lo bien que le iba cocinando para don Gonzalo, Susana de sus viajes por Europa y lugares del país, lamentaba que su firma de abogados no manejara asuntos en Miami, le gustaría mucho verla. A Belén le preocupaba que nunca mencionara relaciones cercanas, como si estuviera siempre sola viajando de un lado a otro y Susana ya tenía más de treinta años. Ella insistía que le avisara cuándo tendría vacaciones, para enviarle un pasaje a Boston, sería mejor en verano y con tiempo la llevaría a visitar lugares de interés. Todo eso la llenaba de tristeza, no se llamaba a engaño, este era un país muy racista, no, no podía perjudicar a Susana. No era lo mismo que caminaran de la mano por el malecón, una niña y una criada negra, algo normal en Cuba, lo que llamaría la atención en Boston o cualquier otro lugar de este país. Retuvo la carta en su cartera por dos días, a lo mejor iba a importunarla, hasta que se decidió a meterla en el buzón, no tenía a más nadie. Eusebio era su amigo pero todo lo tomaba en broma cuando se quejaba.

El domingo acompañó a Rosa a la iglesia. El latín misterioso que entonaba el coro la llenaba de paz y al sentarse, sorprendida notó que en un altar lateral, alguien había colocado una imagen de la Caridad del Cobre, su madre Ochún, chiquita, rodeada de flores amarillas, y los ojos se llenaron de lágrimas, ella no la iba a abandonar en estos momentos de confusión y duda. Al llegar a casa, Eusebio la estaba esperando y se encargó de sacarla de su laberinto.

—Villalonga te espera el miércoles a las ocho para presentar su oferta. Tienes que concentrarte en este asunto y olvidar por unas horas los problemas de Gonzalo que ni tú ni yo podemos resolver. Te vengo a buscar a las siete y media.

Quiso protestar, ella podía llegar por su cuenta, pero se contuvo, Eusebio trataba de ayudarla a su manera y había estado a su lado desde el primer día. Decidió distraerse revisando las recetas que copió cuidadosamente en tarjetas individuales por sugerencia de la estirada secretaria de Villalonga, quien acabó ablandándose con ella. No solamente le regaló las tarjetas y las cajas para guardarlas, también le sugirió cómo debía ordenarlas. Había encontrado muchas recetas olvidadas en el viejo cuaderno que trajera de Cuba, como el rico boniatillo que vendía la vecina, el ajiaco de mamá, el pescado frito de la fonda del puerto donde tuvo que rogar que le dejaran ver los condimentos y las frituras de judías de Caridad. Se acordó de Gume, que cuando la veía copiando laboriosamente cada ingrediente que iba echando en la comida, se moría de la risa.

—Mira mijita, para cocinar hay que usar el coco, el sentido común, no es una ciencia exacta. Depende de la estufa si es de gas o carbón, de las ollas que tengas a mano, si los plátanos están más o menos maduros, los vegetales frescos, la carne es de primera, si los frijoles o la yuca no se ablandan, el puerco tiene mucha grasa. Algunas veces toca improvisar, uno sabe cómo anda la cosa probando y probando para cogerle el gusto al guiso, hay que usar la nariz, la lengua y la azotea muchachita, en la cocina hay que poner a trabajar los cindo sentidos. Y sobre todo, no andar con apuros.

Con las palabras resonando en su memoria, quedó pensativa ojeando cada tarjeta, pero ¿cómo introducir sentido común en una receta? Podía indicar algunos cambios, tenía suficiente experiencia improvisando como hizo por tanto tiempo sustituyendo un ingrediente por otro parecido. Decidida, comenzó a escribir sugerencias detrás de cada tarjeta, tenía más de cuatrocientas, y se dedicó a trabajar incansable por dos días. Rosa, preocupada le tocó la puerta para saber si estaba enferma no la había visto salir, pero Belén la tranquilizó y le mostró su trabajo que dejó a la otra boquiabierta, con ganas de ser recipiente de algo de ese caudal culinario.

—Solamente reza para que todo me salga bien Rosa y después nos comemos un buen bisté. Estoy hasta la coronilla de café con leche y sándwiches de queso —dijo riendo.

Cuando terminó, satisfecha, guardó las tarjetas en orden. Durmió profundamente y cuando Eusebio llegó a buscarla, la encontró serena, esperando en la terraza, tomando café con Rosa. Viajaron en silencio al hotel, Belén algo nerviosa, tenía la garganta seca y le costaba tragar. El día estaba gris, presagiando lluvia, y no contribuía para nada a mejorar su estado de ánimo. En la sala de reuniones los esperaban Villalonga, el abogado del hotel, la señora Gartner acompañada por otra mujer que presentó como la editora de la sección de nutrición de la revista, y un individuo que dijo ser Carlos Garcés, abogado de la señora Garrido. Belén no acababa de entender, lo miró asustada, pero Eusebio le hizo un gesto que no dijera nada. Eso de abogado le sonaba muy mal, servían para defender alguna falta y ella no había hecho nada malo.

—Gonzalo no iba a dejarte sola con este asunto, Garcés es tu abogado —le susurró al oído al sentarse.

Antes de comenzar la presentación, sirvieron café, té, pasteles y agua. Belén solo tomó agua, pero Eusebio engulló tres o cuatro pasteles y el café con gusto. Cuando limpiaron la mesa, Villalonga desplegó unos documentos que comenzó a detallar. Para empezar, Belén tendría que confeccionar un menú variado y no muy extenso para probar el gusto de los clientes. Dependiendo de los resultados, ese menú cambiaría en dos o tres meses y seguiría aumentado. Habían contratado a seis cocineros, con alguna experiencia. No querían a un chef que tratara de poner su toque personal a las recetas, la idea era servir comida cubana con sabor a hogar presentada con elegancia. Además, requerían que Belén supervisara los esfuerzos de los cocineros las primeras dos semanas y después hiciera visitas periódicas para evaluar la calidad de los platos. Garcés hacía algunas preguntas aclaratorias sobre horas de trabajo y anotaba las respuestas en una gruesa libreta. Belén tragaba en seco y lo miraba intrigada sin saber cómo iba a acabar todo eso. Lo del menú no la preocupaba, solo tenía que escoger algunos platos apetitosos, pero lo de la supervisión a cocineros extraños no le caía en gracia, ella no estaba hecha para eso, pero nadie pedía su opinión. Garcés seguía tomando notas y cuando Villalonga terminó detallando los términos monetarios del contrato, aceptó los documentos que le entregaron.

—Como usted puede ver señora Garrido, es una oferta muy generosa —dijo Villalonga con una amplia sonrisa.

Le dieron ganas de decir que no había visto nada, pero permaneció en silencio. Después comenzó la señora Gartner, con la propuesta de su revista. Requerían por lo menos tres recetas mensuales, entrada, plato principal y un postre por un año y además contestar las preguntas de las lectoras.

—No se preocupe señora Garrido, nosotros nos encargaremos de traducir las recetas y las preguntas para la conveniencia de nuestras lectoras —le dijo con una sonrisa rellena de enormes dientes que le recordaba a un cocodrilo que vio una vez en la televisión.

Terminada la reunión, el abogado Garcés recogió los documentos para su estudio. Villalonga volvió a insistir que pretendía abrir el hotel en unas semanas e invitó a todos almorzar en el área de la piscina.

—No muchas gracias, la señora Garrido tiene otros compromisos —dijo Eusebio, dejando a Villalonga con una mirada de preocupación.

Acto seguido, Belén salió escoltada por Eusebio y el abogado que se despidió anunciado que la llamaría en tres días para darle su opinión acerca de la propuesta y algunas sugerencias. Al llegar al carro, Belén sin poderse contener, se enfrentó a Eusebio molesta.

—Por Dios Eusebio, don Gonzalo necesita un abogado más que yo, con los problemas que tiene encima...

—Cálmate, mujer, Garcés no es de esa clase de abogados, solo se dedica a examinar la letra menuda de contratos y documentos. Entre paréntesis, no confío para nada en lo que dice la Gartner con la dentadura de yegua que tiene. Ella piensa que puede darte unos cuantos pesos por tus recetas y de eso nada, monada. Todo eso hay que revisarlo bien, línea por línea. Negra, lo hacemos por tu bien.

Belén no tuvo otro remedio que echarse a reír, de verdad que la Gartner tenía demasiados dientes. Eusebio quería llevarla a comer a uno de los restaurantes cercanos, pero se negó, necesitaba estar sola, le molestaban las miradas aviesas de algunos comensales cuando entraba a un restaurante con Eusebio, aunque nunca lo había manifestado. Cuando llegó a casa, Rosa la esperaba con un jugoso bisté con papas, presumiendo de lo mucho que había aprendido de ella. Belén por primera vez en muchos días se sentía tranquila, ya quedaba poco para la decisión final.

De mañana, Rosa llegó a avisarle que Gonzalo había llamado solicitando su presencia en Coral Gables lo antes posible y ojalá que no fuese nada grave, añadió preocupada. Belén se vistió de prisa y trató de no manejar demasiado rápido, aunque le hubiera gustado salir volando. Al llegar, notó frente a la casa el carro de Gonzalo y un taxi. Tocó el timbre por la puerta lateral y la cocinera la recibió con una sonrisa.

—Por Dios ¿qué está pasando? ¿Los niños están bien? —dijo Belén ansiosa.

—Aquí no está pasando nada Belén, los niños comen bien. La esperan en el estudio, el señor tiene un visitante, ahora les estoy preparando un café —dijo la mujer tranquila.

Belén se dirigió al estudio temblando, convencida que la esperaba un abogado que le haría preguntas que no podría ni quería contestar. Tocó la puerta con timidez y Gonzalo le abrió invitándola a entrar y allí la esperaba ella, Susana, con los brazos abiertos que la estrecharon con fuerza. No lo podía creer y al borde de las lágrimas atinó a sentarse agarrada a sus manos, tratando de controlarse.

—Vine a buscarte aquí, porque es la dirección que tengo. El señor Alonso ha tenido la amabilidad de recibirme —dijo sonriendo, como para tranquilizarla.

Gonzalo la miraba intrigado, una mujer obviamente de clase alta que afirmaba que Belén era como una hermana mayor y a pesar de la distancia seguían en contacto hasta ahora. Belén había solicitado su ayuda con un problema que tenía y por eso había venido a Miami, aprovechando unos días libres. Gonzalo pensó que todo se trataba del contrato con el hotel, sin saber que Susana también estaba al tanto de su tragedia personal.

—Belén nunca quiso venir a Boston a vivir conmigo cuando llegó de Cuba, creo que le cogió miedo al frío —añadió Susana, mirando a Belén que temblaba tratando de controlar las lágrimas.

—¿La puedo ayudar a conseguir hospedaje? —ofreció Gonzalo.

—No se preocupe, tengo reservaciones en el Marriott que está cerca del aeropuerto.

— Bueno, las dejo para que se pongan al día y si necesitan algo no dude en llamarme —le dijo, entregándole su tarjeta al retirarse.

Belén la miraba sin poder creerlo. Unas pocas líneas cerca de los ojos delataban su edad, pero el rostro seguía terso como cuando era una jovencita. El cabello corto rizado a la moda, el cuello y las orejas adornadas por pequeñas perlas, el atuendo, conjunto sastre gris y camisa de seda blanca, toda una ejecutiva.

—No quería molestarte —atinó a balbucear.

—No es molestia Belén, aquí estoy y aquí me quedo hasta resolver lo que te preocupa —le dijo Susana.

—Mejor vamos a mi casa, no me siento cómoda en este lugar —dijo Belén levantándose cuando quedaron a solas, mirando alrededor de un lugar que nunca antes había ocupado.

Susana notó su desasosiego y la siguió sin hacer comentarios. Afuera recogió su maleta y despidió al taxi que la esperaba. Viajaron en silencio y al llegar se acomodaron en la terraza y Rosa salió efusiva a saludar y les ofreció un café que aceptaron.

—Manejas muy bien y te ves distinta, has bajado mucho de peso, estoy impresionada —le dijo Susana para romper el hielo cuando quedaron solas.

—Muchas gracias, mi amigo Eusebio me dio clases de manejo todo un mes y Rosa me ha enseñado a vestirme. Pasé demasiados años en uniforme de cocinera y necesitaba ayuda —contestó Belén como distraída.

—Creo que es mejor que recojas los documentos que tienes, vamos a mi hotel y allí revisamos línea por línea lo que piden y ofrecen a cambio. Conozco esos contratos y a veces quieren tomar ventaja de la situación.

A Belén le costó explicarle que ella no tenía los documentos, todo se lo habían entregado al abogado Garcés enviado por Gonzalo. Susana la miraba extrañada y endureció el gesto, la situación era más complicada de lo que pensaba. Como Belén era una negra cocinera, todos se sentían con la capacidad de manejar sus asuntos sin tomarla en cuenta, como si fuese una analfabeta.

—Esos documentos te pertenecen; deberían haberte entregado el original y al abogado, la copia. Cuando lleguemos al hotel llamas a tu amigo, me interesa hablar con él de inmediato —dijo con firmeza.

Camino al hotel, Belén iba con el corazón en la boca, no se atrevía a advertirle Susana que a lo mejor no la dejarían entrar, había lugares en Miami que le negaban el ingreso a ciudadanos de color en sus establecimientos. Al llegar, dejó a Susana en la entrada con su maleta y fue a aparcar el carro. Ella la esperaba y llegaron juntas a la recepción, levantando una que otra mirada curiosa pero el aspecto de Susana imponía respeto, a lo mejor pensaban que era su mucama o algo así. Se registró con Belén a su lado y las llevaron a la suite que había reservado. Belén quedó asombrada, nunca había visto un lugar tan grande, más parecía un apartamento, con dos recámaras, sala y comedor. El botones llevó la maleta a un cuarto y Susana anunció que iba a cambiarse. Belén aprovechó esos momentos para llamar a Eusebio y pedirle que viniera al hotel sin hacer muchas averiguaciones prometió llegar cuanto antes; y por el tono de voz supo que estaba algo molesto. Susana regresó a la sala ataviada con un pantalón de color claro y blusa de mangas cortas, se veía muy joven, pensó Belén.

—Voy a pedir que nos traigan café y frutas y algunos panecillos, no he comido nada desde anoche y por favor ponte cómoda, tengo mucho que contarte —dijo Susana.

El servicio llegó de inmediato y se sentaron a comer de las bandejas que trajo el camarero. Belén encontró el café algo aguado, pero los panes y dulces estaban deliciosos, y Susana comenzó a hablar.

—Cuando viajé a New York, Mercedes decidió meterme en el colegio de las Ursulinas, por el Bronx, porque según ella necesitaba mejorar mi inglés. La verdad es que no me quería en el apartamento de lujo que compraron al llegar a la ciudad, en donde comenzó a tener frecuentes recepciones para impresionar a los ejecutivos del Banco y sus estiradas esposas. Así es de vanidosa Mercedes y no quería darse por enterada de que el exilio había sido demasiado para papá, quien se apagaba poco a poco y toda esa actividad social no le interesaba. Iba a trabajar al Banco como si fuera uno más, cuando era un importante accionista. Cuando llegaba del colegio me preocupaba bastante verlo tan deprimido y se lo hice saber a Mercedes que, molesta, me acusó de estar exagerando. Bueno, me duele decir que cuando finalmente me sacaron del convento me matriculé en la Universidad de Boston, quería irme lo más lejos posible para no verlo en ese estado sin poder ayudarlo. Mi hermano Enrique estudiaba una maestría en Harvard y tenía su propio apartamento, pero no quise molestarlo, ya estaba casado, así que viví los primeros cuatro años de universidad en el dormitorio con el resto de las estudiantes, toda una experiencia. Cuando comencé a estudiar leyes alquilé un pequeño apartamento adecuado para mis necesidades. Papá falleció en el sesenta y siete después de una corta enfermedad, estoy convencida que deseaba morirse, no aguantaba vivir lejos de Cuba. Mercedes se las arregló para mantenernos alejados y avisó de la situación cuando era demasiado tarde. En la muerte, papá se veía en paz, por primera vez en tantos años. No puedes imaginar lo que me dolió no haberlo acompañado en sus últimos días. Yo te escribí contando todos estos sucesos —terminó Susana sirviendo más café.

—No recibí ninguna de tus cartas, la gente decía que el gobierno quemaba toda la correspondencia que llegaba del norte —se quejó Belén.

—No puedes imaginar lo que desató la muerte de papá. Mercedes se las arregló para presentar un testamento que nos excluía a todos, quedándose con el apartamento de New York, además de las inversiones y acciones del banco. Mi hermano Julio la acusó de aprovecharse de un anciano enfermo para torcer su voluntad y la demandó ante los tribunales, mostrando un original del testamento previo que papá le había entregado al llegar a New York. A Julio no le iba muy bien en su negocio en Atlanta, papá lo ayudaba bastante y quedarse sin nada era un golpe muy duro para un hombre con esposa y dos hijos acostumbrados a vivir bien. Enrique y Eduardo apoyaron la demanda, pero no quise involucrarme. Cuando entré en la universidad, papá me había dado lo necesario para terminar la carrera y en realidad, no necesitaba más. Mis hermanos no entendieron mis motivos y se molestaron mucho, como si los hubiera traicionado. Ese proceso fue de corte en corte por muchos meses hasta que lograron que uno de los médicos testificara que papá no estaba en condiciones mentales para escribir un nuevo testamento cuando se suponía que lo había hecho, así que el documento fue anulado. Mercedes heredó bastante dinero además de la venta del apartamento, pero mis hermanos siguen molestos, a uno le tocó más que a los otros, una discordia que no termina. La parte que heredé la tengo en una cuenta especial, quizás algún día mis sobrinos lo necesiten o decida hacer algo que valga la pena. Después de lo sucedido nos reunimos muy poco, solo en las grandes fiestas, parecemos extraños, toda esta situación duele bastante y me gustaría ver crecer a los chiquillos de cerca —terminó diciendo, algo melancólica.

Belén la escuchó, sin hacer comentarios, le parecía terrible que los hermanos se distanciaran tanto por dinero. Doña Susana, tan apegada a sus hijos a pesar de su enfermedad, debía estar penando por todo esto, en el más allá.

El teléfono sonó interrumpiendo la conversación, anunciaban la llegada de Eusebio. Susana le pidió que subiera y Belén lo vio llegar, con camisa planchada y cerrada hasta el cuello, pantalones oscuros y una expresión de solemnidad que no le conocía. Casi ni la determinó, pero después de las presentaciones Susana se encargó de disipar un poco la tensión que denotaba su actitud invitándolo a sentarse y compartir un café.

—Es un placer conocerlo Eusebio, Belén me ha hablado mucho de usted, el mejor amigo que ha tenido desde su llegada a Miami, hasta la enseñó a manejar y le consiguió la entrevista de trabajo con el hotel, no sabe cuánto se lo agradezco —dijo Susana con una amplia sonrisa.

—No fue nada —masculló Eusebio entre dientes.

—Quizás Belén no le ha contado que es como mi hermana mayor, la única compañía que tuve en Cuba cuando murió mamá. Nunca quiso venir a Boston, creo que le tenía miedo al frío. Estoy aquí en una visita que le debía hace mucho y además algo preocupada por el contrato con el hotel. Belén se queja que todos hablan por ella y a veces se siente como un mueble, nadie le pide opinión de lo que le gustaría hacer.

—Pero Belén nunca se quejó de nada de eso... —protestó Eusebio encarándola por primera vez desde su llegada.

—Bueno, lo importante ahora es tratar de ayudarla. Yo quisiera ver la propuesta y confieso que me extrañó bastante que no le dieran una copia a ella, es lo que se acostumbra.

—Bueno... bueno es que el abogado lo está analizando —tartamudeó Eusebio.

—Señor Eusebio, no lo tome a mal, pero ella es perfectamente capaz de evaluar lo que le conviene y está dispuesta a hacer. Belén me enseñó los números, a leer bien y repasar cuanto libro tenía en la casa, para aprender algo más —dijo con firmeza.

Eusebio no quiso hacer comentario alguno y se despidió prometiendo regresar de la oficina de Garcés con una copia de las dos propuestas. De alguna manera, se sintió intimidado por la actitud de Susana. Belén respiró aliviada, presentía que Eusebio estaba molesto por la sorpresiva visita de un personaje que nunca le había mencionado. Su amistad con Susana era como un preciado recuerdo del pasado que solo a ella le pertenecía. Y no estaba muy lejos de la realidad ya que Eusebio no acababa de entender sus quejas, convencido que cuando todo estaba marchando bien, Belén salía con esa desagradable sorpresa como si nunca hubiese confiado en él y no era justo. No sabía qué pensar de Susana, había sido amable, pero a la vez la notó molesta por lo del contrato, como si pensara que había algo turbio en el asunto. Nunca imaginó que Belén quería enredarse con todo ese papeleo, ni él tampoco, y por eso estaba tan satisfecho con la intervención de Garcés. Bueno, buscaría la copia del documento y ese sería el final de su participación en el asunto, estaba muy dolido.

—¿Por qué no me llevas a conocer la ciudad? Es mi primera visita y dicen que es muy interesante —sugirió Susana tratando de tranquilizarla, percatándose que Belén estaba nerviosa.

La llevó por todas las avenidas que conocía y después por el viaducto hasta Miami Beach, sin mencionar que allí había ocurrido el accidente de Patricia. La brisa marina llenó a Susana de una profunda nostalgia del malecón de La Habana y se detuvieron largo tiempo a admirar el esplendor del Caribe que brillaba como un zafiro al sol.

—Nuestra isla tan cerca y sin embargo tan lejos —dijo Susana en voz baja y Belén notó un brillo de lágrimas, quizás por lo que todos habían dejado atrás.

Volvieron calladas a la ciudad y en un restaurante cerca de la calle dos se detuvieron a comer. Susana hablaba de su trabajo y Belén la escuchaba admirada de todo lo que había logrado, pero sin mencionar detalles de su vida personal lo que la intrigaba un poco, era como si viviera solo para el trabajo. Cuando regresaron al hotel ya tarde, encontraron los documentos que Eusebio había dejado.

–Será mejor que comencemos a revisar el contrato mañana. Estoy un poco cansada, salí de Boston en la madrugada, así que te espero como a las ocho, desayunamos y a trabajar –dijo Susana, despidiéndola con un abrazo.

Agradeció la decisión, también estaba cansada. Tantas emociones en un solo día eran una pesada carga y parecía que en las últimas semanas su mundo se había vuelto al revés. Susana tenía una fuerte personalidad y había visto el efecto que causó en Eusebio, quien por primera vez desde que lo conocía había perdido el desparpajo que lo caracterizaba. Y no quería imaginar lo que pensaba don Gonzalo de esta aparición de su pasado, había tantas cosas que nadie sabía. Esa noche sus sueños estuvieron poblados de vagas imágenes de sus hermanitos y el padre que nunca más volvió a ver; despertó de madrugada, sudando. Una ducha fría y un café negro la reanimaron, tenía que terminar con este asunto lo antes posible, necesitaba trabajar.

Regresó al hotel a la hora indicada y Susana la esperaba con un abundante desayuno. Belén solo tomó el café y algo de fruta, pero Susana comió con apetito. Después, sentadas frente a frente en una mesa comenzaron a revisar el documento. Susana había mandado a hacer otra copia en la oficina del hotel para que ambas pudieran leerlo a la vez. Susana hacía preguntas que Belén contestaba acerca de las horas de trabajo, la supervisión de los cocineros, la elaboración de los menús y todo el resto.

–Hay algo que me tiene intrigada en todo esto. Parece que al tener el menú, el hotel tendrá el derecho a usar las recetas como le parezca en otros lugares. Es como si cedieras el derecho de la propiedad intelectual que te pertenece –dijo Susana pensativa.

Belén la miró sin saber qué decir, no entendía nada de eso de propiedad intelectual. Lo que no podía aceptar es que como parte del contrato querían que supervisara a extraños mientras cocinaban. Estaría dispuesta a probar muestras y hacer sugerencias cuando estaba indicado, pero no estar encima de ellos vigilando todo lo que hacían.

–Belén, ¿cómo tienes las recetas, en cuadernos o a máquina? –preguntó Susana, mirándola fijamente.

–No, las copié de mis cuadernos en tarjetas individuales y están en cierto orden, como me enseñó la secretaria del señor Villalonga, quedaron muy bien –contestó orgullosa.

–Me gustaría mucho verlas. ¿Te molestaría traerlas? Me parece que es importante para definir lo que más te conviene –dijo Susana con gravedad.

Belén la miró extrañada, algo parecía estarla preocupando acerca de sus recetas y no podía negarse, así que fue a buscar sus preciadas cajas que nadie más que ella había revisado. Cuando regresó con su cargamento Susana, asombrada, comenzó a contar las tarjetas rápidamente sin detenerse a estudiar su contenido. Después, fue sacando algunas al azar y las leía detenidamente por las dos caras, sin hacer comentarios. Se detuvo en una, presa de una intensa emoción.

–Tocino del cielo... el postre favorito de papá, no tienes idea de la nostalgia que me invade al recordar los días felices alrededor de la mesa antes de que mamá se enfermara tanto. Era pequeña pero me acuerdo de todo –dijo con voz entrecortada.

Belén no dijo nada, también se le apretaba el corazón mientras copiaba cada receta, recordando el pasado.

—Bueno, ahora vamos al grano. Esto que tienes aquí es un tesoro que no podemos desperdiciar. Hay más de cuatrocientas recetas con todas sus variantes, detalladas explicaciones y posibles alternativas a ciertos ingredientes. Belén, lo que tienes aquí es un formidable libro de cocina cubana. Con razón la Gartner se olió el asunto y quería tantas recetas para después publicarlas en un libro que esa revista saca en circulación con recetas de comida internacional cada cierto tiempo y es muy exitoso. Una vez que le entregas las recetas ya son de ellos y aunque te darían crédito jamás te compartirían las ganancias, conozco demasiado bien esas manipulaciones con los derechos de autor en todas las disciplinas. Todo este contrato hay que volver a reescribirlo con algunas modificaciones y lo de la revista ni hablar, eso no te conviene.

Belén la miraba sin acabar de entender. ¿Un libro de cocina como el que había visto una vez en el escaparate de una tienda? Eso le parecía imposible y además, tampoco quería tener que enfrentarse a Villalonga y el resto. Dispuesta a protestar, Susana la acalló.

—Ya veo que estás alterada, pero esto se puede arreglar sin muchas complicaciones o reuniones. Dame el teléfono de Eusebio y no te preocupes, todo va a salir muy bien.

—Yo sé que tienes buenas intenciones, pero yo no puedo más con todo este enredo y tengo que comenzar a trabajar, Susana —gimió Belén.

—Comienza a trabajar hoy mismo con el menú del hotel que abrirá sus puertas en dos meses. Si te parece, voy a solicitar que los cocineros empiecen lo antes posible a probar las recetas y estarás allí cerca, pero no encima, para cualquier consulta que tengan. Ahora tranquilízate, ya tienes trabajo, y dame el teléfono de tu amigo.

Belén la oyó hablar con Eusebio desde el otro cuarto y se sentó a esperar, aturdida por todo lo que estaba ocurriendo, y por unos momentos deseó que Susana no hubiese venido, de lo que se arrepintió enseguida. No, ella estaba tratando de ayudarla, para eso le había escrito.

Cuando Eusebio llegó estirado y serio, Susana había pedido un almuerzo para los tres, acompañado por una botella de vino blanco que Belén miró dudosa, solamente había probado algo de sidra en fiestas navideñas. No supo cómo Susana se arregló para que el viejo se relajara mientras comían; a ella se le estaba atragantando todo y trataba de disimular. Después, Eusebio la escuchó hacer la presentación del proyecto que tenía en mente: un gran libro de cocina cubana. El hotel podrá usar las recetas, pero serían propiedad de Belén. Iba a necesitar un fotógrafo de primera para tomar fotos en colores de cada uno de los platos a medida que fueran elaborados y eso lo podían hacer en el hotel, con sus vajillas dándole el crédito y la publicidad del caso. Eusebio la escuchaba fascinado sin probar el vino que aceptó, como ante un suceso extraordinario que nunca hubiese imaginado.

—Estoy dispuesta a financiar el proyecto, es una buena inversión y le haría un homenaje a mi padre que tanto disfrutaba la comida cubana —dijo Susana con emoción. Terminó pidiéndole a Eusebio que leyera algunas recetas para que se diera cuenta del valor que tenían. Al final de la tarde acordaron que se reunirían con Villalonga al día siguiente y también con Gonzalo en su oficina para explicarle la situación.

—Todo el panorama ha cambiado, Eusebio, no se trata solamente de elaborar el menú de un restaurante y espero que tu jefe no se moleste por lo de Garcés —dijo Susana al despedirlo.

Todas las negociaciones se llevaron con tal rapidez que unos días después, el contrato fue firmado y Belén quedó instalada en una oficina en el hotel, elaborando el menú que comenzaron a ensayar seis cocineros, entre ellos los tres ayudantes que ya conocía. Contestaba las consultas que le hacían y trataba de no pensar en el futuro, estaba contenta con su trabajo. Susana había regresado a Boston para negociar la publicación del libro, que a Belén le parecía un sueño casi imposible. Mientras tanto, Villalonga estaba satisfecho con el menú que había confeccionado para la inauguración del hotel, todo marchaba sobre ruedas. La única preocupación que le quitaba el sueño era no saber lo que ocurría en Coral Gables. No había regresado a la casa y la relación con Eusebio se había enfriado de tal manera, que muy poco hablaban, aunque él se había esmerado en ayudar a Susana.

Tres semanas después, el hotel Habana abrió sus puertas y el restaurante fue inaugurado a los pocos días con un lujoso despliegue de todo lo que ofrecía el menú. Villalonga invitó a las autoridades y personajes importantes de la ciudad, Ferrer llegó de México con un grupo de inversionistas, Carlos Robaina y otros ejecutivos y reporteros de la televisora, pero Gonzalo no apareció. Belén se fue a casa después de que sirvieron el buffet, su labor había terminado por ahora y prefería no tener que someterse al escrutinio público. Estaba contenta por conseguir mucho más de lo que jamás hubiera soñado, pero no imaginaba lo que le esperaba en el futuro.

CAPÍTULO VIII

Gonzalo Alonso se encontraba una vez más frente a otra encrucijada, dudando si debía tomar decisiones que no iban a ser aceptadas fácilmente por sus socios. Había logrado mantener el control de la gerencia de la televisora después de una tormentosa reunión de accionistas, en la que tuvo que hacer concesiones a la propuesta de Robaina de asociarse con televisoras en México y otros programas en español y dejar a un lado a la NBC. Carlos López Barrero, no pudo influenciar el curso de las negociaciones a pesar de tener muchas acciones, y su actitud agresiva exigiendo la renuncia de Gonzalo como gerente general acabó por irritar a los presentes. Seguía empeñado en arruinar o desacreditar a su yerno y dispuesto a seguir con las acusaciones de maltrato para conseguir la custodia de los niños. Todos esos aspavientos y amenazas le importaban muy poco a Gonzalo, que trataba de reorganizar su vida personal y seguir dirigiendo la televisora que tanto esfuerzo le había costado.

Dedicaba todo su tiempo libre a sus hijos, no aceptaba compromisos los fines de semana, pero tenía que hacer algo diferente, no era suficiente lo que intentaba lograr y no encontraba el camino. Por lo pronto, decidió salir de Coral Gables; estaba negociando la compra de una casa con jardín y vista al mar al noreste de la ciudad. La otra, con sus lujosos muebles y decorado, le pertenecía a Patricia que había arreglado todo sin consultarle, un lugar en donde nunca se sintió cómodo pero no dijo nada, se dejó llevar ¿por vanidad? Quizás hubo mucho de eso considerando la enorme diferencia entre sus orígenes y los de ella, se había sentido satisfecho al haber logrado todo lo que se había propuesto empujado por su enorme ambición. Pero después del fracaso de sus relaciones matrimoniales y el accidente vivía en un vacío y tenía que hacer un esfuerzo para concentrarse en asuntos de trabajo.

Decidió llevar a sus hijos un par de semanas a un hotel de playa en el norte del estado mientras finalizaban el arreglo de la nueva casa. Robaina quedaría en la gerencia y Eusebio estaba encargado de mudar el contenido del apartamento. De Coral Gables solo sacarían su ropa y las pertenencias de los niños.

Llamó a Belén una tarde, quería verla antes de partir de vacaciones. Ella llegó temprano al día siguiente, deseosa de pasar unos momentos con los niños que habían crecido mucho. Pedrito gritó alborozado al verla, Laly penosa se escondía detrás de la niñera, pero acabó por acercarse. Ya hablaban bastante y Pedrito insistía en enseñarle un carrito que empujaba con entusiasmo por todo el patio. Belén los miraba conmovida, esos niños eran una especie de milagro y le hubiera gustado verlos crecer, pero quizás no iba a ser posible. Su vida había cambiado demasiado y tenía que coger su propio rumbo. Cuando Gonzalo llegó al mediodía, al ver el entusiasmo con que los niños lo recibieron, Belén se percató que había logrado un vínculo importante con sus hijos y eso la tranquilizó bastante. Mientras saboreaban un café en el estudio, Gonzalo habló de sus planes.

—He decidido mudarme a una casa que encontré muy cerca del mar y adecuada para nuestras necesidades. Es mejor comenzar de nuevo y espero que nos visites con frecuencia, Belén. Si tienes tiempo me gustaría contratarte para que organices la cocina durante nuestra ausencia; hay que comprar lo que falta para complementar los utensilios que tenemos en el apartamento. Eusebio está encargado de mudar todo, nada complicado, Fidelia se queda con nosotros y puede ayudarte –dijo con una sonrisa.

–Desde luego, no faltaba más, don Gonzalo, solo tienen que avisarme cuando lleven todo a la nueva casa y verifique qué les falta –se apresuró a prometer Belén.

Así que no iba a llevar nada de la cocina de Coral Gables, que tenía los últimos adelantos y utensilios, además de vajillas, manteles, cubiertos de diario y de plata. Todo estaba allí cuando Belén llegó, organizado por doña Carmen, aún recordaba el trabajo que le costó aprender a manejar algunos de los modernos aparatos. Don Gonzalo tenía razón, era mejor así, iniciar una vida nueva, dejar todo atrás como hicieron ambos al salir de Cuba.

Esa semana Susana le comunicó a Gonzalo su intención de publicar un libro con las recetas de Belén y la noticia lo dejó asombrado, nunca imaginó el potencial que tenía su cocinera. ¿Un libro de cocina cubana? Comenzó a evaluar las oportunidades que se presentaban para la televisora, quizás un programa basado en el libro como había otros en los canales en inglés, pero eso estaba en el futuro y no quiso insinuarlo. Le manifestó su interés en el proyecto sin comprometerse a nada. Unos días después, cuando Eusebio ayudado por Fidelia y un ayudante se ocupaba de colocar las pertenencias de los niños en una camioneta, llegó Carlos López, acompañado por dos abogados y una orden del juzgado para someter a sus nietos a un examen sicológico. Al enterarse de que estaban de viaje, montó en cólera y amenazó a Eusebio con acusarlo de robo si no se alejaba de inmediato sin llevarse nada de la casa.

—Oiga viejo, usted no me asusta, parece que se olvidó que no estamos en Cuba, váyase al carajo —le contestó Eusebio haciéndole señas a Fidelia que tirara los paquetes de ropa en la entrada, que quedó abierta. Al alejarse y en un gesto final, Eusebio lanzó las llaves a los pies de los abogados que, incómodos, no sabían qué hacer.

Carlos López gritaba exigiendo saber en dónde estaban sus nietos, pero Eusebio sin prestarle atención se alejó manejando muy despacio. Ese fue el último día que estuvo en la casa que quedó poblada únicamente por sus fantasmas. Eusebio decidió no comunicarle lo sucedido a Gonzalo, en realidad prefería dejar el asunto en manos de los abogados y se dedicó a arreglar la nueva casa con lo que trajeron del apartamento en la que los niños tendrían habitaciones separadas y camitas con barandales. La secretaria de Gonzalo consintió en ocuparse de lo que faltaba y cuando regresó dos semanas después, casi todo estaba en orden. Eusebio notó que Gonzalo se veía relajado, muy distinto, como si algo importante le hubiera ocurrido o hubiese tomado una decisión que afectaría su vida y ni se inmutó cuando le contó la pelotera que armó Carlos López frente a sus abogados.

—Con gusto le hubiera cerrado la boca de un piñazo, pero no quise complicar más las cosas —dijo satisfecho.

—No tiene importancia, Eusebio, ese viejo no puede hacer nada ni inventar más mentiras. Ya sabemos a dónde se dirigía Patricia el día del accidente. Recibí un mensaje de mi secretaria; una señora quería hablarme con urgencia, se trataba de la amiga que Patricia iba a visitar, alega que ella la llamó bastante alterada diciendo que necesitaba alejarse un par de días para descansar en la playa y olvidarse de algunos problemas que enfrentaba. La esperó varias horas y cuando no llegó, llamó a

Coral Gables. Dice que no logró entenderse con la persona que contestó el teléfono e imaginó que mi mujer había cambiado de idea. Al día siguiente viajó a New York y de allí a Londres, acababa de regresar cuando se enteró de lo ocurrido por una amiga en común. Mi secretaria dice que la señora parecía estar muy apenada por lo sucedido, lo sentía muchísimo. Viene el jueves a hablar conmigo, todo lo que diga hay que dejarlo por escrito para que una vez por todas se acabe la especulación de que fue un suicidio —dijo sombrío.

Eusebio lo miró en silencio, presentía que no iba a ser tan fácil, la gente prefería imaginar lo peor, comentar entre risitas la historia secreta de violencia, maltratos y suicidio. Dirían que era extraño que esa gringa apareciera ahora después de tantas semanas, a lo mejor le estaban pagando para llegar con ese cuento. Gonzalo no se llamaba a engaño, nada iba a ser igual, el daño estaba hecho.

La reunión con Doris Powell tuvo lugar unos días después. Llegó en un convertible blanco, una broceada rubia platinada, muy maquillada que disimulaba sus cuarenta o más años, pantalones y sandalias blancas, camisa de seda azul floreada, gafas oscuras, parecía un anuncio turístico para los hoteles de Miami Beach. Recibió sus condolencias y explicaciones, sin acabar de entender la relación de Patricia con esta mujer, obviamente muy rica, pero no quiso preguntar más de lo necesario, sin olvidar lo mencionado por Alberto. Doris se abstuvo de mencionar el asunto del abogado, ya no venía al caso, Patricia estaba muerta y era mejor que su marido no se enterara lo que buscaba en esa frustrada visita a su condominio. La secretaria tomó su declaración para ser enviada a las autoridades y el caso fuese cerrado. Doris se despidió pensando que un hombre tan atractivo merecía una segunda mirada, Patricia había sido una tonta que no supo apreciar lo que tenía.

Gonzalo había tenido esas dos semanas de vacaciones para pensar en el futuro y tomar algunas decisiones entre ellas: dejaría temporalmente la gerencia general de la televisora y se dedicaría a proyectos especiales. Esa había sido una idea largamente acariciada, pero nunca tuvo tiempo para llevarla a cabo, ahora era el momento. Robaina no estaba nada feliz con la idea, pero no le quedó más que aceptar ante la determinación de Gonzalo. En su lugar quedaría de subgerente un ejecutivo cubano que trabajaba en la televisora hacía algunos años, un hombre muy capaz pero según Robaina, con poca imaginación.

—Para variar un poco la programación tengo unos proyectos en mente. Ya están funcionando los enlaces con México y España, pero considero que lo importante son los noticieros. Se enfocan demasiado en sucesos locales y en lo que está pasando en Cuba, cuando este país en el que vivimos está en medio de una crisis política y económica, ya lo he reclamado varias veces sin respuesta —dijo Gonzalo algo molesto.

Unos días después, la reorganización se había llevado a cabo y estaba instalado en otra oficina lejos del tráfico de la gerencia en para trabajar sin ser interrumpido las horas que considerara conveniente, siempre manteniendo contacto con el manejo de la televisora que ahora contaba con tres canales. Tenía muchas ideas para nuevos programas y una que lo entusiasmaba era el libro de Belén. Se había concentrado en estudiar la presentación, en uno de los canales en inglés, de una famosa cocinera experta en comida francesa, que tenía una gran audiencia por ser tan espontánea, pero no encontró programas culinarios de otros países. Comenzó a pensar en la cocina de Cuba, México,

Perú y otros lugares; le parecía que estos proyectos tendrían gran acogida. Lo difícil sería encontrar el material y el recurso humano para llevarlos a cabo. Necesitaba analizar el asunto más a fondo y consultar a expertos en la materia.

Estaba en paz consigo mismo, contento en la nueva casa, cerca de sus hijos, una vez más su vida tomaba un giro inesperado. Cuando los abogados de Carlos López llegaron a la oficina con la orden del examen sicológico ordenado por un juzgado de menores, se negó a atenderlos. No le importaba lo que hicieran, estaba dispuesto a pelear este asunto en cualquier corte, no iban a entregar a sus hijos tan fácilmente y sus abogados presentaron una contrademanda. Eusebio se quedaba en la casa durante sus ausencias, no confiaba en más nadie, Carlos López era capaz de cualquier cosa con tal de salirse con la suya.

Dos días después, doña Carmen vino a la oficina a rogarle que la dejara ver a sus nietos. Ella no estaba de acuerdo con la conducta de su marido, todas esas acusaciones eran una locura. Gonzalo no pudo negarse al notar las lágrimas que trataba de contener y acordaron que la esperaría temprano. Iba a estar presente, aunque la señora parecía ser sincera no bajaría la guardia ni un minuto. Cuando doña Carmen llegó, tuvo que contener la emoción frente a los niños que la miraban curiosos, sin reconocerla. En los rostros de esas criaturas buscaba a su hija y de alguna manera se culpaba por todo lo sucedido. Le había consentido todos los caprichos desde niña, la dejó quedarse en Europa demasiados años, la empujó a casarse cuando apareció el primer candidato y después no había sido firme cuando notó que se apartaba de sus hijos y su marido con cualquier excusa. Ahora solo le quedaban esos niños y su hijo, no iba a permitir ni un día más que los prejuicios de su marido la apartaran de

Alberto al que escribía a escondidas. Estaba dispuesta a enmendar todos los errores cometidos en su vida.

Desde el primer año de su matrimonio Carmen supo que su marido era inescrupuloso y demasiado ambicioso, pero ella escogió ignorar todo lo que hacía. Cuando Batista usurpó el poder, Carlos López Barrero fue uno de sus primeros aliados. Durante esos años, mientras las consortes de autoridades del régimen se regodeaban entre tantos privilegios y lujos y pretendían ignorar las historias que circulaban de sus maridos en fiestas privadas con cabareteras, Carmen se refugiaba en la iglesia y el cuidado de su hogar para no ver ni oír. Siempre fue una cobarde que al final del día hacía exactamente lo que su marido deseaba, aunque la había engañado más de una vez. Salieron de Cuba mucho antes del sangriento final, como si nada, con todo ese dinero robado del tesoro público.

Carmen tenía fondos propios, heredados de su padre, un exitoso hacendado de Camagüey. Toda su infancia había transcurrido en la casa paterna, ella y sus dos hermanas mayores recibían clases en la finca, pero en la secundaria las enviaron a un internado de La Habana, y se graduaron de bachiller en letras una tras otra. Para entonces tenían una gran casa en La Habana desde donde su madre se esforzó en introducir a sus hijas en la alta sociedad hasta lograrlo, dinero tenían de sobra. Carmen comenzó a estudiar en la Universidad de La Habana, más interesada en encontrar marido que otra cosa. Por eso, cuando se enamoró de Carlos López, un estudiante de contabilidad de origen humilde, su madre se molestó mucho. Ya sus hermanas estaban comprometidas con jóvenes de sociedad y Carlos no estaba a la altura de sus ambiciones. Pero Carmen se empecinó y acabaron casados en una sencilla ceremonia, cuando

sus hermanas habían tenido un despliegue de lujo en el Country
Club y fueron a vivir en un pequeño apartamento por el Vedado. Carlos ya había conseguido trabajo en el Banco Nacional,
donde por su habilidad no tardó en ascender. Cuando ocurrió
el golpe de estado en contra del presidente Prío Socarrás ya era
subgerente y en tenía contactos secretos con los militares y fue
encargado de expropiar todas las cuentas de algunos políticos,
despedir a ejecutivos del banco y quedarse con el control total de
la institución al servicio de Fulgencio Batista. Así fue como llegó
a ser ministro de Finanzas, su ambición y falta de escrúpulos le
servían bien. Carlos López separó a Carmen de su familia que
antes lo había mirado de menos y ahora su presencia causaba
temor. En el poder podía hacer lo que le pareciese y Carmen
sospechaba que algo tuvo que ver con la estrepitosa quiebra del
negocio de uno de sus cuñados.

A medida que sus hijos crecían, Carmen comenzó a notar
que Alberto era algo diferente y le dolía el hostigamiento al
que lo sometía su padre, pero nunca se atrevió a defenderlo.
Carlos López lo despachó a un colegio militar en Georgia para que enderezaran su torcida personalidad y quiso protestar,
pero ya era tarde. Ese día sin darse cuenta comenzó a odiar
a su marido y a penar por una culpa personal que no lograba
definir. Se confesaba a medias, sin saber qué decir ni lograr
que su confesor la entendiera. Después vino la rápida mudanza
a Miami a mediados del cincuenta y ocho, con el dinero que
heredó de su padre y los haberes de su marido. Con Alberto
estudiando en California y Patricia en el norte y después en
Italia, estaba más sola que nunca. Lo que quedaba de su familia
emigró a otros lugares o todavía permanecía en Cuba después del triunfo de la revolución y en una situación bastante

precaria. Cuando se atrevía a insinuar que debían buscar la manera de ayudarlos, su marido furibundo se negaba: se lo merecían por estúpidos, por hacerse los patriotas, por apoyar al maldito barbudo. Se dejó apabullar, hacía mucho que no sabía nada de su hermana Marta y su familia a los que hubiera podido ayudar con dinero propio. Toda esa sórdida historia del pasado cruzaba por su mente sentada en el jardín, viendo a sus nietos jugar. Lo único que motivaba a su marido era vengarse de Gonzalo, utilizando como arma la amenaza de quitarle los niños que le importaban muy poco.

Allí la dejó Gonzalo, pero bajo la observación cercana de Eusebio que disimulaba haciendo algunos oficios. Desde ese día, Carmen siguió viniendo todas las mañanas, les enseñaba a contar y todas esas canciones de infancia que recordaba, era feliz durante esas horas. Gonzalo la miraba intrigado, parecía ser tan sincera; quizás esa abuela era lo que necesitaban sus hijos, además de las niñeras. No era un sustituto para la madre que habían perdido, pero mejor que nada. Ni siquiera podía esperar que algún día Celeste viniera a conocer a sus nietos, ya se lo había hecho saber repetidas veces. Ella, de España, no se movía ni aun cuando le notificó lo de la muerte de Patricia y solo respondió con una simple esquela.

A pesar de las objeciones de su marido, Carmen compró un coche y contrató un chofer que la llevara a donde quisiera, no necesitaba pedirle autorización para visitar a sus nietos. Además, ahora Carlos podía salir libremente a visitar a la amante que instaló en un apartamento por Doral, sin tantas ridículas excusas. La mujer, por fastidiarla, la llamó varias veces para contarle detalles de la situación sin importarle el luto por su hija. Antes hubo otras y se dio cuenta que estaba harta de aceptar sin quejarse el rol de esposa abnegada por tantos años, ya esa situación rayaba en lo ridículo. Por primera vez en su vida, Carmen decidió enfrentarse a su marido para exigirle que dejara en paz a sus nietos, o ella saldría inmediatamente de su casa y lo dejaría solo. Carlos le gritó que era una vieja loca, que estaba enferma, que no sabía lo que hacía, le prohibía malgastar su dinero y estaba decidido a seguir con la demanda contra Gonzalo. Carmen lo oía como si estuvieran en dimensiones distintas. En esos momentos algo importante se rompió dentro de su pecho y se dio cuenta de que su matrimonio no le importaba, no iba a aguantar ni un día más. Esa mañana del enfrentamiento, cuando lo vio salir furioso tirando la puerta, tranquila recogió algunas pertenencias en tres maletas, guardó las fotos de sus hijos y sin mirar atrás se mudó a un apartohotel diseñado para personas mayores con todas las facilidades; lo había localizado unos días antes con la ayuda de una conocida de la iglesia a la que asistía. Cuando le contaba sus dudas y problemas, el padre Ignacio señalaba la importancia del sacrificio personal, el perdón y la santidad del matrimonio que no debía violarse jamás, citando un montón de escrituras. Pero Carmen acabó por convencerse que Dios no podía ser tan injusto al exigirle tan inútil sacrificio y se mudó al hotel. ¡Qué alivio despertarse cada mañana con el sol en la cara y sin nadie a su lado quejándose de todo! Le escribió a Alberto notificándole su cambio de domicilio y le pidió que viniera a Miami unos días, lo necesitaba para algunas decisiones que deseaba tomar con su patrimonio personal.

Gonzalo se enteró días después de lo sucedido y le pareció un poco extraño, no imaginaba que Carmen fuese capaz de desafiar a Carlos López y mucho menos mudarse a un hotel por su cuenta. Bueno, nada de eso le concernía, su única preocupación era la estabilidad de sus hijos. Con tres años de edad muy pronto

entrarían en una escuela Montessori, era hora que aprendieran a
hablar inglés, todas las niñeras habían sido hispanas y este era su
país. Pedrito trataba de repetir todo lo que oía en la televisión,
Laly era más tímida, no se iba a adaptar fácilmente a un cambio
de ambiente. Cuando el día llegó, los llevó a la escuela, sin la
niñera, acompañado por Eusebio al timón. Se veían tan distintos
en sus uniformes, Pedrito en pantalones cortos, camisa con una
corbatita y Laly parecía una muñeca con la coqueta faldita plisa-
da. Para atenuar en algo el cambio, llevaba días hablándoles de
la escuela, quería que estuviesen preparados. Cuando llegaron,
Pedrito entró corriendo con un simple adiós, sin mirar atrás,
pero Laly conteniendo el llanto, se aferraba a su mano y tuvo
que llevarla hasta la maestra que esperaba rodeada de otros llo-
rosos niños. Gonzalo recordaba que a los seis años fue solo por
primera vez a la escuela del barrio y después le tocó llevar a un
reacio Eligio de la mano. Pedro nunca los acompañó ocupado
en la tienda, mientras Celeste los despedía desde el balcón como
si nada. Eran otros tiempos, la escuela estaba a dos cuadras de la
casa, no había ningún peligro. Quizás fueron esos años de indiferencia, los que lo obligaron a alejarse de sus padres. Celeste se
ocupaba de alimentarlos y darles cierto orden en sus vidas con
el menor esfuerzo posible; Pedro sólo pensaba en esa maldita
tienda, empecinado en acumular dinero para regresar a Asturias.
Pero cuando ocurrió la trágica muerte de Eligio se dio cuenta
demasiado tarde que a su manera, sus padres se preocupaban
por ellos, sin haberlo demostrado mucho. No iba a hacer lo
mismo con sus hijos, no le importaba lo que la gente pensara,
se proponía ser un padre modelo pendiente de cada minuto de
sus vidas y no trató de disimular las lágrimas al despedirse de
Laly ante la mirada asombrada de Eusebio.

Cuando regresaban de la escuela a mediodía era toda una aventura mientras los niños insistían en mostrarle lo que aprendieron. Laly no se despegaba de su cuaderno de colorear y Pedrito rechazaba cualquier ayuda mientras intentaba amarrarse los cordones de los zapatos. A Gonzalo le pareció algo extraño que Carmen no hubiese aparecido por esos días, ya que estaba tan entusiasmada con la escuela de los nietos. Eusebio que se enteraba de todo, contó que Carlos López llegó al hotel de su mujer exigiendo que regresara de inmediato a su hogar y de paso ocasionando un pequeño escándalo que corría por toda la comunidad. Hasta afirmaron que levantó la mano para golpearla, pero su chofer lo contuvo. Maliciosas especulaciones que carecían de veracidad y de alguna manera envolvían a Gonzalo, ya que el viejo también lo culpaba del alejamiento de su esposa, convencido de que a ella jamás se le hubiera ocurrido faltarle al respeto de manera tan pública.

Todo lo ocurrido era denigrante, un hombre como Carlos López no podía tolerarlo y contactó a dos de sus antiguos subalternos cuando era ministro, unos matones que al llegar a Miami en uno de esos botes, lo buscaron pidiendo ayuda monetaria. Los mantenía contentos dándoles migajas de vez en cuando, no los quería demasiado cerca, pero presentía que algún día los iba a necesitar. Comenzaron con amenazas telefónicas a la televisora supuestamente de parte de los grupos gansteriles que operaban en el área de la playa, molestos por las constantes denuncias y acusaciones de corrupción de la policía que los protegía. Era uno de los programas de investigación periodística, diseñado por Gonzalo, que molestó a ciertas autoridades anglosajonas que resentían bastante la cubanización de la ciudad. La situación era algo peligrosa, reporteros habían sido expulsados violentamente del casino de algunos hoteles de la playa cuando andaban husmeando y retratando a conocidas personalidades del bajo mundo provenientes de Chicago y Las Vegas acompañados de artistas y celebridades, mientras las autoridades locales miraban hacia otro lado permitiendo el tráfico de drogas, la prostitución y el juego ilegal.

Cuando Gonzalo fue golpeado por los matones de Carlos López en el garaje de la televisora, todos pensaron que el ataque provenía de los que se sentían amenazados por los reportajes. Pero Gonzalo de inmediato sospechó de su suegro, los sujetos eran cubanos, los oyó hablar. Se limitaron a unos cuantos golpes y daños a su carro. Los mafiosos utilizaban otros métodos más violentos y no les interesaba llamar la atención de los medios. Era una vieja táctica de la dictadura usada para mantener a la víctima en constante zozobra con amenazas, golpizas, invasión a los hogares y destrucción de la propiedad. Pero no estaban en Cuba y no iba a quedarse esperando que lo volvieran a atacar. La policía logró identificar a los dos sujetos por las huellas que dejaron en el carro; tenían un prontuario por delitos menores, pero parecían haberse esfumado.

Sin presentar pruebas Gonzalo no podía acusar a Carlos López ante las autoridades, pero le hizo saber que estaba al tanto de la autoría del violento suceso sin detenerse a escuchar sus indignadas negativas. La junta directiva de accionistas de la televisora fue informada de la situación, lo que creó un cierto malestar centrado en la persona de Gonzalo Alonso. Algunos resentían la morbosa atención que despertó todo lo ocurrido con la muerte de Patricia y ahora ocurría este ataque inexplicable con visos de gansterismo, venganza personal o quizás la mano larga del gobierno de Cuba. Se rumoraba que algunos accionistas querían pedirle la renuncia como gerente general y que se apartara un tiempo del manejo de la empresa. Pero ya lo estaba haciendo y escogió ignorar todos los comentarios maliciosos que adivinaba a sus espaldas.

Carmen regresó un sábado acompañada de Alberto, sin dar explicaciones por su ausencia y nadie las esperaba. Los niños recibieron al tío con algo de curiosidad, hasta que Laly decidió reclutarlo para mostrarle un rompecabezas que intentaba armar con entusiasmo.

—Tengo que regresar a San Francisco mañana. Le pedí a mamá que viniera conmigo por unas semanas, pero no quiere despegarse de sus nietos. Gonzalo, te agradezco mucho que le hayas permitido seguir siendo parte de la vida de esos niños —dijo Alberto al despedirse.

—Estaremos en contacto Alberto, en realidad Carmen es una gran ayuda y con todo lo que ha sucedido, tenemos que seguir adelante —dijo Gonzalo a la salida en donde esperaba un taxi.

Ni una palabra sobre Carlos López y era mejor así. Ya estaba cansado de consultar abogados, imaginar lo peor, y tratar de conciliar el sueño en medio de las terribles pesadillas que volvían a asediarlo como en los viejos tiempos, ese sentimiento de culpa que no lo dejaba descansar desde la muerte de Patricia. Sospechaba que hubo algo más que la amiga no quiso decirle de esa extraña visita a Miami Beach que le costara la vida. Lo peor es que no tenía con quién desahogarse, no quería agobiar a Eusebio con sus preocupaciones, bastante hacía el viejo cuidando de sus hijos. Tenía muchos conocidos, pero solamente un amigo después de tantos años en Miami. Construyó un muro a su alrededor que permitía a muy pocos asomarse y quizás fue la causa del derrumbe de su matrimonio. Historia pasada, era hora de seguir adelante, debía concentrarse en los nuevos programas y el que más le atraía era la cocina de Belén. Estaba al tanto de que Susana empezó la edición del libro bajo la dirección de una importante editorial. No sería un proyecto fácil, además de la traducción cada plato sería fotografiado a todo color. Susana quería una edición muy atractiva y estaba dispuesta a financiar gran parte del proyecto. Recibió la llamada de Gonzalo; sin hacer demasiadas preguntas le informó de que llegaría a Miami en unos días y podían reunirse en su oficina. Desde luego, Belén estaría presente.

—Quizás sería mejor hacerlo de manera menos formal, esto es solo una presentación preliminar, podemos reunirnos en mi casa —contestó Gonzalo.

—Está bien, lo llamaré cuando llegue. Mi firma está interesada en iniciar contactos en esta área de tan rápido desarrollo, así que vamos a abrir una oficina corporativa, lo que facilitará el trabajo con el libro.

—Qué interesante, imagino que Belén está muy contenta con la noticia —dijo Gonzalo, gratamente sorprendido.

Una semana después estaban reunidos en una tarde soleada en el portal de la casa. Los niños habían salido a pasear con Carmen y la niñera. Belén llegó acompañada por una Susana distinta, vestida de forma casual con pantalones, camisa blanca y sandalias. Muy al estilo Miami, pensó Gonzalo, curioso por el cambio. Sabía muy poco de la vida privada de Susana, solo lo que le contara Belén de la familia Villanueva y los años de exilio. Belén estaba rozagante, todo marchaba bien en el hotel, el restaurante era todo un éxito. Logró conformar un grupo de cocineros que seguía todas sus instrucciones y no la obligaba a estar presente todo el tiempo. Tenía una pequeña oficina cerca de la cocina en donde iban revisando el menú al gusto de los clientes, presentando platos nuevos cada semana. El extenso buffet de los domingos con su apetitosa presentación de platos y postres que era muy popular, todo amenizado por un conjunto de música cubana.

—Voy a comprar la casa donde vivo, don Gonzalo. Mi amiga Rosa y su esposo se mudan a New Jersey con su hijo mayor y su esposa que está embarazada. Me ofrecieron tomar la hipoteca y aproveché la oportunidad, ahora puedo costearla —anunció entusiasmada.

—Yo hubiera querido que compartiera conmigo el apartamento amoblado que alquilé por Brickrell mientras organizo la nueva oficina, pero ella insiste que se siente más cómoda en su barrio —dijo Susana.

Pero Gonzalo entendía perfectamente los motivos de Belén. En los barrios de lujo, sobre todo en los condominios de playa, los negros eran aceptados sin recelo solo como empleados de familia y debidamente uniformados. A medida que aumentada la población de refugiados cubanos, el rechazo se extendió sin disimulo a esos grupos iniciándose un éxodo de americanos hacia el norte de la Florida. Gonzalo recordaba el extenso movimiento que se inició en los años sesenta para exigir el fin a la discriminación racial y los mismos derechos civiles que tenían los blancos, una larga lucha que parecía no tener fin. Esa fue en su época de radio, cuando pasaba los días vigilando lo que pasaba en Cuba. Después el asesinato de John F. Kennedy con sus terribles consecuencias. Esas marchas de negros en otras ciudades poco le interesaban al público cubano. En el sur de la Florida, las cosas seguían más o menos igual, los inmigrantes fueron estableciéndose en las mismas clases sociales que existían en la isla, juntos pero no revueltos, muy poco había cambiado.

Fidelia había dejado preparada una bandeja de bocadillos que Gonzalo ofreció a sus visitantes, acompañados de vino blanco o limonada. Susana aceptó el vino y le sirvió una copa a Belén, a pesar de sus protestas.

—Vamos, vamos Belén, estamos celebrando el libro —dijo sonriendo.

Gonzalo esbozó de inmediato el proyecto que tenía en mente: un programa de televisión cuando el libro estuviese en venta, donde se prepararían cada día dos o tres platos distintos explicando cada paso. Susana escuchaba sin hacer comentarios, pero Belén lo miraba como asustada sin acabar de entender.

—¿Y quién se supone que haga todo eso? No cuente conmigo don Gonzalo —interrumpió con vehemencia.

—No te adelantes a los hechos Belén, esto es una conversación inicial, solo quiero presentarles una idea que puede ser muy exitosa, todo depende de ustedes —dijo Gonzalo mirando fijamente a Susana.

—Es una idea muy interesante —dijo pensativa—, ya terminaron de editar el manuscrito y ahora traducen cada receta con las explicaciones que añadió Belén. Falta lo más complicado, fotografiar cada plato y eso sería en un área del hotel cerca de la cocina.

—Sin ningún compromiso puedo recomendarles fotógrafos expertos que trabajan en la televisora y hasta decoradores ,si los requieren para el proyecto —añadió Gonzalo.

La tarde terminó sin acuerdos, Susana prometió evaluar la propuesta, mientras Belén permanecía en obstinado silencio. Cuando se disponían a partir, los niños regresaron con el acostumbrado jolgorio, abrazando a su padre y a Belén, para después examinar con curiosidad a Susana que les dedicó esa sonrisa especial reservada para niños que llaman la atención por su belleza o quizás con una cierta nostalgia por lo que pudo haber sido. La niñera en voz baja le informó a Gonzalo que doña Carmen mandaba sus excusas por haberse retirado sin entrar, estaba muy cansada.

Las negociaciones siguieron adelante por varias semanas y finalmente comenzaron a fotografiar los platos con los recursos de la televisora y el hotel. Belén al principio, estaba algo nerviosa por toda esa agitación de cámaras y desconocidos a su alrededor, pero poco a poco se fue adaptando. Tenía la ayuda de los cocineros y el asunto comenzó a ser muy divertido. Era como si estuvieran jugando: cambiaban de vajilla, de manteles, a veces un adorno de vegetales crudos o frutas. Los alimentos tenían que estar casi fríos, pero con aspecto fresco para ser fotografiados. Hasta Eusebio participaba en todo ese jolgorio recordando sus días de fotógrafo profesional, admirando las nuevas técnicas, cámaras, las películas de excelente definición y a veces, Susana a su lado, cuando disponía de unos momentos libres de la oficina. Un camarógrafo se dedicaba a filmar la actividad como si fuese parte del asunto, pero en realidad tenía órdenes de concentrarse lo más discretamente posible en Belén cuando daba instrucciones a los cocineros e insistía en probar cada plato una y otra vez.

—Pero Belén, en la foto no se ve el sabor —se reía Eusebio.

—Claro que sí —respondía indignada—, nada más miras la comida y sabes si tiene poca harina, tomate, demasiado aceite o se te pasó la mano en sal, se notan los grumos.

«Solamente tú puedes hacer eso, Belén, solamente tú», pensaba sin atreverse a decirlo en voz alta. Durante semanas siguieron trabajando sin descanso en un ambiente de camaradería y a veces mucha jocosidad cuando alguno de los presentes insistía en probar los platos.

Gonzalo se mantenía alejado de estas sesiones, pero cada día revisaba lo que su camarógrafo había grabado, acompañado por algunos técnicos y a veces, invitaba a Susana a ver las tomas, sopesando la posibilidad de realizar el programa que tenía en mente. Algo del antiguo entusiasmo se iba apoderando de Gonzalo, como en los primeros tiempos en la estación de radio, cuando vivía cada momento en plena efervescencia tratando de lograr algo más, quizás lo imposible. Ya lo había logrado, pero muchas veces se sintió vacío por dentro hasta ahora, con tantos proyectos nuevos en mente y lo de la cocina de Belén, era una prioridad. Sería algo muy nuevo en una televisora local, ya existían exitosos programas similares en inglés.

—Mírela bien, Susana, Belén es una excelente maestra. Cuando instruye a un cocinero lo hace con un lenguaje sencillo, pero muy efectivo. Me parece que ella no podría hablarle a un público invisible, frente a las cámaras. La idea es televisar el intercambio entre Belén y otra persona que quiere aprende a cocinar como ella.

—No va a ser fácil convencerla que lo intente, casi terminamos con las fotos y es posible que el libro esté terminado en noviembre —dijo Susana.

—Si la invito a ver algunas grabaciones, quizás cambie de idea. Me gustaría presenciar su reacción, ella es tan emotiva —dijo Gonzalo.

Cuando llegó el día, Belén llegó acompañada por Susana y Eusebio al pequeño estudio que habían preparado para mostrar los videos. Su primera reacción fue negarse a asistir pero

Susana terminó por convencerla, no iba a perder nada viendo lo que habían preparado. Permanecía inmóvil sin decir palabra, contemplando su imagen alegre mientras instruía al cocinero encargado de hacer el plato que iban a fotografiar. No podía creerlo, hablaba como Gume hacía tantos años cuando trataba de enseñarle algo y no pudo contener la risa, ella era igualita.

El libro finalmente salió a la venta en noviembre del setenta y nueve, el día en que Belén cumplía cuarenta y seis años. El lanzamiento oficial tuvo lugar en el hotel con la presencia de Ferrer, que llegó de México con un grupo de ejecutivos, y otra gente importante de la ciudad de Miami. Susana como representante de la editorial, recibía a los presentes, mientras Belén firmaba con su letra precisa los libros que le iban llevando los presentes. Era un momento importante en su vida, pero no estaba saboreándolo. Hubiera querido dejar las presentaciones y todo el resto a Susana, después de todo el libro fue idea suya y le costó mucho dinero. Su lugar era en la cocina, no en medio de toda esta gente que la miraba como a un bicho raro, una negra cocinera que sabía escribir. El texto había sido alterado muy poco y Susana se lo había hecho saber a todos los presentes. En el prólogo resumía la historia, de cómo Belén había sacado las recetas de Cuba, amarradas a su cuerpo. Una elegante joven se acercó a Belén, libro en mano con una amplia sonrisa.

—Señora Belén, permítame darle un abrazo. Usted no se imagina la felicidad que me ha dado mirar las fotos de su libro y recordar los nombres de las cosas que comía en Cuba cuando era niña. Mi hermana y yo hemos tratado de cocinar algunas recetas de mamá que ya falleció, y lo que salió no se parecía en nada, estoy decidida a comenzar desde la página uno —terminó entusiasta.

Otras personas alrededor, se unieron a los elogios, asegurando que les trajo un pedazo de sus vidas en la isla, muchos llevaban más de quince años en el exilio. En otras áreas de Miami se abrieron algunas cafeterías que ofrecían comida cubana, pero no con los detalles y las exquisitas recetas casi olvidadas que reseñaba el libro *Cocina cubana* con su nombre en grandes letras en la portada y en el interior una foto con la historia del libro. Ella se opusó a todo eso, pero Susana fue inflexible. La dedicatoria leía «A Gume, que me enseñó a cocinar y a don Julio Villanueva, que disfrutaba tanto el tocino del cielo».

La realización del programa fue mucho más difícil. Belén perdió la espontaneidad anterior al saber que estaban grabando las pruebas y no lograba establecer una relación fácil con el cocinero de turno, que parecía saber más que ella del asunto. Era engorroso, no era real y Gonzalo se dio cuenta de su equivocación. No había que instruir a cocineros, sino que a amas de casa, a gente común deseosas de aprender algo sobe la cocina cubana. Así, con los recursos de la televisión, convocó a voluntarias interesadas en participar en un programa y no se imaginó la respuesta que obtuvo. No fue fácil escoger las candidatas más aptas para el programa entre los cientos de aspirantes, pero se decidieron finalmente por mujeres jóvenes, con las que Belén se sentiría más cómoda. Por su parte Belén estaba decidida a alejarse del proyecto y solamente accedió a hacer una nueva prueba para complacer a Susana, convencida de que no iba a funcionar. Sin embargo cuando se enfrentó con la joven, una muchacha flacucha de mirada ansiosa que quería aprender a hacer croquetas y un postre sencillo como arroz con leche o natillas, no pudo resistirse y la toma fue todo un éxito. Era ella y Gume como hacía tantos años, las palabras salían fácilmente, las manos amasaban, cortaban, añadían ingredientes, contestaba preguntas con la ayuda de la alumna de turno que usualmente se quedaba por varios programas que grababan dos veces por semana. Sin desearlo, Belén se convirtió en una especie de celebridad, gran cantidad de solicitudes llegaban para participar en el programa, incluso de hombres deseosos de aprender, era abrumador. Su imagen era otra, más delgada, maquillada por los expertos de la televisora. Y su vida personal también cambiaba, tenía amistades entre los empleados del canal y el hotel, la invitaban a salir, iba a lugares a los que nunca se le hubiera ocurrido visitar, la gente la reconocía en las tiendas, la población de Miami se había convertido en una mezcla de razas en donde comenzaba a sentirse muy cómoda.

Gonzalo Alonso estaba satisfecho. En poco tiempo logró realizar un proyecto que parecía casi imposible. El otro programa que empezó, era una extensa investigación de la migración cubana a Florida y los extraordinarios logros que habían llevado a cabo en dos décadas. La inmensa mayoría llegó sin un centavo, solo sus manos y su deseo de trabajar y ahora comenzaba a insertarse en la clase media; no había nada igual en la reciente historia de los Estados Unidos. Quizás se comparaba a esa primera ola migratoria europea a principios de siglo que logró progresar con gran esfuerzo, pero les tomó mucho más tiempo. Dedicó el programa a entrevistas con los que habían logrado su objetivo: un agente funerario, médicos que se esforzaron por hacer la reválida para logar la licencia, matrimonios ocupados en limpiar oficinas de noche hasta tener su propia compañía, panaderos dedicados a hornear el solicitado pan cubano, las pequeñas cafeterías que aparecían en cada esquina, un mecánico de carros de lujo en Cuba que ahora se destacaba como ejecutivo en las máquinas Singer industriales, las opciones eran muchas, historias de éxitos, sacrificios y dedicación. Eusebio insistía que su trayectoria personal debía ser una de las primeras entrevistas, pero Gonzalo solo sonreía. No tenía la menor intención de exponerse al escrutinio público otra vez, estaba satisfecho con el grado de privacidad que logró al separarse de la gerencia.

Uno de los reporteros de la televisora se acercó a su oficina para proponer un proyecto de investigación distinto. A él le interesaba entrevistar a los que iban llegando en balsas, botes y tablas para conocer los motivos que los obligaron a tirarse al mar, lo que habían dejado atrás. Las noticias de ahogados y desaparecidos en el estrecho de Florida al principio llenaban páginas en los periódicos hasta que por cansancio esas noticias aparecían en pequeños párrafos en la última página. El asunto se había convertido en algo común, una desgarradora realidad que solo afectaba a los angustiados familiares que esperaban y a los que se quedaban en Cuba. Desde La Habana, Fidel vociferaba llamando gusanos a los sobrevivientes y a todos los que habían escapado del paraíso socialista.

Los reportajes de Jorge Payán tuvieron un éxito inmediato. Mujeres jóvenes ajadas por el intenso sol, la cabeza cubierta con pañuelos que ocultaban el cabello reseco por el uso de jabón de lavar por falta de champú, las manos callosas no acostumbradas a las labores agrícolas al ser obligadas a trabajar en el campo los fines de semana supuestamente como voluntarias, mas parecían campesinas rusas que mujeres cubanas. Hombres que dejaban a su familia para tirarse al mar en una precaria embarcación en busca de un futuro mejor, algunas historias trágicas, otras llenas de heroicidad y esperanza. Más de uno llegó preguntando si era verdad que el hombre arribó a la luna en el sesenta y nueve pues la propaganda oficial de la isla insistió por muchos años que era un engaño creado en un estudio de cine.

No se imaginaba Payán que sus reportajes saltarían a la fama mundial cuando en marzo del ochenta un pequeño grupo de cubanos irrumpió en la embajada de Perú en La Habana solicitando asilo político. Al caer las verjas, pocas horas después, más de diez mil cubanos ocupaban cada rincón del jardín de la misión diplomática, solicitando asilo. Perú pidió ayuda a otros países que aceptaron recibir algunos refugiados. Sorpresivamente, el gobierno anunció que iba a permitir la salida de todos los que lo desearan desde el puerto del Mariel, al oeste de La Habana. Entre abril y octubre de ese año, más de ciento veinticinco mil personas salieron por el Mariel en flotillas y yates que enviaban los cubanos residentes en Miami. Lo que nadie esperaba es que las autoridades cubanas llenaran los botes de convictos y pacientes siquiátricos, mezclados con ciudadanos comunes. Algunos botes estaban tan sobrecargados que acabaron por naufragar. Esta masiva migración agobió los recursos del estado de Florida, provocando gran desempleo. Los inmigrantes se resistían a ser reubicados en otros estados que los aceptaran como Arkansas. Algunos criminales identificados, fueron encarcelados pero toda esta caótica situación creó un grave conflicto político para el presidente Carter quien en octubre se vio obligado a llegar a un acuerdo con el gobierno de Castro para suspender los viajes del Mariel. La faz de Miami cambió radicalmente y para siempre con estos sucesos y sus nuevos residentes, llamados marielitos, fueron visots con mucha desconfianza por los residentes aún décadas después.

Cuando Payán agotó sus reportajes del fenómeno Mariel, la televisora se esforzó en aumentar su audiencia con nuevos programas, algunos locales, otros importados de México y España. Desde la muerte de Francisco Franco en el setenta y cinco, la televisión en España sin censura, había florecido de manera importante y muy divertida y de paso, había logrado vender el programa de Belén. Era un cambio lo que los televidentes deseaban, cansados de tantas tragedias y muertos.

Pasados seis años desde la muerte de Patricia, Gonzalo estaba satisfecho con lo que había logrado, alejado de la vida pública, dedicado a sus hijos que crecían de un día a otro, pendiente de sus juegos y estudios. La abuela era una asidua visitante, los hacía leer en voz alta, en español e inglés y la inquisitiva Laly interrumpía para pedir explicaciones de cada historia.

Su relación con Susana solo tenía que ver con los intereses de Belén, aunque a Gonzalo le hubiera gustado algo más personal, pero Susana parecía haber levantado una cerca alrededor de su intimidad. Trabajaba arduamente en el nuevo bufete, había encontrado interesantes oportunidades en la ciudad, pero siempre pendiente de todo lo que tenía que ver con Belén. Lo único que Gonzalo sabía es lo que le había contado Belén de su vida en Cuba y sus estudios en Boston. Tenía que haber algo más y se propuso averiguarlo decidido a conocer mejor a Susana, sentía una profunda atracción hacia ella, un sentimiento que pensó que no volvería a experimentar. Debía ser paciente y sobre todo discreto, Susana era una persona muy privada.

CAPÍTULO IX

Una de esas noches comencé a soñar otra vez con mamá. La veía muy joven y vestía de amarillo, la cabeza adornada con una flor del mismo color, igualita a la virgencita de la Caridad. Me llevaba de la mano como me veo ahora, por las empinadas calles de Regla. Íbamos a visitar a Yemayá en su santuario, para darle las gracias por todo lo bueno que me ha pasado. Cuando llegamos me encontré sola en la oscura iglesia, envuelta por un sofocante olor a incienso, y despertaba sobresaltada. ¿Qué había tratado de decirme mamá? Quizás no debía dejar que todo esto se me subiera a la cabeza, no sé, costaba acostumbrarse a mi nueva vida. Me gustaba mucho lo que hacía, pero a veces deseaba estar sola por un tiempo arreglando la primera casa que había tenido en mi vida, cortinas nuevas, repisas en cada pared, o dando vueltas por allí en mi carrito azul como hacía antes sin tantas presiones. Eusebio insistía en que debía cambiarlo por otro mejor, pero estaba decidida a no soltarlo aunque asegurara que era un fotingo cualquier. Ese hombre tenía fijación con las máquinas, mientras más grandes y costosas mejor, hasta que mareaba.

El restaurante del hotel había tenido mucho éxito y ya poco me necesitaban, excepto cuando tenía que hacerle algunos cambios al menú. Hacían un gran despliegue del libro y muchos turistas lo compraban, las recetas en inglés y español y las fotos eran realmente apetitosas. La vieja colmilluda seguía insistiendo en publicar algunas recetas en su revista y me llamó varias veces, pero le indiqué que Susana era mi representante y que se dirigiera a ella. Quizás pensó que con tanta necedad podría amedrentarme, no sé. No quería verla ni de lejos.

¿Por qué casi nunca soñé con papi en todos esos años? La única visión que me quedaba era esa última visita cuando nunca más regresó ni cuando los muchachos murieron. Por esa época vivía convencida de que algo le estaba pasando, que a lo mejor estaba enfermo, pero una vecina se encargó de disipar el misterio. Lo había visto muy saludable en una calle de La Habana Vieja acompañado de una mujer y dos niños. Mamá no volvió a pronunciar su nombre, pero yo, siendo bastante terca, seguía yendo al embarcadero esperanzada en encontrarlo entre los pasajeros que llegaban. Quizás por eso se borró de mis sueños.

Por esos días uno de los técnicos de la televisora, un mulato dominicano alto y delgado, insistía en esperarme cuando salía del estudio y al pasar me decía cosas que me ponían la carne de gallina, esa deliciosa sensación de hacía tantísimos años que creía haber olvidado. Lo conocí la primera vez que acepté salir con un grupo del trabajo a un lugar por la ocho en donde tocaba un conjunto acabado de llegar de New York. Fue mi amiga Olga la que me convenció de asistir al evento. No seas antisocial Belén, vamos chica no todo es trabajo, necesitas diversión de vez en cuando, decía. Yo creo que estaba más interesada en que podía llevarla, no tenía carro y vivía cerca.

Rubén Fernández se llamaba el susodicho y me sacó a bailar en cuanto arrancó la música .Cuando me negué alegando que no sabía, muerto de risa decía ¿una cubana que no sabe bailar? vamos muchacha, es hora de enseñarte, y de todas maneras me llevó del brazo a la pista. La verdad es que no lo hice nada mal, él me guiaba con destreza, su brazo fuerte en mi cintura, por lo menos era un bolero de esos que cantaba la Guillot con una emoción que erizaba. Para mi sorpresa comenzó a gustarme el asunto y Rubén me sacó a bailar por lo menos ocho veces más, aún las guarachas más movidas. Bueno, allí comenzó todo, él me llamaba, me esperaba afuera cuando terminaba un programa. Contó que tenía 44 años era electricista, había emigrado a Miami diez años antes, tuvo que esforzarse mucho para conseguir trabajo en la televisora y me aseguró que era soltero y sin compromiso, lo que parecía un poco extraño. No me pude contener y le dije a Olga lo que me estaba pasando, pero ella me advirtió que no le hiciera mucho caso. Esos tipos salen de su tierra dejando atrás mujer y una chorreteada de hijos que luego aparecen cuando menos esperas. Sal con él y diviértete un poco, pero no se te ocurra meterlo en tu casa. Si te provoca acostarte, que te lleve a un hotel, por aquí hay muchos de corta estadía, así es más divertido. Eso es lo que hago cuando tengo la oportunidad, insistió. Olga me dejó boquiabierta... no tenía idea que fuese tan liberada. Cincuentona, oriunda de Puerto Rico, era recepcionista en una de las oficinas de la televisora, viuda con dos hijos grandes que trabajaban en Chicago. Todo lo que decía me asustó un poco, pero a pesar de mis negativas Rubén siguió insistiendo y no sabía qué hacer, me gustaba mucho. Había estado sola tantos años, Eusebio había sido mi único amigo y no me atrevía a contarle nada, pero al fin... me decidí.

—Así que tienes un pretendiente... vaya negra, ya era hora, estás un poco pasadita...

—No te burles de mí, Eusebio, esto no es relajo. Solo pido tu consejo.

—Me dices que el tipo te gusta, bueno, vamos a averiguar si todo lo que dice es verdad. Será bastante fácil, en la televisora se encargan de investigar a todo el que trabaja allí.

—Por favor no se te ocurra decirle nada a don Gonzalo —exclamó alarmada.

—No te preocupes, puedes contar con mi discreción, tengo mis contactos —dijo risueño.

Dos días después llegó a buscarla cuando terminaba el trabajo del día. Parecía estar tan serio que Belén supo de inmediato que las noticias no eran buenas.

—Bueno amiga, buena perla has escogido. El hombre mantiene a dos mujeres y tres niños en Dominicana —la sonrisa burlona afloraba.

Belén lo miraba espantada, sin saber qué decir con un nudo en la garganta y se dio cuenta que estaba a punto de echarse a llorar.

—No te alteres, negra, son su mamá y una hermana que tiene tres hijos y el marido la dejó. El muchacho es una joya, hace lo que puede por sus sobrinos para que asistan a la escuela y tengan lo que necesitan.

—Me dan ganas de darte un piñazo por antipático... —dijo indignada y a la vez aliviada.

Decidí tomar las cosas como venían. Era importante no ilusionarme demasiado y mucho menos seguir los consejos de Olga, que opinaba que tenía que ser menos beata, chica pero ya no eres una pepilla de quince, ni que fueras virgen, insistía. Si le hubiera confesado que nunca me había acostado con nadie, no me habría creído. Acepté salir con Rubén varias veces al cine o a bailar con el grupo de amigos y al final de la noche, unos cuantos besos de despedida antes de llevarme a mi carrito, porque yo insistí en llegar a la cita por mis medios. Me hubiera gustado invitarlo a comer en casa, pero no me decidía. No quería que pensara que lo estaba presionando a algo más, pero confieso que entonces, me hubiera gustado mucho más. Cada vez que encontraba a Eusebio me hacía un gesto interrogante y no le iba a dar el gusto, el muy bochinchoso era capaz de contarle todo a don Gonzalo.

Pero Gonzalo ya lo sabía. Eusebio, preocupado por el bienestar de Belén, no había titubeado en pedirle apoyo para averiguar los antecedentes del dominicano.

—No te confíes demasiado Eusebio, ese tipo puede ser un vividor, y no lo hemos captado. Belén no está acostumbrada a manejar dinero y ahora gana bastante. Como quien no quiere, hazle saber sin amenazas que ella es parte de mi familia —enfatizó.

Eusebio lo escuchaba con la mueca de medio lado. Vaya que acusarlo a él de amenazar a alguien... bueno quizás lo había hecho al principio cuando buscaba fondos para el programa de radio, nada más tenía que recordarle a algún batistiano que el gobierno americano miraba con malos ojos el contrabando de dinero sucio y enseguida abrían la bolsa. Eso sí, nunca más los molestaba, ese era el arreglo y él lo respetaba.

Unos días después, Eusebio se agenció para encontrarse con la pareja cuando se dirigían al cine y saludó efusivamente a Belén que intrigada, no le quedó más remedio que presentarle a Rubén. Eso no había sido casual, qué va, conocía demasiado bien al viejo. Después de saludarlo, con breves palabras le mencionó la alta estima en que Gonzalo Alonso tenía a Belén y se despidió con una sonrisa socarrona, satisfecho que el mensaje había sido entregado.

¡Qué sofoco me dio ese asunto...! Rubén me dijo medio en broma que se daba cuenta que tenía guardaespaldas. Hubiera querido retorcerle el pescuezo a Eusebio, segura que don Gonzalo no tenía nada que ver en el asunto. Casi ni me enteré de qué se trataba la película que veía a medias, aunque el brazo de Rubén sobre mis hombros me daba cierta confianza. Y después lo invité a casa a tomar café y bueno, comenzó a besarme y sin darme cuenta estábamos en mi recámara, me quité la ropa y él forcejeando con mi ajustador logró abrirlo y yo algo asustada todo el cuerpo me temblaba cuando sentí su cuerpo desnudo sobre el mío. Fue un poco penoso confesar que era la primera vez, creo que no lo creyó y me penetró con tanta fuerza que me dolió bastante, aunque después las cosas estuvieron un poco mejor

hasta que le vino un estremecimiento que parecía estar sufriendo. Me levanté al notar que un líquido pegajoso mezclado con algo de sangre me corría entre las piernas y tuve que correr a bañarme, me sentía sucia. Cuando salí, Rubén esperaba vestido sentado en la cama, las sábanas estiradas y la mancha delatora en el centro. Hablamos muy poco, como si nos costara encontrar las palabras, no hubo más caricias, preparé un café que tomamos en el portal, la noche estaba algo fresca. Antes de irse me dijo que ya entendía lo del guardaespaldas. Era sábado y pasé la mañana sentada en el portal, como embobada, no sabía qué sentir o pensar, todo había sido tan extraño. El teléfono sonó más de una vez y no quise contestarlo, sabía que no era él. Un camión de reparto paró frente a la casa y un azorado muchacho preguntó si tenía la dirección correcta, había llamado y nadie contestaba. Traía una larga caja con media docena de rosas rojas y una tarjeta que simplemente decía «Gracias Belén» firmado con una sola R. El corazón me dio un vuelco, esas flores me sonaban a velorio, si te he visto no me acuerdo, se acabó lo que se daba y tuve que hacer un esfuerzo para no echarme a llorar como una fiñe enamorada. El domingo temprano fui a la iglesia a llevar las flores a mi virgen, allí estaban mejor, no muriendo de tristeza en mi casa.

Rubén Hernández fue a trabajar ese sábado como un autómata. Se daba cuenta de que estaba metido en tremendo lío, había metido la pata —bueno, no exactamente la pata— en la cama de la consentida de don Gonzalo Alonso una estrella de la televisora. Cuando comenzó a buscarla, de verdad que le gustaba mucho, pensó que se trataba de una mujer con experiencia, dueña de sus actos, lo que hicieran en la intimidad no tendría consecuencias, ambos eran adultos. Pero ahora a lo mejor Belén estaba como quien dice caída con él, las mujeres son así de bobas por ser la primera vez, pero él no tenía nada que ofrecerle.

Con sus obligaciones en Dominicana, lo que ganaba solo le alcanzaba para costear su pequeño apartamento, ahorrar algo y divertirse de vez en cuando. Y eso es lo que había hecho con Belén, pasarla bien. Le molestó bastante el encuentro con Eusebio, parecía ridículo que estuvieran pendiente con quién salía Belén como si fuese una quinceañera, y por eso decidió meterla en la cama. ¡En qué rollo se había metido! Capaz que lo despidieran del trabajo que tanto esfuerzo le había costado conseguir. Después de pensarlo por cuatro largos días, decidió que iba a sincerarse con Belén que parecía ser una persona razonable, pero tendría que ser cuidadoso para no herir sus sentimientos.

Qué días esos, no podía dormir, la espera me tenía en ascuas, ¿qué podría haberle pasado a Rubén? No tenía su teléfono, solo que trabajaba en algún lugar de la televisora. Estaba libre por esos días, habíamos terminado lo programado ese mes. Para distraerme visitaba a los niños casi todos los días, cuando regresaban de la escuela, contando historias y nuevas palabras en inglés. Aprendían a leer y contar, me sentaba con Laly a repasar su libro unos momentos antes del almuerzo. A esa hora llegaba don Gonzalo acompañado por Eusebio, que a veces le servía de chofer. Qué gusto me da verte, dijo, vengo a almorzar con los niños cuando puedo. Yo sonreía, tratando de evitar la mirada inquisitiva de Eusebio. No le iba a darle el gusto a ese viejo entrometido que se enterara lo que me estaba pasando. Así que me despedí rapidito alegando otro compromiso, sin aceptar lo que Fidelia me había preparado. Esa astuta muchacha se había dado cuenta enseguida por mi estado de ánimo que algo me estaba pasando. Pero Belén, tienes una cara de penitente en semana santa que asusta, me decía mirándome de arriba abajo al llegar y allí mismito, en media cocina le conté todo el asunto y me obligó a sentarme. ¿Dominicano? Te veo mal, mis paisanos son unos picaflores, ya tú sabes cómo es eso, andan revoloteando de una mujer a otra.

Olvídalo y no lo determines más, Belén esos tipos no valen la pena. Y no tuve el valor de confiarle que había sido mi primera vez, y como me sentía, iba a ser la última. Me hubiera gustado hablar con Susana, pero tenía dos semanas de andar de viaje. Ella podría aconsejarme o por lo menos consolarme sin imaginar que lo peor estaba por venir. Cuando el teléfono timbró el jueves tarde, estuve a punto de no levantar el audífono, pero a lo mejor era alguien del hotel o la televisora. Su voz llegó trémula, como si le costara hablar. Nada de ¿cómo estás, amor? o algo así. Ya me convencí que veo demasiadas películas románticas. Rubén quería reunirse conmigo el viernes en el mismo lugar en donde nos conocimos, temprano, antes que comenzara la música, tenía mucho que contarme. Parecía estar rogando y haciendo de tripas corazón, decidí ir sin saber qué esperar. Allí lo encontré fumando nervioso, me saludó con un estrechón de manos y un ¿cómo estás? fue lo único que atinó a decir. Yo pedí un refresco y Rubén una cerveza, noté que le temblaban las manos y fumaba un cigarrillo tras otro.

—Mira Belén, no fue mi intención hacerte daño —dijo, restregándose las manos sin mirarla.

¿Qué daño? Belén no acababa de entender; algo preocupada, esperaba una explicación que parecía costarle bastante.

—La cuestión es que no puedo perder mi trabajo por lo que pasó entre nosotros, tengo muchas obligaciones, solo quería pasarla bien contigo, no tengo nada que ofrecerte eso es todo y bueno ya sabes... lo siento mucho —se enredaba, buscando explicaciones.

—Pero ¿de qué estás hablando? Yo no te he pedido nada, absolutamente nada —lo interrumpió molesta.

El hombre la miraba nervioso, sin saber cómo proseguir, pero de repente Belén capto el mensaje. Rubén estaba tratando de librarse de ella, quizás por las insinuaciones de Eusebio, no quería compromisos ni tampoco buscarse un problema si ella se quejaba con Gonzalo de haber perdido su virginidad, pero qué estupidez, ¿cómo se le ocurría que iba a comportarse como una niñita? Se levantó lentamente, le hubiera gustado tirarle encima el refresco como hacían en las películas, pero no estaba para gestos histriónicos. Rubén intentó detenerla, pero lo dejó balbuceando excusas incoherentes. Más que dolida, estaba molesta, muy molesta consigo misma por ser tan idiota, a su edad esperar un romance. Lo ocurrido era más que ridículo. Manejó despacio hasta la playa, le gustaba estar cerca del mar cuando necesitaba sosegarse. ¡Qué razón tenía Fidelia al aconsejarla que se alejara de ese tipo!, pero si le preguntaba, diría que había perdido interés en Rubén y punto. No iba a mencionar más el humillante suceso.

Me dediqué a trabajar en el hotel empeñada en presentar platos no tan comunes de la cocina cubana, como salpicón en olla, muñeta de judías, jigote, platos con carnero, aporreado de tasajo entomatado, que me obligaban a revisar las recetas una y otra vez, a medida que conseguían nuevos ingredientes. Dedicamos una semana entera al bacalao con frituras, croquetas, a la vizcaína y entre ollas y salsas me fui sacando la espina que tenía clavada en la estima que tanto trabajo me había costado levantar.

Cuando Susana regresó, me pidió que fuera enseguida a su apartamento, tenía muy buenas noticias. El libro llegaba con éxito a otras ciudades y ahora en la primavera, quería que fuéramos a Boston y New York, no había excusa que valiese. Al llegar me llevó al balcón en donde tenía una mesita con algunos bocadillos y una botella de champaña en un cubo de hielo. La noté distinta, relajada a pesar del largo viaje, algo le había ocurrido, parecía como si se hubiese quitado un peso de encima. ¿A qué se debía todo esto? No podía ser únicamente lo del libro, que ya habíamos celebrado otras veces. Acepté la copa que me servía, aunque a decir verdad nunca fui tomadora, mamá siempre hablaba del alcohol como si se tratara del mismísimo diablo. La champaña me aflojó la lengua y al segundo sorbo, le conté todo, sin dejar un pelo por fuera, se me fue quitando el sofoco y supe que lo había superado. Susana me escuchó en silencio, sin hacer ni un solo gesto cuando mencioné que había sido mi primera vez. Terminé vaciando la copa de un solo trago.

—Tienes la suerte de haberte enterado de la calaña de ese hombre a tiempo, antes que fuese demasiado tarde —dijo con la mirada perdida en la distancia—, yo tuve que aprender la lección a golpes, como lo oyes, a golpes.

Belén la miró asombrada sin saber qué decir. ¿A golpes?

—Acabo de conseguir el divorcio después de una batalla de más de siete años prosiguió —esta historia es larga y nunca te dije nada para no mortificarte. Mi hermano Enrique, el que vive en Boston, tampoco se enteró hasta ahora que todo ha terminado, no me pareció apropiado involucrarlo en una situación tan sórdida y difícil.

¿Divorciada? Belén la miró atónita, Susana nunca había mencionado que estuviese casada.

—Conocí a Edward L. Hargrove Tercero en el segundo año de universidad. Proviene de una familia muy encopetada de Boston y a los pocos meses comenzamos a salir. Al principio éramos simplemente buenos amigos, pero cuando su madre se enteró se molestó mucho, yo no estaba a la altura de su hijo, una extranjera cubana como quien dice refugiada y para colmo católica, e hizo lo imposible por romper la relación. Cuando nos graduamos, enseguida comencé a trabajar en la firma que represento hoy y Ed en el bufete de su padre, uno de los abogados más importantesde esa estirada ciudad. Ocurrió lo que tenía que suceder, nos enamoramos y un año después, contra viento y mares, decidimos casarnos una tarde de invierno frente a un juez de paz en otro estado, las diferencias religiosas entre los dos no importaban. Yo trabajaba y estudiaba tratando de finalizar una maestría, tenía muy poco tiempo libre pero éramos felices. Todo marchó bastante bien por unos meses hasta que comencé a notar que Ed llegaba tarde de la oficina con fuerte aliento alcohólico. Cuando le preguntaba, se disculpaba diciendo que había acompañado a un cliente a tomar unos copas para cerrar un acuerdo, una obligación que no podía evadir, nada serio. No quiero aburrirte con detalles, pero la situación fue empeorando, ya no trataba de disimular su adicción, se molestaba si reclamaba cuando llegaba tarde algo borracho, se encerraba en el cuarto y me tocaba dormir en el sofá de la sala. Al día siguiente pedía perdón, una y otra vez juraba que no volvería a suceder, lo estaban presionando demasiado en la oficia, tomaba para calmar la ansiedad. Yo cometí el grave error al pensar que su madre estaría dispuesta a ayudarnos. Bueno, no te imaginas la escena, la señora me culpó de la situación, de su alcoholismo, yo no era la pareja adecuada para su hijo, lo había alejado de los suyos, de su iglesia, y salí de esa casa con el rabo entre las piernas. Cuando la policía detuvo a Ed una noche por conducir a gran velocidad, determinaron que estaba ebrio algo muy serio en ese estado. Su padre se ocupó de pagar la fianza para sacarlo de la cárcel, con la condición que regresara a vivir con ellos mientras se recuperaba de su problema. Ed aceptó sus exigencias por unos meses, pero regresó a mi lado arrepentido, no podía vivir sin mí, estaba recibiendo terapia con un especialista, juraba que todo iba a cambiar. En realidad ya tenía serias dudas, pero los sentimientos no se borran en dos días, Belén, no se puede, yo lo quería todavía. Volvió a recaer en pocos meses y en un arrebato alcohólico me fracturó la nariz de un golpe, me arrastró por todo el apartamento, me tiró en la cama y trató de violarme sin lograrlo, algo que lo enfureció aún más, fue una experiencia horrorosa y humillante. Cuando se durmió, salí huyendo a casa de una amiga que me llevó al hospital en donde me trataron la fractura y las otras lesiones, los médicos insistiendo que debía presentar una demanda por la agresión, a lo que me negué, no quería hacerle daño, solo deseaba terminar la relación con un divorcio. Pero él se negaba a discutirlo, aduciendo que todo había sido un malentendido, que no fue su intención hacerme daño, que estaba arrepentido. Una excusa habitual en casos como este, pero esta vez no me dejé atrapar en ese juego y proseguí con la demanda sin exigir ni un centavo de su patrimonio.. Y lo que es aún más extraño, su padre lo apoyaba e hicieron lo imposible para bloquear el divorcio. Daba la impresión que preferían sacárselo de encima, después que me culpaban por sus problemas. Ahora Ed trabaja de vez en cuando, su padre lo mantiene, vive solo, el alcohol y creo que otras drogas han afectado mucho su salud, está irreconocible, obeso y con una palidez enfermiza. Me dio mucha lástima cuando nos enfrentamos en el juzgado y espero que sea la última vez.

Belén la oía hablar como si su voz llegara de muy lejos. A su memoria regresó el recuerdo de aquella vecina en Regla que el marido golpeaba cuando se emborrachaba. Los gritos se oían por todo el vecindario; las mujeres corrían a socorrer a los niños y a dar aviso al puesto policial. Lo metían preso por unos días y cuando regresaba la mujer lo recibía como si nada. El vecindario no tardó en cansarse del asunto, así que si la mujer gritaba los dos niños se refugiaban en casa de la vecina y nadie movía un dedo para auxiliarla. Hasta el día que la encontraron en la madrugada muerta a golpes, el borracho llorando en un rincón. Se estremeció, tenía que borrar esos feos recuerdos de su niñez, mamá le regañó por haberse escapado a mirar a la muerta como todos los vecinos de ese barrio de pobres, acostumbrados a la violencia.

—Ahora sabes a qué viene la champaña, celebro el final de una pesadilla que ha durado siete años —terminó Susana, con una triste sonrisa.

Sobraban los comentarios. Hablaron de los planes de viaje, irían primero a Boston y después a New York, en donde el libro se había vendido bastante bien. Tenía que prepararse para el viaje en avión que la asustaba un poco y a la vez la entusiasmaba. Cuando el avión despegó, miraba por la ventanilla aferrada a la mano de Susana, pero pronto se le fue quitando el nerviosismo. Boston la impresionó mucho, Susana la llevó a recorrer todos los sitios coloniales de interés y después a visitar a Enrique, quien vivía con su esposa y un hijo en un suburbio un poco alejado. Las recibió algo intrigado, recordaba muy poco a Belén y ella no pudo evitar las lágrimas al ver que era la viva imagen de don Julio. Enrique ojeaba con algo de nostalgia el libro de cocina que Susana le entregó mientras reclamaba sus largos silencios; tenían que estar en contacto más a menudo.

New York la dejó con la boca abierta por los inmensos edificios que no alcanzaba a mirar y lo mucho que le ofrecía la ciudad, el viaje en subterráneo que la dejó algo mareada. En una librería en Queens la esperaban un grupo de cubanas residentes en el área, firmó libros y contestó preguntas, se mostraban agradecidas por traerle los recuerdos del país lejano a su mesa.

Eran mujeres blancas, negras y hasta dos chinas que tenían una fonda, mezcla que no se veía entre los refugiados en Miami.

Regresé tranquila, descansada a pesar de lo apretado del horario, fueron unos días inolvidables, Susana reía mucho, como cuando era niña y las dos estábamos en paz, como aquellas tardes de paseo por el malecón de La Habana. De regreso al trabajo en el hotel me informaron que un hombre había estado peguntando por mí, alegando que era un pariente. No quisieron darle mi dirección y él dijo que regresaría. Quedé intrigada y algo sorprendida, ¿quién podría ser? Yo no tenía a nadie, a lo mejor era un embaucador o una equivocación. Días después, cuando estaba en la cocina, me avisaron que alguien me esperaba por la puerta de los emplea-dos. Me quité el delantal y bajé para encontrarme con un viejo de cabello blanco, piel muy oscura, una barba grisácea de tres días que cubría su mentón, algo encorvado, ataviado con una arrugada camisa y pantalón azul, zapatos muy gastados, de toda su persona se desprendía un vaho de pobreza y desaseo.

—¿Usted es Belén Garrido Cruz, de Regla? —preguntó indeciso.

—Sí, señor ¿qué se le ofrece? —dijo Belén, intrigada.

—Ay Belén , ¿no me reconoces? Soy yo, José Manuel tu pa-pá —dijo mientras se acercaba intentando abrazarla, pero Belén rehuyó el gesto sin acabar de entender mientras lo miraba de arriba abajo. No, eso no podía ser verdad, recordaba a su padre como un hombre alto de dientes muy blancos, este individuo tenía la dentadura teñida de tabaco y le faltaban algunas piezas. El aliento agrio le hizo dar unos pasos atrás sin estrechar la ma-no que ahora el hombre le ofrecía. Los que entraban y salían los mitraban con curiosidad y Belén decidió darle la dirección de su casa en donde lo esperaría más tarde para conversar y dándole la espalda, regresó perturbada a la cocina.

Sentada en el portal lo vi bajarse del autobús en la esquina, buscando ansiosamente los números de las casas, pero no me sentía motivada a salir a recibirlo. Así que ese era mi padre, el que nos abandonó hacía tantos años, el que dejó a mamá lidiar sola con la enfermedad de mis hermanitos y nunca más supimos de él. Cuando me vio extendió la mano que estreché por cortesía pero no podía evitar el fuerte rechazo que esa mano callosa me producía. Casi no lograba entender lo que empezó a contar, sus duros años de privación en Cuba después de la revolución, la falta de trabajo, la familia que tenía que ayudar y que insistía en referirse a ellos como mis hermanos, ni una sola palabra acerca de nosotras en Regla, como si no hubiésemos existido. Solicitaba mi ayuda para mantenerse, estaba viejo y lo costaba mucho encontrar trabajo. Había salido de Cuba hacía unos años en una misión cultural con un conjunto que los llevó por varios países simpatizantes del régimen cubano, pero cuando llegaron a México a pesar de la vigilancia a la que estaban sometidos, algunos lograron escaparse a la frontera con Estados Unidos. Con mucho esfuerzo logró llegar a Miami sin un centavo y ahora trabajaba de vez en cuando con un grupo que tocaba por algunos bares de la ocho, pero no le daba lo suficiente para mantenerse y ayudar a los que quedaron atrás.

—No sabes lo contento que me puse cuando vi tu cara en la televisión. En una fonda donde almuerzo casi todos los días estaban hablando de Belén Garrido, la famosa cocinera del hotel Habana y cómo salió de Cuba en un botecito con las recetas. Supe que eras tú por la foto, eres igualita a tu abuela y al notar en tu cuello la medallita que te regalé hace tantos años, ¡ay mijita, qué orgulloso me sentí! Y más todavía al ver lo bien que vives en una casa tan grande —dijo admirado mirando a su alrededor.

—Ya entiendo —Belén se oyó decir como desde muy lejos. Ni siquiera le había preguntado por mamá, como si nunca hubiera existido y este hombre frente a ella, que alegaba ser su papá, solo le provocaba un sentimiento de rechazo y una lenta cólera.

—Tienes dos hermanos en Cuba y sus familias están pasando mucho trabajo, los pobres casi no les alcanza con lo poco que ganan —añadió el viejo lagrimeando.

—Que yo recuerde, los únicos hermanos que tengo en Cuba están en el cementerio de Regla, enterrados al lado de mamá —dijo molesta— y le voy a pedir que se vaya. Deme su dirección y ya veré si puedo o quiero hacer algo para ayudarlo, pero no regrese a esta casa.

—Por lo menos, ¿me puedes dar un vaso de agua? —dijo un tono lastimero como si estuviera muy herido.

No me dejé conmover, la herida era demasiado profunda y nunca iba a sanar. Le di el agua que pedía, la sorbió lentamente y lo vi marcharse arrastrando los pies. Quizás esperaba que cambiara de opinión y lo invitara a quedarse conmigo, el muy descarado, y se apoderó de mí una rabia sorda que no me dejaba en paz. Creo que nunca me había sentido así, necesitaba hablar con alguien y no sabía con quién. Susana había estado tan apegada a su padre y a lo mejor no iba a entender lo que me estaba pasando y pensé en Eusebio, el único padre que había conocido desde que llegué a este país, que me buscó trabajo, que me había dado tanto sin pedir nada, que se preocupaba por mí hasta el punto de vigilar con quién andaba. Y lo había descartado por ser un viejo necio metido en mis asuntos. No me daba cuenta de la suerte que tenía al poder contar con él para lo que fuese y tomé la desición de pedirle consejo. Llegó esa noche con el eterno cigarrillo colgado entre dientes, una interrogante en la mirada, pensando que quería hablarle de Rubén. Lo invité a sentarse y le preparé un café bien fuerte, como le

gustaba. No esperaba que le hablara del pasado en Regla, la enfermedad
de la sangre que llevó a la muerte a mis hermanitos, la tristeza de mamá
y el hombre que sin mirar atrás nos abandonó y que ahora aparecía de la
nada solicitando ayuda.

—Nunca falla: cuando uno tiene algo, le salen parientes y amigos de las paredes solicitando algo —fue su único comentario.

—Pero ¿qué debo hacer? Será mi papá pero solo me provoca mandarlo a volar bien lejos. ¿Cómo tiene la caradura de llegar ahora como si nada a pedir mi ayuda?

—Entonces es lo que debes hacer, mandarlo a volar —dijo Eusebio.

—Pero me preocupa que comience a perseguirme, a quejarse por todo Miami de que su famosa hija no quiere darle ni un plato de comida. Tú sabes cómo son los periódicos, acuérdate las mentiras e insinuaciones que publicaron con el accidente de la señora Patricia y nunca se retractaron ni aclararon nada.

Eusebio quedó pensativo, Belén tenía razón, la comunidad cubana estaba siempre pendiente de esa clase de noticias, reclamos de parientes olvidados y todas las exigencias del exilio. Los que llegaron primero, a veces obligados a cargar con los que llegaban mucho después, sobre todo después del desastroso asunto del Mariel. Era mejor averiguar en qué condiciones estaba este sujeto, Belén no necesitaba esa carga emocional y sospechaba que las cosas no habían salido nada bien con el tal Rubén, pero no preguntó. Si había algo que contar, ella se lo diría cuando estuviera preparada. Le pidió la dirección y prometió resolver el asunto lo antes posible.

Juan Manuel Garrido vivía en un apartamento cerca de la calle ocho, situado en un dilapidado edificio. Un vecino que

Eusebio encontró en la entrada lo miró con algo de extrañeza al verlo tan bien vestido cuando preguntó por el músico, pero no titubeó en contarle lo que sabía. Garrido había llegado a Miami hacía unos cinco años y no recientemente como le había dicho a Belén, y tocaba regularmente con un conjunto en un bar de mala muerte en la cercanía. Vivía con una mujer y la pareja tenía muy mala reputación, llegaban borrachos en la madrugada armando escándalo y más de una vez tuvieron que llamar a la policía. Los vecinos se quejaban con el casero que quería sacarlos de allí, siempre estaban atrasados con el pago de la renta.

—Anoche llegaron bien tarde, ahora deben estar durmiendo la mona, salen como a las dos a comer por allá en una fonda y tenga cuidado, señor, ese tipo a veces se pone muy violento —terminó comentando el vecino.

Con razón que el músico se había llenado de amor paternal al enterarse quién era Belén, pensó Eusebio, bueno, le iba a echar a perder la fiesta que planeaba a costillas de su hija. Esperó que la pareja saliera de su cubil como a la tres. Primero apareció el hombre, tenía un aspecto terrible, la ropa arrugada, los ojos enrojecidos e hinchados, caminaba tambaleándose como si todavía estuviera bajo la influencia del alcohol. Eusebio lo siguió de cerca por dos cuadras hasta que entró en una especie de fonda que proclamaba servir legítima comida caribeña. El lugar estaba decorado con posters de escenas marítimas, mesas cubiertas con plástico mugroso, de la cocina salía un vaho a grasa refrita. A esa hora no había nadie y Juan Manuel Garrido se sentó en una esquina exigiendo a gritos atención inmediata. El muchacho que servía se acercó de mala gana pidiéndole que bajara la voz. Eusebio entró y se sentó frente al hombre que lo miró extrañado.

—Oiga usted —gruñó— vaya a sentarse en otro lugar, no necesito compañía, esta mesa está ocupada.

—He venido a hablar con usted —dijo Eusebio imperturbable—. Soy el representante legal de la señora Belén Garrido, aquí tiene mi tarjeta.

—Y ahora ¿qué le pasa a esa negra ingrata? Espero que haya recapacitado y decida ayudarme como es su deber, para eso soy su padre —masculló examinando la tarjeta con desconfianza.

—¿Y desde cuándo no ve a su queridísima hija? —preguntó Eusebio con una sonrisa que más parecía mueca.

—Bueno, han sido unos cuantos años, ya sabe cómo eran las cosas en Cuba, la revolución que nos separó de las familias, el exilio, todo el resto —contestó evasivo.

—Bueno, permítame refrescarle la memoria amigo. Son unos cuarenta años más o menos desde que dejó de ver a su querida hija y a su madre. Usted se largó de su casa mucho antes que pasara nada —dijo sarcástico—. Belén no le debe nada, por lo tanto espero que se olvide de este asunto, siga su miserable vida sin volver a molestar a mi cliente, o me veré obligado a recurrir a la policía que creo ya lo conocen bastante bien. ¿Entiende?—la voz amenazadora de mucho antes.

Mientras el viejo molesto intentaba protestar Eusebio se levantó dejándolo con la palabra en la boca. Por la puerta entraba una mujer, musitando insultos contra el músico por haberla dejado atrás.

Eusebio no se llamaba a engaño, esos dos iban a tratar de obtener algo de Belén de todas maneras, pero estaría pendiente, de ninguna forma lo iba a permitir y decidido, habló con Gonzalo que lo escuchó en silencio. No tenía por qué preocuparse, él se encargaría del asunto. Eusebio sospechaba que le pagó algo al viejo para que no volviera a molestar a Belén.

No quise preguntarle a Eusebio cómo le había ido con ese personaje que alega ser mi padre. Puede que sea, pero los lazos de sangre no son suficientes, lo que importa es la relación diaria, lo que nunca tuve. Me acordaba de las lágrimas de mamá y cómo se fue consumiendo y mucho más tarde me di cuenta que había muerto de tristeza cuando apenas cumplía sesenta años. Me quité el collar que colgara en mi cuello tanto tiempo, comenzaba a quemarme la piel como la mentira que había sido el amor de mi padre. Ese domingo lo dejé a los pies de Ochún en la iglesia cercana. Con razón el gran Babalao de Guanabacoa hacía tantísimos años me dijo que a Ochún había que llevarla en el corazón y no colgada al cuello al notar con desagrado el collar. Quizás percibió la mentira que emanaba la prenda, no sé, pero en la iglesia lo dejé.

En realidad, no me podía quejar. Todo lo que me había ocurrido parecía un cuento de hadas o eso afirmaba Susana cuando evaluaba lo logrado con el libro. Sí, también tenía una familia como no había tenido desde que mamá murió. Susana que era más que una hermana, Eusebio que se tomó en serio su rol de padre y don Gonzalo y los niños que eran parte importante de mi vida. Le conté a don Gonzalo que cuando acabara mi contrato a fines de ese año quería poner una escuela de cocina, nada grande, lo suficiente para acomodar diez o quince alumnos, los que no lograron entrar al programa. No le dieron oportunidad a muchos que aplicaron deseosos de aprender lo que dejaron atrás cuando eran demasiado jóvenes, como si solamente las mujeres se interesaran por la cocina, que trae recuerdos casi olvidados, de abuelas y lugares distantes, , algo así como la música. No se me olvidó nunca la expresión de Susana cuando le hice tocino del cielo por primera vez... Las lágrimas cubrieron su rostro, acordándose de don Julio, era el mejor dulce del mundo. don Gonzalo entendió mis deseos; aseguró que me ayudaría a encontrar un local adecuado y desde luego, a la televisora le gustaría acercarse a entrevistar a algunos alumnos para conocer su motivación. Estaba realmente entusiasmada con el proyecto, era lo que deseaba y sabía que tenía capacidad para hacerlo. Entre tanto, el arrepentido, idiota o interesado de Rubén comenzó a dejar mensajes en la televisora y el hotel, no podíamos terminar así, estaba tan pero tan arrepentido por su ofensa, quizás podíamos ser simplemente amigos. Vaya, vaya muy convincente el muchachito... Bueno, lo iba a pensar, el tipo bailaba muy bien y lo otro, nada mal. Hay que evaluar todas las opciones a ver lo que más conviene, como decía Olga y por mi parte, estaba de acuerdo. Tenía muchos amigos, salíamos a menudo y sobre todo estaba en paz, sin complicaciones sentimentales. Y además, tenía a Eusebio que me cuidaba como si fuera su hija y Ochún, mi orisha, siempre a mi lado.

Otro asunto me tenía en ascuas, Fidelia me contó que algo estaba pasando entre Susana y don Gonzalo. Al principio pensé que eran invenciones de la muchacha, pero no pude contenerme y le pregunté a Susana que, riendo, me dijo que solamente era una buena amistad y que no comenzara a imaginar romances. Pero yo le rezaba a Yemayá para que esos dos encontraran la paz en compañía. Eusebio me regañó, no debía meter mi nariz en asuntos que no me concernían, pero ¿qué sabía el viejo gruñón de esas cosas? Estoy segura de que también andaba pendiente, lo conozco demasiado bien. Vuelvo a repetir que no tengo quejas, he tenido una vida llena de bendiciones y me queda mucho por hacer en la cocina.

CAPÍTULO X

En el ochenta y cinco Gonzalo Alonso y Susana Villanueva contrajeron matrimonio en una sencilla ceremonia en la capilla dedicada a la Caridad del Cobre. Los acompañaban una llorosa Belén, agarrada de la mano de Eusebio, los niños que parecían estar muy contentos sin acabar de entender lo que estaba ocurriendo, Enrique y su esposa, quienes viajaron de Boston, y unos pocos invitados más. Había sido una larga y tranquila relación entre los dos y, sin sobresaltos ni exigencias, llegaron a un entendimiento al conocer la historia íntima de cada cual.

Meses antes y por primera vez después de tantos años de silencio una tarde, sentados en el portal frente al mar, Gonzalo repentinamente le habló de la muerte de Eligio, que le pesaba como una piedra en el corazón. Nunca había dejado de recriminarse el haberse lavado las manos del asunto, sin hacer un esfuerzo mayor para salvarlo. Las escenas vividas en la funeraria lo perseguirían hasta el final de su vida y sabía que era irracional tratar de visualizar a través de la distancia de los años lo que pudo haber logrado y no hizo, pero no podía evitarlo.

—Mis padres nunca me perdonaron que no les dijera en lo que andaba mi hermano, pero no lo hubieran entendido ni aceptado y Eligio no estaba dispuesto a ceder, como tantos otros jóvenes que durante esos terribles años sacrificaron sus vidas —dijo sombrío.

Esa muerte lo torturaba mucho más que la de Patricia que quizás pudo evitar si hubiese entablando un diálogo con su mujer, sin recriminaciones ni peleas para poner fin al matrimonio. No, en realidad no podía llamarse a engaño, nunca hubiese permitido que se llevara a sus hijos lejos como ella pretendía. Lo que comenzó mal terminó peor y el detonante fue lo ocurrido con Belén, sin tener culpa alguna. Susana lo escuchaba en silencio, conmovida; pero los comentarios sobraban, como abogada conocía demasiado bien los estragos que causa un divorcio, sobre todo si hay hijos de por medio. Para Gonzalo fue como una catarsis repasar en voz alta esos hechos en compañía de la mujer que trajo una medida de paz a su vida cuando ya se había resignado a la soledad. Después de esa tarde de confesiones, los sueños enredados y terribles que lo acosaban algunas noches comenzaron a disiparse.

—Mamá tiene ochenta años, vive sola en España y nunca ha querido venir a Miami, ni cuando le anuncié el nacimiento de los niños y de paso se molestó bastante porque no le di a Pedrito el nombre de mi hermano. Al principio me escribía cada dos o tres meses. Después, las cartas se fueron espaciando cuando papá murió. Al fallecer Patricia le escribí una larga misiva, me sentía como roto por dentro, todo me recordaba la muerte de mi hermano, pero solo me respondió con una esquela dándome el pésame, sin comentarios. En el piso que alquila en Oviedo instaló un teléfono que raras veces contesta y, cuando lo hace, alega que no oye bien; hablamos muy poco y cierra la comunicación. Es como si le molestara hablar conmigo... —le contó semanas antes de la boda.

—Quizás la relación sería más cordial si hubieras intentado visitarla alguna vez como correspondía Gonzalo, son demasiados los años para guardar resentimiento –señaló Susana en voz baja.

Gonzalo trataba de evadir el tema, pero Susana insistió que era su deber visitar a Celeste. Finalmente, no pudo negarse y aceptó ir a España después de que se casaran. Susana, tan apegada a sus padres, no concebía esa larga separación entre madre e hijo por la razón que fuese. Acordaron viajar en septiembre antes que entrara el invierno que a Gonzalo poco le gustaba. Por su parte Celeste recibió la noticia de la visita con frialdad, después de tantos años, para ella su hijo era casi un extraño y posiblemente una molestia.

Llegado el día de partir no dudaron en dejar a Belén y Fidelia a cargo de los niños con la ayuda de Eusebio, encargado de llevarlos a la escuela a diario. La despedida fue algo difícil para Gonzalo, que no se había separado de sus hijos en años, pero Susana se las arregló para suavizar la situación, anunciando que iban a comunicarse por teléfono todos los días.

El vuelo fue largo y agotador y al llegar a Madrid se hospedaron dos días en un hotel para habituarse al cambio de horario. De mañana salieron a caminar por la Castellana y Gonzalo deseó intensamente no tener que seguir adelante con el encuentro que temía, sería mejor quedarse a explorar una ciudad que prometía mucho. Como adivinando sus pensamientos, Susana le apretaba el brazo, animándolo a seguir adelante. Salieron temprano en tren hacia Oviedo, un viaje placentero si no fuese por el humor sombrío que parecía envolver a Gonzalo al no saber lo que le esperaba.

Lo que no imaginaba es que años antes cuando Celeste, sin derramar una sola lágrima, enterró a Pedro en el cementerio de Tineo acompañada de algunos vecinos, decidió que había cumplido con su deber de esposa y eso era suficiente. Pocos días después entregó el manejo de la casa a las hermanas Fernández, que estaban dispuestas a convertirla en un pequeño albergue para los pocos peregrinos que llegaban a visitar el monasterio, un negocio que no iba a descuidar. Su intención era establecerse cómodamente en Oviedo, donde podía ofrecer algunos servicios a través a de su contacto con Esteban. Tenía que ser cuidadosa, las autoridades castigaban duramente el contrabando de cigarrillos y otros productos que traían los barcos escondidos en sus bodegas. Le escribió una pequeña misiva a Gonzalo, informándole del cambio de domicilio sin demasiadas explicaciones, no era asunto suyo.

En el setenta y cinco, cuando Franco falleció, el país estalló en una fiesta de libertad, cayeron las restricciones de importación, se abrieron nuevos negocios y Celeste entendió que debía hacer algo diferente. Por primera vez y con cautela comenzó a confiar en los bancos, depositando poco a poco lo que había acumulado en una caja fuerte que tenía en su dormitorio y custodiaba con su vida. Ahora había que temerle a los que antes habían sido sus asociados y que parecían haberse dispersado; no confiaba en nadie. Con la ayuda de un abogado abrió una financiera, nada pretencioso, para gente de clase media que comenzaba a despertar de la larga pesadilla de la dictadura. Había visitado Madrid dos veces, una ciudad tan grande que la dejó admirada y bastante confusa; prefirió seguir en Oviedo, donde muchos conocían a la cubana, viuda de un asturiano que acumuló mucho dinero en la isla, uno de esos indianos que salió huyendo de la debacle de la revolución cubana para caer en otra dictadura. De Gonzalo se acordaba de vez en cuando, el rencor se fue apagando, solo quedaba el doloroso recuerdo de la violenta muerte de Eligió y el otro hijo que escogió un camino distinto que siempre le pareció poco promisorio. Gonzalo, en sus infrecuentes misivas, contaba que trabajaba en algo de la televisión y aseguraba que le iba bien, pero Celeste tenía sus dudas. Cuando recibió la invitación a la boda con foto de los novios la examinó con curiosidad. Vaya, la novia era muy bonita, qué bien, mejor para él pensó, pero no le interesaba ir a Miami a ser una más del montón de refugiados. En Oviedo era una señora respetada, con mucamas y todas las comodidades que jamás tendría en esa ciudad por muy moderna que fuese. El nacimiento de los nietos la dejó impasible, no estaba de humor para nietos, ya había hecho lo suyo con sus hijos que la habían hecho sufrir demasiado. Tampoco le conmovió la muerte de Patricia, de la que Gonzalo demoró meses en comunicarle.

Celeste los recibió en el apartamento que ocupaba, situado en una de las avenidas principales de la ciudad. Un quinto piso elegante, al que se llegaba por un elevador con un enorme espejo con ornado marco dorado y asiento que parecía una joya forrada en terciopelo rojo de principios de siglo que ascendía lentamente. Después de treinta años de separación, Gonzalo la miraba sin acabar de reconocer en esta estirada y robusta anciana de cabellos canos a su madre. Los años habían suavizado las líneas angulosas de su rostro y la nariz aquilina, pero los labios seguían estirados en una línea severa. Vestía de negro hasta media pierna, el cuello y los puños adornados con un almidonado encaje blanco, y una cadena de oro con su cruz colgada sobre el amplio pecho. Abrazó a Gonzalo con desgano y ofreció la mano a Susana como si se trataran de perfectos desconocidos, y los invitó a sentarse mientras la uniformada mucama preparaba copitas con vino, café y unos bizcochos. Susana, preocupada, miraba de reojo a Gonzalo que se veía incómodo sin saber cómo iniciar la conversación. Por su parte Celeste estaba convencida de que esos dos venían a pedirle algo, de eso no le quedaba duda, pero le impresionó el aspecto elegante de Susana y que Gonzalo era la viva imagen de su padre.

Susana inició la conversación hablando de los niños mostrando un álbum de fotos que Celeste, después de colocarse los lentes, examinaba sin demostrar demasiado interés, hasta llegar a una imagen muy reciente de Laly con aquellos ojos y pestañas tan parecidos a los de Eligio que le produjeron una emoción que no sentía hacía mucho. Agradeció el obsequio que pensaba revisar de cerca y se limitó a escucharlos, hablando muy poco. Gonzalo indicó que le interesaba visitar Tineo, ojalá se animara a acompañarlos, pensaban alquilar un coche en donde viajarían cómodamente.

—¿Quieres visitar Tineo? ¿Qué esperas encontrar allí? Solo queda una tumba y no hay más nada —dijo Celeste, animándose por primera vez y con cierta molestia.

—Quiero ver cómo es el lugar que le robó la mitad de la vida a papá, no me interesa nada más —contestó Gonzalo con firmeza.

Quiso gritarle que también le robó gran parte de su vida pero prefirió callar. Ya se daría cuenta por lo que había pasado todos esos años, y sintió algo de admiración por ese hijo que se parecía tanto a Pedro pero a la vez tan distinto y aceptó viajar con ellos a Tineo.

—Esta visita ha sido un error —le dijo al regresar al hotel—, mamá ha cambiado demasiado, no creo que sea posible establecer una relación más cercana. Casi ni se interesó en las fotos de los niños. Es como si se hubiera secado por dentro.

—No te desalientes tan rápido, dale una oportunidad, tenemos una semana y quizás puedan volver a encontrarse —dijo

Susana para tranquilizarlo aunque en su interior estaba decepcionada ante la fría recepción.

Celeste, se sentía confusa, sin saber qué pensar. Quizás se equivocaba y no habían venido a pedirle algo, como imaginó al principio. Revisaba una y otra vez las fotos, era como volver ver a sus niños, sobre todo Pedrito y Laly tan parecida a Eligio, rizos y todo.

Al día siguiente almorzaron en uno de los restaurantes de la ciudad. La conversación fluía más de parte de Susana, empeñada en ablandar a la vieja. Habló de su madre y su prematura muerte, lo que había significado Belén en su vida mostrándole el libro que le ofreció. Celeste repasaba una y otra imagen, nunca había sido adepta a la cocina, pero esos platillos despertaban recuerdos lejanos que le dolían un poco. Ya se había percatado de que Susana provenía de una familia importante de La Habana y era abogada en los Estados Unidos, lo que la impresionó bastante. Gonzalo se limitaba a escuchar pero hubiera querido estar muy lejos, tendría que hacer un esfuerzo para congraciarse con esa mujer que en muy poco le recordaba a su madre.

Cuando le preguntaron si le gustaría regresar con ellos a Miami por un tiempo, fue rotunda al afirmar que su lugar estaba en Oviedo, cerca de Tineo y la tumba de Pedro, donde dispuso que la enterraran. Le gustaba vivir en España, las comodidades que tenía, y no le interesaba tener que adaptarse a otro ambiente. Gonzalo pensó que era mejor que se quedara donde parecía estar tan a gusto. Una severa abuela, nada parecida a doña Carmen fallecida dos años antes, habría asustado a sus hijos.

Viajaron temprano hacia Tineo dos días después. Susana insistió en sentarse con Celeste en el asiento de atrás. Gonzalo manejaba atento a las señales en la carretera, al principio bastante ancha y después de parar en un lugar a tomar café, se estrechaba en dirección a la aldea. Arribaron al lugar cerca de mediodía y en el albergue los esperaban, Celeste avisó a la familia que ahora lo manejaba. Gonzalo miraba a su alrededor, sin acabar de creerlo. ¿Esta miserable aldea con su treintena de casas de piedra era el paraíso con que su padre había soñado por tantos años? Cerca se divisaba la imponente estructura del monasterio. El aire era fresco, el lugar muy pintoresco, cerca del río pastaban algunas vacas, pero allí no había más nada, seguía exactamente igual después de más de medio siglo. Susana se dedicó a tomar fotos tratando de evitar la mirada de Gonzalo, que hubiera preferido borrar todo eso de sus recuerdos.

Por lo menos, tenían electricidad, desde hacía pocos años explicó Celeste. La casa en donde vivieron sus padres, convertida en hospedaje, las oscuras paredes, la chimenea, lo primitivo de todo aquello, despertó en Gonzalo un profundo respeto por su madre por haberse acoplado a tanta incomodidad. Imaginaba lo inhóspito de los largos meses de invierno, la inadecuada calefacción provista por esas dos pequeñas chimeneas y unos cuantos braceros. Celeste no dejaba de mirarlo muy de cerca, como adivinando sus pensamientos. Ya era hora que la respetaran por todo lo que había logrado a pesar de ese maldito viejo, al que llegó a odiar con todas sus fuerzas y nadie se dio cuenta. Lo disimulaba demasiado bien, hasta consiguió que Esteban trajera al médico de Loarca a echarle un vistazo a su viejito, como decía, cuando lo que estaba deseando era que se muriera de una vez por todas. Le había costado un esfuerzo de años para que cediera los cheques de viajero, dinero que invertía de inmediato. Cuando Pedro casi no podía escribir por el temblor que tenía en el brazo bueno, ella aprendió a firmar su nombre, le tomó largas horas, pero lo logró después de mucho practicar. Esteban se dio cuenta de que las firmas eran casi iguales pero no dijo nada y lo agradeció en silencio, ambos se beneficiaban cambiando esos dólares extraperlo. Eso sí, se preocupó que Pedro fuese bien atendido cuando ya no podía levantarse y había que asearlo en cama. Tenía dinero para contratar algunas mujeres de la aldea que se turnaban al lado del enfermo, ocupadas en la odiosa tarea a todas horas. Pocas veces entraba en esa habitación que a pesar de todos los esfuerzos apestaba a excremento y orina. No le importaba que murmuraran a sus espaldas al notar su indiferencia, no era asunto de esas ignorantes que vivían esclavas de sus miserables maridos, todos iguales a Pedro, apegados a sus pesetas. Pero la respetaban y no dudaban en pedirle ayuda cuando necesitaban un apoyo monetario. Esa historia era de ella solamente y de nadie más, Esteban había fallecido hacía unos años en un aparatoso accidente cuando viajaba en moto a Oviedo.

Celeste insistió en llevarlos a recorrer la casa en la que vivió tantos años y a la habitación donde Pedro falleció donde aún le parecía percibir aquella pestilencia. Ahora estaba ocupada por unos días por una pareja de norteamericanos, interesados en la arquitectura y el contenido del monasterio.

A Gonzalo, los cuartos estrechos y oscuros, las ventanas cubiertas por gruesos vidrios que apenas dejaban entrar la luz del mediodía, le parecieron una especie de calabozo y trataba sin éxito de disimular mientras Susana le apretaba el brazo para darle ánimo. Respiró aliviado el aire fresco de la huerta en donde colocaron una larga mesa bajo una parra para almorzar. Los americanos estaban de vuelta y hechas las presentaciones hablaban animadamente de las maravillas que encontraron en el monasterio, debían visitarlo y hasta se ofrecieron servirles de guía. Gonzalo permanecía en silencio dejando que Susana llevara el peso de la conversación. Apenas probó la espléndida fabada y los vinos locales que les sirvieron, quería huir de ese lugar lo antes posible. Al terminar les ofrecieron frutas y quesos insinuando que podían quedarse hasta el día siguiente en la otra habitación y Celeste en casa de una vecina. Gonzalo se negó, aduciendo que tenía asuntos pendientes en Oviedo, pero Celeste insistió que no podían irse sin visitar el cementerio, situado al otro lado del monasterio, en la ladera del río. Frente a esa cruz de piedra, que tenía el nombre de su padre grabado en el centro con las fechas de nacimiento y muerte, Gonzalo se sintió vacío por dentro, se había despedido de su padre para siempre el día que lo vio salir de Cuba. Por su parte Celeste se persignó devotamente e inclinó la cabeza como si estuviera rezando, aprendió mucho en esa sociedad estrictamente católica en donde había que guardar las apariencias.

Al regreso, Celeste insistió en viajar sola en el asiento de atrás, quería dormitar sobre un cojín que trajo. Susana preocupada, miraba a Gonzalo que manejaba en silencio, con un gesto extraño en el rostro. Dejaron a Celeste en su apartamento casi a medianoche y al llegar al hotel, mientras se cambiaban de ropa, Gonzalo pidió un refrigerio acompañado por una botella de cava.

—¿A qué viene esto? —preguntó Susana extrañada.

—Este ha sido un día muy difícil para mí, querida. Darme cuenta de que papá trabajó toda su vida para regresar a ese lugar que viste, ahorraba cada peso y vivíamos bajo un estricto control de lo que mamá podía gastar en la casa. Tenían unas discusiones tremendas, ella no se conformaba, le gustaban las cosas bonitas, buena ropa, pasaba horas recorriendo las tiendas de Galiano sin comprar nada. Crecimos así, entre peleas y discusiones por dinero que nunca terminaban y exigencias de que trabajáramos en la tienda. Papá estaba empeñado en regresar a Tineo, de donde salió a los trece años, ese era el único objetivo de toda su vida. Le importaba muy poco lo que quisiéramos nosotros, teníamos que estar de acuerdo con sus planes para el futuro. Se molestó mucho cuando comencé a estudiar electrónica y prácticamente me botó de la familia sin decirlo, insistía en que debía trabajar a su lado en la tienda. Después, cuando Eligio se matriculó en la Facultad de Leyes, las discusiones subieron de tono. Mamá nos defendía y hacía lo posible por quitarle dinero para vestirnos. No tienes idea lo difícil que fueron esos años...

—Bueno, ya no pienses más en eso, lo pasado es pasado –lo interrumpió Susana, cuando llegaba el refrigerio que habían solicitado.

Gonzalo descorchó la botella, ofreciéndole una copa en un brindis silencioso a Susana preocupada por el giro que tomaba la conversación.

—Déjame hablar, te lo suplico, hay tantas cosas que ahora veo claramente después de los años. Al principio no entendí por qué mamá aceptó irse con él, pero poco después me enteré que quizás fue una cuestión de dinero. El gallego que compró la tienda me dijo que papá convirtió todos sus ahorros y lo que obtuvo de la venta en dólares que se llevaría consigo, y no pensaba dejarle nada a nadie. A ella no le quedaba otra opción que acompañarlo sino quería vivir en la miseria. ¿Imaginas una situación así? Yo no podía mantenerla, ganaba muy poco. Cuando se fueron no me preocupé más por ellos; era joven y solo pensaba en mí empeñado en aprender más sobre la televisión; eso era lo único que me importaba. ¿Sabes una cosa?, sin darme cuenta me volví igual a él. Solo me interesaba el trabajo, lo que estaba haciendo, lo que podía lograr, lo que deseaba era fama, ser igual o mejor que Pumarejo, pero no me impulsaba el dinero, lo mío era otra clase de obsesión. Por varios años llegué a vivir en el edificio de la televisora, como quien dice en la trastienda, al igual que papá, y fue Robaina el que me obligó a mudarme al apartamento; según él tenía que presentar un aspecto triunfador. Cuando me casé seguí igual, trabajando largas horas, desechando oportunidades de disfrutar otros lugares; me refugiaba en mi trastienda en vez de ir a casa, mi matrimonio fue un fracaso y tuve bastante culpa de eso. Al nacer los niños me prometí cambiar pero terminé alejándome de ellos.

—No te tortures más, ya todo eso pasó —lo interrumpió Susana apretándole la mano.

—Tienes razón, fue necesario una horrible tragedia para que yo recapacitara y entendiera lo que realmente es importante en la vida. No tienes idea de las veces que Belén y Eusebio se atrevieron a reprochar mi conducta con los niños, lo que me molestaba bastante. Sin embargo, mucho antes, cuando la otra tragedia ocurrió en Cuba, papá siguió pensando solo en él, sin siquiera percatarse de que yo estaba tanto o más afectado que ellos por la muerte de Eligio. No volveré a hablar de esto, no te preocupes Susana, solo trato de entender algo de ese pasado que nos marcó para toda la vida a ella y a mí.

Susana lo besó en silencio, entendió que para Gonzalo había llegado la hora del perdón y el olvido.

—¿Sabes una cosa, amor? Como quien dice, la tienda puede esperar. Vamos a pasarnos unos días en Madrid, no conozco la ciudad y en tu compañía será un verdadero placer —dijo Gonzalo con una sonrisa.

Esa noche durmieron enroscados en un estrecho abrazo que sellaba el amor que los unía. Gonzalo logró exorcizar todos sus demonios y de paso sintió una profunda compasión por su madre.

Permanecieron una semana más en Oviedo. Celeste parecía aceptar sus atenciones con agrado. Juntos visitaron toda la ciudad, compraron algunos regalos y por primera vez en tantos años no se sentía tan sola. Se dio cuenta de que estaba equivocada, su hijo no quería nada de ella, como había pensado. Una y otra vez miraba las fotos de los niños, descubriendo otros rasgos familiares. La despedida fue cordial, Susana prometió regresar con los niños al año siguiente durante las vacaciones de verano, pero Gonzalo estaba seguro que no volverían a verla, y no se equivocaba.

Ese invierno, una mañana la mucama la encontró muerta en su cama. Su médico diagnosticó una dolencia cardíaca de larga duración y el cuerpo fue trasladado a una funeraria cercana, en espera de instrucciones. Un abogado llamó a Gonzalo al día siguiente para informarle de lo sucedido.

—Reciba mis condolencias, Sr. Alonso. Su madre fue específica en señalar que deseaba ser enterrada en el cementerio de Tineo, hasta dejó todo arreglado, no quería molestar a nadie. No sé si desea que procedamos con lo dispuesto por la señora o...

—No, de ninguna manera, llegaré lo antes posible, yo me encargo —interrumpió Gonzalo, alterado.

Viajó solo al día siguiente, aunque Susana se ofreció a acompañarlo. No, esta última tumba le tocaba solo a él. Al llegar a Madrid enseguida consiguió transporte aéreo a Oviedo, a donde llegó entrada la tarde. Estaba exhausto por las largas horas de vuelo, pero sin descansar se comunicó con el abogado, quien lo dirigió a la funeraria. A pesar de su negativa, insistieron en mostrarle el cuerpo de su madre: maquillado artísticamente, parecía estar dormida, vestida de negro, la cruz colgada al cuello en donde la dejaría. Solo sentía un inmenso vacío por dentro, el final de una historia que hacía mucho dio por terminada. Al día siguiente, la funeraria la llevó a Tineo seguida por Gonzalo en un coche con chofer, no se sentía capaz de conducir.

Enterraron a Celeste al lado de Pedro en una sencilla ceremonia presidida por un cura que trajeron de Loarca, en presencia de algunos vecinos. Gonzalo sintió cierto alivio, ya no quedaba nada por hacer.

Se quedó unos días en Oviedo, tenía mucho que arreglar. Celeste dejó un detallado testamento que había modificado unos meses antes. Dejaba un legado para la mucama que le sirvió por tantos años, donaciones para algunas caridades, y el resto lo depositó en el Banco Santander para la educación de sus nietos. Dejó la casa de Tineo para Gonzalo con la condición que no podía ser vendida. Así que después de muerta, su madre de alguna manera pretendía amarrarlo a ese lugar bueno, se equivocaba, pensó. Resolvió que la mucama dispusiera del contenido del apartamento, no le interesaba si contenía objetos valiosos. La casa de Tineo la dejó por tiempo indefinido al cuidado de los que manejaban el lugar para albergue de peregrinos y no pedía nada en retorno. En cuanto al legado para sus hijos, el banco le informó que los fondos estaban colocados en ventajosas inversiones, la señora Alonso había sido muy cuidadosa con sus finanzas. El abogado le informó del exitoso negocio de préstamos que Celeste manejara hacía pocos años. A Gonzalo le costaba creer que su madre hubiese acumulado tan respetable cantidad de dinero durante el tiempo que vivió en Tineo, ¿cómo lo había logrado? Los ahorros y la venta de la Asturiana que Pedro trajo de Cuba no daban para tanto, pero el abogado —que conocía bastante de las actividades de la época de contrabando— solo insinuó con delicadeza que durante la dictadura los dólares podían ser cambiados ventajosamente, la señora había sabido aprovecharse de las circunstancias. Además, le entregó una carta cerrada dirigida a Gonzalo que no abrió hasta quedar a solas en el hotel. Era una corta misiva; solamente le pedía que si algún día regresaba a Cuba se ocupara de llevar un ramo de flores a la tumba de su hermano. Nada más. Y se percató de que por mucho que trataba de registrar su memoria, no lograba ubicar ese rincón del Cotorro en donde enterraron a Eligio.

Decidió dejar el manejo de los documentos en manos del abogado por un tiempo, sus hijos no necesitaban nada. Ya vería en qué obra benéfica a favor de inmigrantes pobres podía invertir esa herencia de privaciones y sacrificios inútiles. Pero por ahora, Gonzalo Alonso necesitaba regresar a Miami cuanto antes, su familia lo esperaba.

Tocino del cielo, de Rosa María Britton
se terminó de imprimir en julio 2015 en
Drokerz Impresiones de México, S.A. de C.V.
Venado Nº 104, Col. Los Olivos, C.P. 13210,
México, D. F.